光文社文庫

傾城《けいせい》 徳川家康

大塚卓嗣

光 文 社

目次

CONTENTS

北方有佳人
絶世而独立
一顧傾人城
再顧傾人国
寧不知傾城与傾国
佳人難再得

『漢書《かんじょ》』外戚伝

［読み下し文］

北方に佳人有り
絶世にして独り立ち
一たび顧みれば人の城を傾け
再び顧みれば人の国を傾く
いずくんぞ傾城《けいせい》と傾国を知らざらんや
佳人再びは得難し

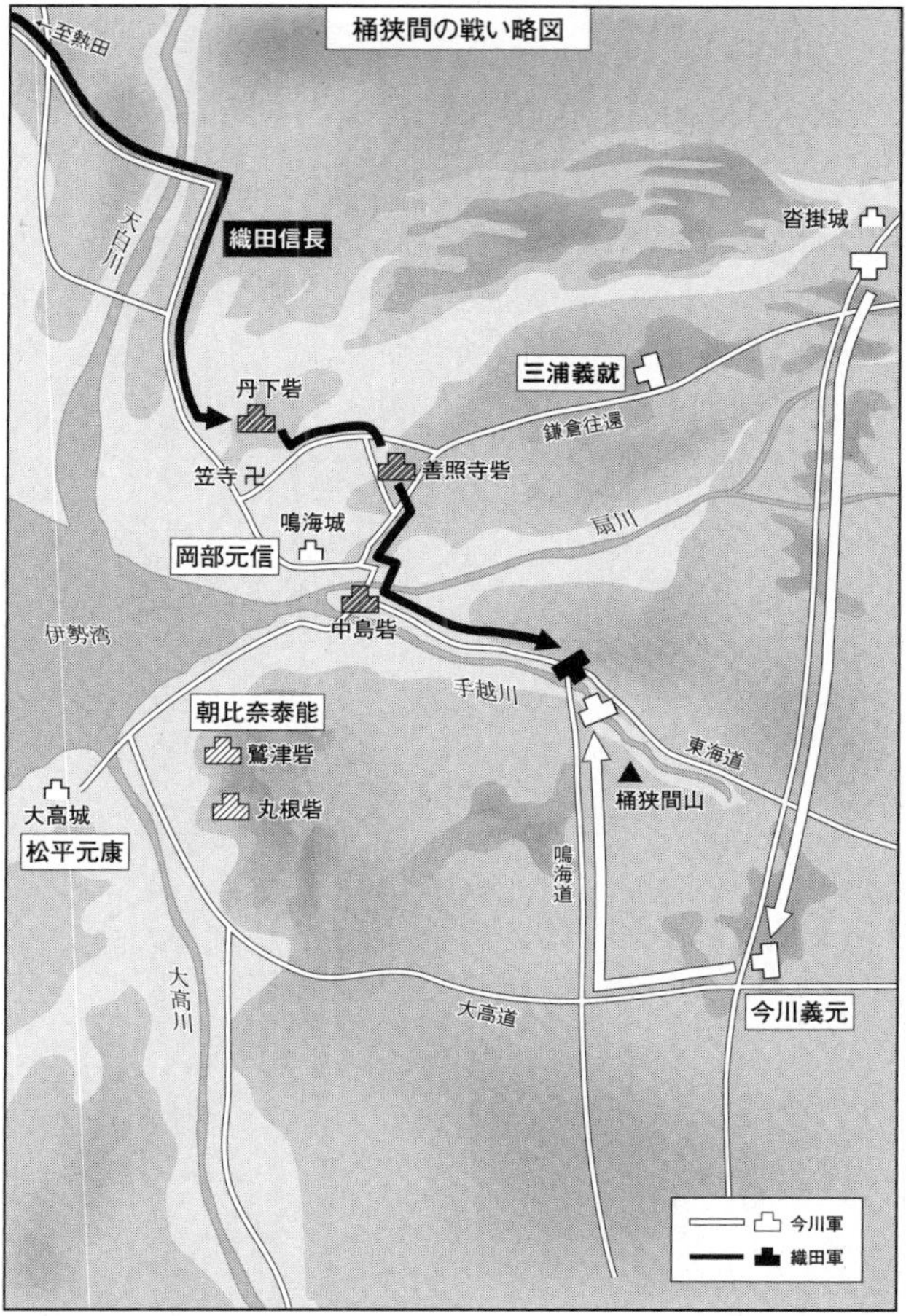

図版製作：デザインプレイス・デマンド

桶狭間《おけはざま》　点景

prologue

よしもと合戦ハ、我等うまれ不申、四年いせん永禄《えいろく》三年の事に御さ候へハ、承り及候通、尾州《びしゅう》なるミ、おけはさまにて、ひる弁当上り被申所を、うへの山より服部小平太《はっとりこへいた》つきかゝり候へ共——。

『水野勝成《みずのかつなり》覚書』

［現代語訳］

桶狭間《おけはざま》の戦いは、私が生まれる四年前——、つまり永禄三年のことだが、話に聞いたところ、尾州鳴海《なるみ》の桶狭間にて、今川《いまがわ》方が昼の弁当を食べているところに、上ノ山《うえやま》から服部小平太が突きかかったらしい。だが——。

今川《いまがわ》方の本軍を見つけるため、道を急いでいた木下藤吉郎《きのしたとうきちろう》たちであったが、ようやく桶狭《おけはざ》間《ま》に至ろうかという寸前、西から嵐が追いついて来た。

迂闊《うかつ》に鉄砲を濡らせば、合戦で使えなくなる。彼らは、風雨を避けるため、道を逸《そ》れたところに立つ木の下へと入った。

「火薬を湿らせるな」

藤吉郎は、およそ五十名の鉄砲隊に指示を出した。

「濡れた鉄砲は、よく拭いておけ。この嵐が去れば、間もなく使うこととなる」

皆が一斉にうなずいた。どうやら敵の大勢が近いことは、誰もが分かっているらしい。

ここまで来て、今川方の本軍と出会わないならば、おそらくは道の途中で北上したのであろう。大高《おおだか》城から鳴海《なるみ》城へと、進路を変えたのだ。

ならば、織田《おだ》方の本軍も、間近にいるに違いない。

〈急がねばならぬ〉

藤吉郎は自身の鉄砲を、入念に袖で拭いた。

「大高城近くの漆山《うるしやま》に布陣していなかったとなると、やはり、この桶狭間の近くでしょうか、小平太殿《こへいた》」

「かもしれねえな」

守るように鉄砲を抱きしめている服部《はっとり》小平太一忠《かずただ》が、大きくうなずいた。

「気配はある。この雨が上がったら、近くの高台を探そう」

「はい」

藤吉郎が返事したそのとき、東の方向に、何者かの動く姿があった。

——敵だ。

雨に打たれながら、黙々と西へと向かう騎馬武者が一騎と、徒士《かち》が数人ほどであった。

だが、道から逸れたところで休息している自分たちに、気づいた様子はない。強風に耐えながら、必死に足を前へ出している。

「やりあえば勝てます。小平太殿」

「ああ」

藤吉郎の言葉に、一忠はうなずいた。

「しかし、この雨じゃ、鉄砲を使えねえ。戦うのはまずいな」

「ならば、行かせるしかないですね」

「でも、運が向いてきたとは思わねえか?」

一忠は、篠突《しのつ》く雨の向こうに消えていく騎馬を見ながら云った。

「もし、この嵐が来なければ、あいつらと、道の上で鉢合わせていたかもしれん。そうなれば、ただではすまなかったぞ」

藤吉郎は、うなずいた。

確かに、そうだ。

兵の数こそ優っているが、こちらは鉄砲を迂闊に使えない。戦えば、騎馬には逃げられていただろう。そうなれば、ここまで積み上げてきたすべての算段が崩れる。

連中が、何のために急いでいるかは分からないが、これはなかなかの幸運であった。

〈こいつが、男時《おどき》というやつなのか？〉

先ほど人に云われた言葉を、藤吉郎は思い出した。

——男時と女時《めどき》は、よく入れ替わるもの。たった今、好調に思えても、目の前には陥穽《かんせい》があるかもしれません。

そのとおりであろう。

たとえ今が、その男時だとしても、絶対に油断はできない。

しばらく待つと、ようやく嵐が去った。すでに先ほどの騎馬は、ずいぶんと先に進んでしまったようであり、その姿は見えなかった。

自分たちも、進まねばならない。藤吉郎たちは再び道を歩き始めた。

桶狭間まで来ると、概ね状況が分かってきた。

やはり今川義元《よしもと》は、付近の高台に本陣を布いたようで、桶狭間山の上には、今川家の家紋・赤鳥《あかとり》紋の入った幔幕《まんまく》が見える。ほかにも、数々の旗指し物が山間《やまあい》に立っており、今川方の大勢が広がっていた。

もっとも、彼らの目は、すべて北西へと向いている。やはり、織田方の本軍も近くまで来ており、すでに対峙していたらしい。

「この調子なら、上手く回り込めそうだな」

一忠は、点在する沼を避けながら、森の中を進んでいった。そのまま、今川方の本陣とは別の高台を登っていく。

「藤吉郎。ここからでも鉄砲の弾は届くか？」

ようやく、上ノ山《うえのやま》と呼ばれる高台の中腹に、よい場所を見つけ、一忠は今川の本陣を指さした。

「届くというだけなら届きます。あの幔幕には当たるでしょう。ですが、大将を狙うなんてことはできませんよ」

鉄砲は射程こそ長いものの、正確に当てるのが難しい。ここから撃ったところで、義元自身に弾が当たることはないだろう。

だが――、

「充分だ」

と云うと、一忠は口の端を上げながら、命令した。

「皆の者、ここからやる。とにかく数を撃つだけでいい。敵が来たら、下の沼に嵌《はま》っているところを狙え」

その場の全員が、一斉にうなずいた。

「放つ時は合図する。火縄を用意し、弾を込めろ」

藤吉郎は、短く斬った幾つもの縄に火をつけ、腰に着けた。続けて、銃口から火薬を入れ、棒で弾を込める。身体が覚えるまで、繰り返した動作であったが、それでも緊張し、身体は固くなっていた。

〈落ち着け〉

自分に云い聞かせる。

無理に弾を当てる必要はない。今は、背後から敵が攻撃を仕掛けているという事実こそが、もっとも重要であった。仕掛ければ、あとは山の向こうの本軍に、すべてを任せればよいのだ。

〈そういえば、又左《またざ》殿は、来られているだろうか？〉

不意に藤吉郎は、友人の前田利家《まえだとしいえ》のことを思い出したが、この場では、確認のしようもなかった。

「構え」

一忠の指揮に合わせ、全員が敵の本陣に銃口を向けた。

藤吉郎も、狙いを定める。

合図と同時に、皆が指に力を込めた。

第一章

城なし子

a lost child

十二三より

この年の比《ころ》よりは、早《は》や、やうやう声も調子にかかり、能も心付く比なれば、次第次第に物数《ものかず》をも教ふべし。先《ま》づ、童形《とうぎやう》なれば、なにとしたるも幽玄なり。声も立つ比なり。二つの便りあれば、悪《わろ》き事は隠れ、よき事いよいよ華めけり。

『風姿花伝《ふうしかでん》第一　年来稽古条々』

［現代語訳］

十二、三歳頃から、謡も調子に合い、演技の自信もつくので、いろいろな演目を教えるのが良い。

稚児姿ならば、何をしても愛らしい。声も華やぐ頃である。この二つがあれば、欠点は隠れ、美点はいよいよ輝く。

一

織田三郎信長《さぶろうのぶなが》は、無知と無能を許容する。

たとえ何を失敗したところで、後で挽回すればよい。知恵や力が足りないならば、誰かに助けを求めればよいのだ。

だが、堕落は許せない。

何も反省せず、保身に走り、苦労のみを下々に押し付ける。そんな男に生きている価値など、寸毫《すんごう》たりとも有りはしない。

ゆえに信長は、実父・織田弾正忠信秀《だんじょうのちゅうのぶひで》を、絶対に許すことができなかった。

〈ああ、ちくしょう〉

父が今、同じ時を生き、同じように呼吸しているという事実さえ、十六歳の信長には、もはや我慢がならない。

〈ならばいっそ、奴のすべてを、この手で叩き壊してしまおうか――〉

そう思うと、足が勝手に駆け出していた。館《やかた》を飛び出した信長は、厩《うまや》で駿馬の鐙《あぶみ》に足をかけ、その腹を蹴る。その形相から察したのか、どの番方も、少年を止めようとはしなかった。

大手門を一気に駆け抜けた。武家屋敷が並ぶ道を走り続けると、すぐに城門は見えなくなった。

信長の住む那古野《なごや》城は、今から三十年ほど前、今川家が築いたものであったが、それを信長の父・織田信秀が強引に奪い取った。人から聞いた話では、連歌会の途中に急病のふりをし、城に手下を呼び込んで乗っ取ったという。

卑怯とまでは云わないが、恨みをかうのは当然であろう。以来、二十年に渡り、織田と今川は西三河《みかわ》を戦場にして争い続けている。

信長の駆る馬は、そのまま南へ向かい、やがて、萬松寺《ばんしょうじ》という寺の傍に来た。

それは、五万五千坪という広大な土地に、本殿を中心に七堂伽藍《がらん》を配した大寺院であった。だが、とくに堀や壁はないため、信長は馬に乗ったまま、内へと駆ける。目指すは僧たちが居住する庫裏《くり》であった。

すぐに見えてきた。外にある竈《かまど》の傍で、下男たちが夕飯の支度をしているが、何を手伝っているのか、幼い少年がひとり、集団の中で右往左往している。

「竹千代《たけちよ》」

信長が叫ぶ。

名を呼ばれた子供は、こちらの声に反応し、手を上げた。だが、そのまま走り近づいてくる馬には、さすがに驚いた様子で、傍にいた供回りも、その子をかばうように駆け寄ってきた。

信長は構わず、鐙を踏み入れた。右手のみで手綱を引き、横に滑るように馬を駆る。横腹から突っ込んでくる馬に、周囲の者たちは慌てて退いたが、竹千代のみが、短い腕を伸ばした。

信長も、身体を大きく傾けながら、手を伸ばす。

互いの手が、手首を摑んだ。

周囲の者には、一陣の風が、子供を掻《か》っ攫《さら》ったようにも見えただろう。信長は竹千代を持ち上げると、後ろに乗せながら、馬の腹を蹴った。

「どうしたのですか、三郎様？　もうすぐ、暗くなります。こんな時刻に、鷹狩ということはないでしょう？」

背中の少年が、元気よく叫ぶ。

竹千代は鷹が好きなため、信長は鷹狩のたびに、このように攫っていたが、今日の用事はそれではない。

「その様子では、話はまだ伝わっていないな？」

「それは、いったい?」

「安祥城《あんしょう》だ」

「えっ?」

西三河に建つ城の名を出され、竹千代の声が跳ね上がった。

「まさか、陥落しましたか?」

「そのとおりだが、さらに悪い」

安祥城は、周囲を森と深田に囲まれた平山城で、これまで幾度となく織田家や松平《まつだいら》家により獲《と》ったり獲られたりしてきたが、つい先ほど、西三河侵攻を進めていた今川方の手によって陥落させられたのだった。

「よく聞け、竹千代。あいつら、器用にも三郎五《さぶろうご》の奴を生きたまま捕らえやがった。あと、馬の尻を強く叩け」

云われたとおりに、竹千代が小さな手で馬の尻を叩くと、さらに脚が速まった。すれ違う坊主たちを無視し、信長は馬首を南へ向ける。

信長の云う「三郎五」とは、織田三郎五郎信広《さぶろうごろうのぶひろ》という男のことで、彼にとっては大きく年の離れた異母兄であった。

織田信秀の長男ではあるものの、生母が側室という立場のため、家督の相続権はない。信長自身も、これまで兄と慕ったことは一度もなかった。

この男は、先日まで安祥城城主という立場であったが、今川方の猛攻に耐えることなく、降伏を選んだ。

「つまり、三郎五郎様は今川の俘囚《ふしゅう》となったのですね」

「そうだな。お前と同じ、人質だ」

信長の背にしがみつきながら、竹千代は頭を押しつけてきた。どうやら、首を縦に振ったらしい。

この少年の名を、松平竹千代という。

もともとは、西三河の岡崎《おかざき》という地を治める岡崎松平家の嫡男であったが、岡崎城が織田信秀によって落とされた際、人質として尾張《おわり》へと送られてきた子供であった。

その後、父の広忠《ひろただ》は合戦に参じることもなく、半年ほど前に病で死んだ。直後に、岡崎城は今川方に押さえられ、駿河《するが》衆の城代を置かれている。今の竹千代は、岡崎松平家の新当主という立場にありながら、父も城もないという「城なし子」であった。

「三郎五の阿呆め。城を守れぬと思ったならば、逃げるか死ぬかしておけばいいのだ」

信長は大きく舌打ちした。

「しかし、三郎様。ひとつ分からないことがあります。そもそも信広殿が家督を継げないことは、今川方も分かっていたはず。だのに、なぜ生かしておいたのでしょう？」

「ああ。――お前は、なぜだと思う？」

質問を質問で返す無法だが、竹千代は律儀に考え、答えた。

「人を攫ったならば、あとは売り払い、銭に変えるしかないでしょうが、織田の係累を何者が買うかは、とても思いつきませぬ」

「なるほど」

信長は軽く振り返り、竹千代を見た。

ふっくらとした愛嬌のある面構えだが、なかなか賢いものだと、信長は思う。八歳の少年の答えとしては、充分すぎるであろう。

「教えてやる。今川の奴らは、親父に交渉を持ちかけてきた。三郎五を買うのは織田弾正忠、その人だ」

「しかし、自分の息子に対し、納得のいく値などあるのでしょうか？」

「あるさ」

信長の言葉を受け、竹千代は再び考え出した。

不意に、冬の西日が右目に入り、信長は目を細めた。馬蹄から感じる硬い土や、肌を切るような風を受け、今がようやく冬だということを思い出す。それでも、体の芯を熱する怒りは、収まる様子さえなかった。

「三郎様」

「どうした？」

「ようやく、分かってきました」

竹千代の声は、わずかに震えていた。

「もしや今川は、人質に対し、人質という値をつけてきたのではないでしょうか？」

「よく、気づいたな。そのとおりだ」

今川方が持ちかけてきたのは、織田信秀の庶子・信広と、故松平広忠の嫡男・竹千代との人質交換であった。

「親父は、その交渉に乗り気のようだ。つまりは、親子の情に流されたのだ」

信長の腹が煮える。確かに、息子を見殺しにするのは心苦しいだろうが、織田の家督を継ぐ自分からすれば、冗談ではなかった。

解説

【人質・竹千代】　一般には、「松平竹千代は今川家へ人質として送られる予定が、縁戚である戸田家の裏切りにあい、銭で織田信秀に売られた」という話が、よく知られている。しかし、同時代の史料に、その逸話を裏付けるものは無く、当時の情勢を考えるに、岡崎城が織田家によって落城させられたとき、人質に出された可能性が高い。《参考：村岡幹生「織田信秀岡崎攻落考証」(『中京大学文学会論叢』第一号　二〇一五年)》

「親父め。西三河を捨てて、どうするつもりだ？　岡崎松平の嫡男を人質としているからこそ、いまだ織田家は力が示せているのだ。竹千代を手放せば、もはや取り返しがつかなくなるぞ」

信長は怒りに任せ、さらに強く馬の腹を蹴った。

この二年、織田は今川を相手に負け続け、少しずつ人心が離れ始めている。せめて後顧の憂いをなくそうと、信長は昨年、美濃《みの》の斎藤道三《さいとうどうさん》の娘と縁組させられたが、事態が良くなった気配はない。信長自身、嫁《か》してきた娘が気に入らず、いまだ抱いてもいなかった。

「まるで、このまま織田が滅びるかのような云い方ですね」

「ああ、滅びるさ」

「まさか」

「大げさな話ではない。少なくとも、西三河の国衆は、すべて今川方につくだろう。尾張の者たちも、すぐに追随する。かの大国に抗する力など、あっという間になくなるさ」

織田弾正忠家の役職は、たかが守護代の家老に過ぎない。力が弱まったと見れば、多くの者たちが距離を置くだろう。

「ならば、三郎様は、どうなさるおつもりですか」

「さあな。まずは、お前の身を熱田《あつた》で売り払うのも、悪くはなかろう」

馬は那古野の城下を抜け、熱田への道を下りつつあった。このまま駆け続ければ、すぐに熱田湊《みなと》へ到着する。

だが、背中の竹千代は、なにやら小さく笑っている様子であった。

「ご冗談でしょう。このような子供、ひとりを売っても、たかだか数疋《ひき》です。何ひとつ、得にはなりません」

「そうだな」

やはり敏《さと》い子であると、信長は思う。

いよいよ信長は、竹千代を手放すのが惜しくなった。このまま成長すれば、むざむざ城を獲られた兄より、はるかに織田家の役に立つ。

〈とはいえ、これからどうしたものであろうか〉

怒りに任せて城を飛び出してしまったが、このまま竹千代を帰さねば、いずれ追手も来るだろう。いっそ熱田で兵でも集めるかとも思ったが、織田の内乱で喜ぶのは、今川の連中だけであり、やはり腹立たしい。

「——どこか、遠くへ逃げるか」

それは、本当に何気なくつぶやいたひと言であったが、案外、よい考えかもしれないと、信長は感じた。

「熱田ならば人を集めることも難しくはない。ならば、船を買って西へ向かい、そこで一旗上げるのも面白い」

「本気ですか？」

「少しな」

背中から回される小さな手を、信長は軽く撫でながら云った。

「船は嫌いじゃない。どこかで大きな商船を手に入れ、琉球《りゅうきゅう》や明《みん》に行くのも、楽しいだろうよ。そこから文莱《ブルネイ》に行き、さらに満剌加《マラッカ》。そこを抜ければ天竺《てんじく》だ。その先も、まだまだ行ける」

「まるで、想像ができません」

「南蛮からの品は、熱田にも来るではないか」

「しかし、そんな広さや長さ、まるで見当がつかないではないですか」

「そうかもな」

だが、話しているうちに、信長は、どんどんその気になってきた。なにしろ耶蘇《やそ》の宣教師は、遥かに遠い欧羅巴《ヨーロッパ》から、この国までやってきているのだ。ならば、こちらから行くことも、当然できる。

「どうする、竹千代。ともに行くか？」

「南蛮へ？」

「どこでもいい。どこか遠くだ」

竹千代は必死に考え、背中に額を強く押しつけてきた。どうやら、かなり悩んでいるらしい。

やがて――、

「無理です」

と、絞るような声で云った。

信長は手綱を引き、馬の歩速を緩めた。

「どうした。やはり、恐《こわ》いか？」

「そんなことは、ありません」

「ならば、やはり安寧がよいか？　人質の身なら、食うには困らんしな」

「まさか」

竹千代は、大きく首を横に振った様子であった。

「私はただ、三河の地に未練があるというだけです」

「未練だと？」

「はい」

すると、竹千代は声を詰まらせながら、血を吐くような声でつぶやいた。

「私は、いまだ父上に褒めてもらっておりません」

言葉の意味が、信長にはよく分からなかった。

「竹千代よ。お前の父はもう死んだのだ。もはや、褒めてもらうことなど、できんぞ」

「もちろんです」

泣いているのか、竹千代の身体も、大きく震えている。

「それでも私は、たった一度でも、よくやっていると褒めて欲しかったのです。しっかりと、松平のために役目を果たしていると。ただただ、それだけだったのです」

洟《はな》をすするような音が、わずかに聞こえる。

「確かに父上は身罷《みまか》られましたが、ここで逃げ出せば、もはや二度と顔向けできません」

「ふうん」

信長にとって、堕落した父親など、憎悪の対象でしかなく、このような感慨は懐《いだ》きようもない。それでも、肉親を強く慕い、涙することのできる竹千代を、少しだが、羨ましく思った。

「ならば、ともに行くのは、またいつかのこととしよう」

「はい」

南蛮へ行こうという思いは、あっという間に、信長の中から消えてしまった。

これほどの覚悟ならば、しばらくはこの少年に付き合うのもいいだろう。熱田に到着する寸前であったが、信長は馬首を返し、来た道を引き返し始めた。

ただ、このまま竹千代を今川へと引き渡したならば、その後の織田家は、大変なこととなる。

〈身内から、謀叛が起こることもありえるな〉

極めて、頭の痛い問題であった。

「三郎様。もしや、これからのことを憂苦しておられますか？」

馬をゆっくり歩かせながら、憮然《ぶぜん》とする信長に、竹千代が心配そうな声をかけてきた。

「もちろんだ」

信長は苦笑いし、答えた。

「やはり、竹千代を奪われるのは、どうにも困る。手放したくはない」

「私も、離れたくありません」

すると、竹千代は腕に強く力を込め、背中に顔を押しつけてきた。

「那古野も、熱田も、けっして嫌いではありません。人も町も、素晴らしい土地だと思います」

「ありがたい」

信長は身体をひねり、竹千代の肩を抱いた。

「ならば、また来るがいい。それまでに、国の憂いはすべて除いておこう。そのうち、迎えに行ってやる」

「はい」

すると、竹千代は頭を上げ、こちらの耳元へ、そっと囁《ささや》いた。

「いつまでもお待ちしております」

それは、どうということのないひと言であったが、こちらの心をくすぐるような、奇妙な響きがあった。

「はは。河原の安淫売でも使わぬような言葉を、さらりと云う」

「は？」

「なんでもない。聞き流してくれ」

賢い竹千代といえども、さすがに意味が通じなかったらしい。信長は照れ笑いし、改めて少年の顔を見つめた。

頬に涙の跡を幾筋も残しながら、満面の笑みをたたえている。

〈ああ、なるほど〉

なぜ、この少年を好ましく思うのか。信長は、その理由を解した気がした。

この子の仕草や表情には、いっさいの嘘がない。ほかの人質が持つ媚びた態度や、卑屈な言葉がまったくないのだ。――まさに天性の愛嬌であった。

佞言《ねいげん》や甘言が蔓延《はびこ》る世においては、極めて貴重な才であろう。できるなら、このまま真っ直ぐに育って欲しいと、信長は思う。

ただ、徐々に近づいてくる幼い面を見ながら、

〈こいつの唇、いったい、どのような味であろうか？〉

と、なにやら不埒《ふらち》なことも考えてもいた。

自分を慕う少年に対し、意味も分からぬまま、その口を吸ってしまっても、いいものだろうか？

わずかに信長は逡巡《しゅんじゅん》したが、結局、好奇心を抑えることができなかった。指で竹千代の顎を少し持ち上げ、首を横に傾けながら、静かに口を寄せ、接触させた。

ほんのわずか、唇を押し当てるだけの接吻であった。

竹千代はきょとんとし、丸い目でこちらを見つめていた。

〈やはり、意味は通じぬか〉

そう思った直後、信長の頬に、竹千代の小さい手が伸ばされた。

頬を押さえられたまま、竹千代の顔が近づき、同じように唇が触れる。これも、わずかに皮が触れるのみの、優しい口づけであった。

信長は驚いたが、頬を真っ赤に染める竹千代を見て、この少年が、おおよその意味を理解しながら行為におよんだと分かった。

思わず、信長は笑ってしまった。

竹千代も、つられて笑う。

すでに、陽も西に落ちた。信長は竹千代の熱を背中に感じながら、ゆっくりと馬を歩かせ続けた。

天文《てんぶん》十八年十一月、織田信広の守る安祥城は、今川の猛攻を受け落城した。信広を生け捕りにした今川方は、これを交渉の手段に用い、松平竹千代との人質交換を持ちかけた。

織田信秀はこれを了承し、尾張西野《にしの》の笠寺《かさでら》において、二人の身柄は無事に交換された。

それから二ヶ月後、犬山《いぬやま》城城主の織田信清《のぶきよ》という男が、今川と手を結び、信秀に反旗を翻した。世に云う「犬山の乱」である。

辛《から》くも信秀はこれに勝利したが、織田弾正忠家の力は急速に衰えていった。

翌年、信秀が没したとき、嫡子・信長は、葬式の席で、その位牌に抹香をぶち撒けた。

二

渥美《あつみ》半島の付け根に位置する吉田《よしだ》は、東海道《とうかいどう》の宿場のひとつであり、今川家にとっては、三河支配の要であった。

この地を押さえた今川家は、吉田城に城代を入れ、奉行や小奉行まで駿河から送り、直《じき》領《りょう》として支配した。さらには、三河各地の国衆や土豪から人質をとり、その城下に集めた。

岡崎松平家の竹千代も、もちろん例外ではなかった。人質交換で三河に戻された竹千代は、そのまま吉田へと送られ、監視下での人質生活を強要された。

かつての人質交換から、二年半が過ぎた初夏。竹千代は下男より早く起床し、台所の竈に火を入れた。

武家が構えた屋敷とはいえ、雇える人数は多くない。岡崎から来た従士はわずかであり、子供といえども、できることはすべて自分でやるしかなかった。

そもそも竹千代自身、働くことが嫌いではない。今朝も米と麦を混ぜた「糅飯《かてめし》」を煮ながら、軽く土間を掃除する。

皆と朝餉《あさげ》をとった後も、雑草とりや茄子畑の耕し始めなど、やることは幾らでもあった。ひとつひとつの仕事を、竹千代は丁寧にこなしていく。

「若君」

ちょうど瓜を漬けているとき、下男の半蔵《はんぞう》が声をかけてきた。

「そろそろ、御支度を」

「分かった」

いつの間にか昼を過ぎていた。竹千代は筆や墨、そして葛紙《くずがみ》などをまとめ、手習いに行く支度を始める。持っていく書籍も幾つかあるが、とくに『今川状』を忘れるわけにはいかなかった。

すべての準備を整えると、竹千代は半蔵ひとりを連れ、皆が手習いする龍拈寺《りゅうねんじ》へと赴いた。寺は吉田城のすぐ南にあり、たいして離れてはいない。

だが、その途中――、

「おい、岡崎の小倅《こせがれ》」

と、乱暴に声をかけられた。

隣接した屋敷に住む奉行・朝比奈輝勝《あさひなてるかつ》の息子であった。この少年も龍拈寺に通わされている。

無視するわけにもいかず、竹千代は頭を下げた。そのまま、互いの下男とともに、寺まで同道する流れとなる。

「父上が云っていたぞ。また、庭に鷹の糞が落ちていたと。お前、また鷹を飼っているだろう?」

「そうであったなら、申し訳ありません」

竹千代は頭を下げたが、直後、頭のてっぺんに拳を受けた。

鈍痛が頭に響き、大きくよろける。

「ひと言多いな、竹千代。ただ詫びればよいだけだろうに」

竹千代は黙し、再び頭を下げた。

もう屋敷では、鷹など飼っていない。一度、朝比奈家から注意を受けた直後に、山の奥へ放してしまったからだ。だが、そんな事情に構わず、いまだ朝比奈の息子は、しつこく因縁をつけてくる。

二人は同年代であったが、駿河衆と三河衆では、身分に大きな隔たりがあった。将来は岡崎を継ぐ竹千代だが、駿河衆に逆らうことは、けっして許されない。

下男たちも何ひとつ云わず、そのまま竹千代たちは、龍拈寺へ着いてしまった。

門前に下男を残し、手習い場に行くと、すでに多くの子供たちが、文机《ふづくえ》の前に座っている。

その大半は、今川家への人質として、吉田へと連れてこられた子供たちであった。西三河各地の松平や、かつて渥美半島を治めていた三河各地の嫡男である。わずかに駿河衆や遠江《とおとうみ》衆の子供たちも通うが、怠け癖がついているのか、寺まで来ない者も多い。

竹千代は、空いている席に座り、まずは風呂敷から『今川状』を取り出し素読した。

解説

【吉田での人質生活】　人質交換後、竹千代は駿府《すんぷ》に送られたとされているが、当時の書状の中にある「竹千世吉田之内」という文章から、成人前は他の人質とともに、三河吉田での生活を強いられていたのではないかという説がある。《参考：平野明夫「人質時代の家康の居所」（『戦国史研究』第五五号　二〇〇八年）》

この書籍は、遠江今川氏の祖とされる今川貞世《さだよ》の手によるものであり、子供たちの書の手本として、各地で利用されていた。内容は、人生の教訓論や、治世への心構えなどである。

——一国一郡を護身にかきらす、衆人愛敬《しゅにんあいきょう》なくして諸道成就する事かたし。

これは今川状の一文であり、「皆に愛される者でなければ、何事においても道を成すことはできない」という意味となる。竹千代から見ても、よい内容だと思われた。

もっとも、今川からすれば、全員に同じ教えを学ばせることが大切なのだろう。やはり、感心してばかりはいられない。

その後は、自身が読み進めている書籍に目を移した。近頃は『論語』や『中庸』などを、盛んに学んでいる。できれば元服するまでに『六韜《りくとう》』『三略』という兵書や、『史記』などの歴史書を、しっかりと読んでおきたいと、竹千代は考えている。

ところが——、

「おい、岡崎の。こっちだ」

と、寺の庭から声をかけられた。

見ると、先ほどともに寺へ来た朝比奈と、数人の駿河衆の子息が集まり、こちらに手招きしている。

〈またか〉

竹千代は、心の中で深くため息をついた。

駿河から来た連中が、三河の子を虐《いじ》めるのはいつものことだが、近頃は竹千代を相手にするのが面白いようで、このように手習いの途中で呼び出されることが多かった。

先日は「鬼定め」の鬼として殴られ、その前は「泥鰌《どじょう》刺《さ》し」で虫を食わされたが、それでも行かぬわけにはいかない。竹千代は草履を履き、外へ出た。

朝比奈は、腰に手をあてながら待ち構えていた。

「来たか、竹千代。さっきな、こいつらが、どうやらよいものを見つけたらしい。お前にも見せてやる。喜べ」

「はい」

「じゃあ、行くか」

何も詳細を告げぬまま、少年たちは、隣の寺の庭に向かった。竹千代も、黙ってそれに続く。そのまま幾つかの寺社を抜けると、小さな林があった。どうやら、そこに何かがあるらしい。

「ほら、見ろ」

朝比奈に云われるがまま、竹千代は林にうごめく影をのぞき見た。

ひとりは中年の男。

もうひとりは若い女だ。

互いに、腕や足を絡めながら、なにやら、延々とのたくっている。

「分かるか、竹千代」

「はい」

「あいつらが、何をしているかだぞ？」

「もちろんです」

いわゆる、男女のまぐわいであろう。

自分のような子供に、卑猥なことを吹き込んでくる者は数多い。下男たちの会話に聞き耳を立てれば、そればかり話している者もいる。ゆえに、その行為を理解はしていたが、実際に目にするのは、初めてのことであった。

〈なにも、こんなに明るいうちから、しなくても〉

呆れる竹千代であったが、周囲の子供たちは、痴態に目を奪われ、女の喘《あえ》ぎを聞こうと、じっと耳を澄ましている。隣の朝比奈も、いやらしい目でそれを見続けていた。

「はは。お前も楽しいだろう？　なにしろ松平は、淫蕩坊主の裔《すえ》だものな」

竹千代は、返事をしなかった。

松平家の祖について、詳しいことを竹千代は知らないが、はるか昔に奥三河松平郷へ流れ着いた「徳阿弥《とくあみ》」という名の僧が、幾つもの家の女を孕《はら》ませ、やがて一族を成したのだと、駿河衆は噂していた。一方で、松平の家臣たちは「世良田《せらた》氏の流れの清和源氏《せいわげんじ》」と云っていたが、幼い自分には確認のしようがない話であった。

「なあ、竹千代」

「なんでありましょう」

小声で問う朝比奈に対し、竹千代も小声で返した。

「あいつらに、この石を当てろ」

朝比奈は、足元にある石を拾い、竹千代へ手渡してきた。見た目より重さがあり、角ばっている。当たれば、必ずや怪我をするだろう。

「男も女も、いったい、どんな顔をするかな。さあ、やれ」

「なんで、そんなことを？」

「そうした方が、面白いからだ。ほら、早く投げてみろ」

「いやです」

思ったより、すんなりと拒否の言葉が出た。これには、竹千代自身が驚く。

「石が頭に当たり、死んでしまった者を印地打《いんじう》ちで見たことがあります。そんなこと、できません」

「俺は、当てろと云っているのだ。今日は余計なひと言が多いぞ」

朝比奈は横目でこちらを睨《にら》みつける。

竹千代は頭を掻いた。

「黙って石を投げろ。竹千代」

「いやです」

「殴るぞ？」

「構いません」

あの男女に義理はないが、無意味に人を傷つけることなど、竹千代にはできなかった。それならば、自分が殴られた方がよい。

「ほう」

躊躇《ちゆうちよ》なく、朝比奈は拳を振り上げた。

竹千代が痛みに身構えた、そのとき——、

「あっ？」

背後で、子供たちが驚嘆の声を上げた。

朝比奈も、すぐに気づいたらしい。どこに行ったのか、先ほどまで林の中にいた男が、こつ然と消えていた。

いくら見回しても、周囲に気配はなく、今まで肌を重ねていた女さえ、何が起きたか分からない様子であった。

皆が慌てながら、目をきょろきょろとさせていると、不意に——、

「この、くそガキどもめっ」

と身体の芯を震わす大音声が、雷鳴のように響いた。

荒肝を抜かれた子供たちは、蜘蛛《くも》の子を散らすように逃げ出した。朝比奈も、あらぬ彼方へ遁走《とんそう》している。女まで、着ていたものを脇に抱え、林の奥へと消えてしまった。

ただひとり、竹千代のみが藪《やぶ》の傍に取り残された。

「なんだ、逃げないのか？」

男の声は、背後から聞こえた。どうやら、いつの間にか後ろに回り込まれていたらしい。

「私は何ひとつ、恥じ入ることをしていません。逃げる必要など、ないはずです」

「肝の据わったガキだな」

すると、背後にあった草陰から、むくりと、裸の男が立ち上がった。

白髪まじりの髪を見ると、それなりに歳を重ねた御仁に思えるが、肌は妙に若い。腕も足も鍛えられてはいるが、田畑で働くものには見えなかった。また、垂れた目尻と、大きな口には、独特の雰囲気がある。

「のぞき見はいかんと、誰かに習ったことはないか？」

「連れてこられただけですが、理解はできます。以後、気をつけます」

「ほう」

男は竹千代に近づくと、その顎を指で上げ、じっと瞳を覗《のぞ》き込んできた。

「ガキ。名はなんという？」

「松平竹千代」

「そいつは、どこの松平だ？」

「岡崎です」

「ふうん」

聞くだけ聞くと、男は竹千代から指を離し、林の中に脱ぎ捨てた褌《ふんどし》から着け始めた。

「岡崎というと、あれか。少し前に、城主が死んだところだな」

「はい」

「おう、当たった」

西三河には松平の一族が多くあり、俗に「十八松平」などと呼ばれるくらいであった。岡崎の事情をすぐに云えたこの男は、ずいぶんと三河について詳しいらしい。

「気乗りしない役目であったが、こういう奴がいるなら、少しは楽しめるかもしれん」

上からものを羽織ると、男は白い狩衣《かりぎぬ》に加冠という、なかなか上等な姿となった。

「つい先ほど、吉田に着いたばかりでな。少しばかり、遊んでしまった」

「遊びで、あのようなことをするのですか？」

「好色は戒められているのだが、新しい土地を知るには、女を抱くのが一番早い」

「ずいぶん、勝手ですね」

「そうだな。俺はこの世でもっとも身勝手な男だ。まあ、覚えておけ」

そう簡単に忘れることもできないだろうが、そもそも竹千代は、この男が何者かが分からない。

だが結局、男は名乗ることなく——、

「じゃあな。ガキ」

と云い残し、やはり林の中へと消えてしまった。

翌日のこと。

龍拈寺に集まった子供たちは、そこから西にある安海熊野《やすみくまの》社という神社へと連れて行かれた。

境内には簡単な舞台が作られており、上には数人の男たちが並んでいたが、その中のひとり、白に水干《すいかん》を着た男が、子供たちを見下ろしながら、語りかけてきた。

「我が名は観世十郎《かんぜじゅうろう》。そなたらに申楽《さるがく》の奥義を伝授するために、駿河より罷り越した」

その垂れた目に、大きい口は、まさに昨日の裸の男であった。

三

「まず、この中で中楽を見たことがあるものは？」

観世十郎が問うと、二十人ほどの子供の中の、半分程度が手を挙げた。そのほとんどが、駿河から来た子であった。

竹千代は、手を挙げなかった。

「こんなもんか。ならば、ちゃんと教えておこう」

十郎はしゃがみ、自分の足元の舞台を扇で指し示した。

「まず中楽とは、このような舞台の上でやる芸だ。舞台の上の皆で、舞ったり謡《うた》ったりする。このとき、主役を張る奴をシテ、それを助ける奴をツレという。ほかにも、ワキだ、トモだ、ワキツレだと、いろいろあるんだが、とりあえず、シテとツレだけ覚えておけ。主役がシテ、もうひとりがツレだ」

竹千代は、小さな声で、シテ、ツレ、シテ、ツレと口ずさむ。

「そして、舞台で舞うシテやツレを、笛や太鼓で囃《はや》したてるのが囃子方《はやしかた》だ。このように、舞台の後ろに並んでいる」

見ると、舞台の後ろにいる四人は、それぞれ楽器を持っている。左から順に、太鼓、大鼓《つづみ》、小鼓、笛であった。

「舞台の左、お前らからは右だが、とにかく横には地謡《じうたい》がいて、一緒に謡って盛り上げてくれる」

舞台の右には、正座した男たちが六人ほど並んでいる。どうやら、彼らが地謡らしい。

「まあ、このように大勢が集まって、我々は申楽をやっている。内容はいろいろで、『伊勢《いせ》物語』や『平家《へいけ》物語』など、そのほかたくさんだ。中には、唐土《もろこし》の話もある。あまりに古すぎて、よく意味が分からないものまであって、俺も少し困っている」

十郎は扇を閉じて、自分の額を叩いた。

子供たちからは笑いが起きる。

「まあ、まずは観てもらおうか。弁慶《べんけい》と牛若丸《うしわかまる》ならば、お前たち知っているだろう。その五《ご》条《じよう》橋《のはし》での立ち廻りだ」

すると、舞台の上に長刀《なぎなた》が運ばれ、十郎へと手渡された。受け取った十郎は左奥へ向かう。もうひとり、薄絹を肩にまとった子供が、右手前に立った。十郎が弁慶、子供が牛若丸であることは、竹千代にも分かった。

二人が位置についたとたん、十郎の云う「申楽」が始まった。

まず、地謡が謡いだした。

深く響く声に合わせ、十郎は舞台の床を強く踏んだ。それに続き、牛若丸が薄絹を頭に被り、弁慶へと近づく。そのまま、牛若丸は弁慶の背後に廻り、長刀の柄《え》を蹴り上げた。慌てた弁慶は、得物《えもの》を取り回しながら、舞台の右前へと移動した。

地謡に合わせ、再び弁慶は床を踏み鳴らし、長刀を大きく振り回した。牛若丸も薄絹を投げ捨て、刀を抜く。

対峙する二人を見て、竹千代は緊張した。

〈五条橋だ〉

神社の境内に組んだ舞台が、今まさに、京の五条橋に見えたのだった。

弁慶と牛若丸は、同時に踏み込んだ。

長刀が打ち込まれる。

だが、牛若丸は刀で弾《はじ》く。

二度、三度と刃が交わる。

よろけた弁慶は、舞台の奥へと、たたらを踏む。直後、柄を長く握り直し、再び前へ大きく踏み込む。

凄まじい勢いで、長刀が振り下ろされた。

だが、牛若丸は、ひらりとかわす。

弁慶は体勢を立て直しつつ、すぐさま足を払おうとするが、地をかすめる一撃は、軽く跳躍でかわされた。

わっと、子供たちが沸いた。

その後、どうしても弁慶は牛若丸にかなわず、ついに得物を落としてしまった。

ことの結末を地謡が謡い上げ、申楽は終わった。十郎たちが頭を下げると、子供たちの拍手と、感嘆の声が神社に響く。

竹千代も、すごいものを観たと、素直に思った。

「まあ、こんな感じだ。今のは『橋弁慶』という曲だが、そのさわりだな。本当は、前と後ろに、もう少し話がある」

十郎は、額の汗を拭っている。よく見れば、着物も汗で身体に張り付き、湯気まで出ていた。

「さて」

すると、十郎は再び舞台の前へ出てきて、その縁に座った。そのまま、子供たちの顔を改めて眺める。

「お前たちが、集められた理由は、まさにこれだ。今、俺たちがやったことを、お前たちにもやって欲しい」

不意を突かれ、子供たちの動きが一斉に止まった。

「これは、駿府の殿様からの命令でな。武家の子供たちに、申楽を教えてくれと云われたのだ。駿河や遠江は、だいたい廻った。あとはここ、三河の吉田だけだ」

一気に、緊張が走る。

十郎は簡単に「駿府の殿様」と云ったが、それが我らが主君・今川治部大輔《じぶたいふ》義元のことだというくらい、年端のいかない子供たちでも、もちろん分かった。皆の姿勢が一斉に改まる。妙な緊張を与えたことに気づいたのか、十郎は軽く笑いながら云った。

「なに、心配はいらん。ひと月もあれば、誰でもできるようになる。それに、上手くできなくても、それはただ、申楽に向いていなかったというだけだ。とくに怒られることはない」

それを聞き、わずかに空気が緩んだが――、

「ただ、ひとつ」

と、十郎は扇の先を上げた。

「もっとも上手くできたガキには、正月に駿府館でやる申楽に出てもらう。つまり、殿様の御前で舞ってもらうわけだ」

その言葉で、再び空気が引き締まった。

〈駿府館？〉

これには、竹千代も驚いた。

駿府館とは、今川氏当主が居住し、政務を執る領国支配の中心地であった。そのような場で舞を披露できれば、当然、殿様の覚えも良くなるだろう。立身出世の機会さえ、得られるかもしれない。

ことは、今後の家格に関わってくる。この場にいる皆が、そのように考えている様子であった。

「まずは俺の眼鏡に適《かな》うことだな。まあ、教えることは、すべて教えてやるから、あまり気にするな」

気にするなと云われても、もう無理であった。今川の人質という惨めな環境で、そのような餌を与えられたら、誰であっても猛然と嚙みつきにいくしかない。

「では、さっそく役を決めてしまおう。自分のやりたいものならば、シテでもツレでも構わん。好きに選んでくれ」

竹千代は当然「シテ」にしようと決めていた。舞台でもっとも目立ちたいなら、主役を演じるしかない。

「では、シテの弁慶をしたいもの、手を挙げてみろ」

朝比奈をはじめ駿河衆の子が一斉に挙手したが、竹千代も構わず、手を上へと伸ばした。家格の違いなど、気にしない。このような数少ない好機を逃すわけにはいかなかった。

だが――、

「なんだ、竹千代。お前は昨日、岡崎松平と云っていたではないか？」

と、舞台の上の十郎が、こちらを扇子で指しながら問うてきた。

「ならば、演ずるのは牛若丸の方がよい」

「そんな」

「お前は牛若丸。それで決まりだ」

「いったい、なんで？」

「文句はなしだ」

抗弁の機会もないまま、十郎は竹千代の役を決定してしまった。

そのまま窮していると、朝比奈がこちらに、侮蔑の眼差しを送っていることに気がついた。

竹千代は、おとなしく手を下ろすしかなかった。

その後、十郎はすべての子供たちを、弁慶と牛若丸の二つに分けた。

「では、ひと月の後、ここで全員にやってもらおう。弁慶も牛若丸も、ちょうど十人としたので、十回ほど、『橋弁慶』をやることとなるな。見所《けんじょ》に客も入れたいから、知り合いを連れてきても構わん。俺はひと月、この神社に居るから、聞きたいことがあれば、いつでも来い」

云うだけ云うと、彼は舞台を降り、そのまま一座を連れて去ってしまった。

下男とともに、竹千代も帰宅の途についたが、先ほどのことを思うと、口の中がひどく苦くなった。

〈いったい、あの観世十郎という人は、何を考えているのだろう〉

十郎は、松平の事情をよく知っている様子であった。ならば、このような機会を逃せないことも、理解しているはずだ。

それでも、あの男は自分に牛若丸の役を押し付けたわけだが、その意図が、まったく分からない。

〈この世で、もっとも身勝手な男とは云っていたが、あまりに非道《ひど》い〉

そのとき、不意に下男の半蔵が――、

「若君。どうか、おやめください」

と、心配げに云ってきた。

何かと思ったが、どうやら、頭を掻く手のことだったらしい。あまりに強く掻きむしっていたせいか、爪の先に血がついていた。

「すまない、半蔵」

竹千代は裾で爪を拭った。これは我慢の限界に達すると出てしまう奇癖で、吉田に来てから現れるようになった。

「もうひとつ、若君」

「なんだ？」

「あの観世十郎という男のこと、拙《せつ》は聞いたことがございます。故郷では知られた名でありました」

半蔵は、背を丸めながら、消え入りそうな声で云った。

「半蔵、生まれはどこだ？」

「伊賀《いが》でございます。あのあたりには服部党というものがあるのですが、中楽の観世家も、昔は服部を名乗っていたと聞いております」

「では、半蔵も服部党であったのか？」

「昔の話です」

半蔵は小さくうなずいた。

「ならば、観世という姓は？」

「中楽を大成させた観阿弥《かんあみ》という者の幼名が、観世丸《かんぜまる》と云ったそうで、そこからつけたと聞きました。ときの将軍に気に入られ、一座の名を天下に知らしめたのです」

半蔵の小さな声には、郷土の誇りを称《たた》える響きが、わずかにあった。

「すると、あの十郎という者も、やはりすごいのか？」

「そうでしょう。先ほどの弁慶は、拙の目にも凄まじいものに見えました」

大人が見ても、そう思うならば、やはり上手いものだったのだろう。自身も、確かに心が震えた。

「あれほどの芸を成した方が、意味のないことを云うとは、拙には思えませぬ。若君に牛若丸を押し付けたのも、何か、理由があるのではないかと」

「そんなことが、あるのか？　単に、三河の小僧を莫迦《ばか》にしているだけでは？」

半蔵は首を横に振った。

「申楽師という連中は、芸のためなら何でもします。あるいは、芸のためにならないことなど、一切やりません。やはり、意味はあると思います」

ならば昨日、林の中でしていたことも、芸のためだったのだろうか？　どうにも疑わしい。だが、決まってしまったことは覆せない。ならば、今は牛若丸を演じるため、懸命にならねばならないということだろう。

「半蔵は、申楽に詳しいのか？」

「故郷では、盛んにやってはおりました。ですが、人に教えるほどではありません」

「構わない。ただ、見てくれるだけでいい」

決心すると、自然と歩きも速くなった。

解説

【服部党】　世阿弥の言葉をまとめた『申楽談儀』には、自身の血筋について「伊賀国服部の杉の木」の子孫と書かれている。ここから、世阿弥の父である観阿弥の出自が、伊賀の服部党であることが分かる。ただし、「杉の木」についての詳細は不明。《参考：表章校註『世阿弥　申楽談儀』（岩波書店　一九六〇年）》

「これからひと月で、私は牛若丸になる。そのさまを、半蔵はじっくりと見ていてくれ」

「はい」

下男も、早足になりながら頭を下げた。

翌日から、申楽の修練が始まった。

観世十郎の一座は、安海熊野社に滞在し、通ってくる子供たちに申楽を教えた。

まずは、皆が姿勢を正された。

ただ立っているだけのことを、申楽では「構え」と呼び、「少し身体を前へ傾け、上から紐で引っ張られているように」と云われる。

歩くことは「運び」と呼び、「足の裏を床から離さず、身体を揺らさずに前へ出せ」と指示される。

云われたとおり、床の上をそろそろと歩きだしたが、さらに「歩きながら腕を上げ、扇で前を指し示せ」と命じられると、もう身体が動かなかった。中には転びだす子もいる始末であったが、十郎は――、

「別に、今すぐできなくても構わんぞ。なあに、そのうち慣れる」

と、急かす様子はなかった。

ほかの者たちも同様に、少しも怒ろうとはしない。興味が笛や太鼓に移った子供には、そ

れにも触らせていた。また、謡についても本当に頭に入っているか確認する様子はなかった。ずいぶん、甘いものだと竹千代は思う。この調子では、数日の後には怠ける子も出てくるであろう。

〈いや、むしろ他山の石とするべきか〉

一度だけ大きく息を吸い直すと、竹千代は再び、床をこするように歩き始めた。

四

十郎が吉田へとやってきてから一ヶ月が経《た》ち、ついに本番の日となった。

舞台の前には、多くの客が座っており、皆が皆、今や遅しと待ち構えている。子供たちの親や縁者はもちろん、家臣のすべてを引き連れてきた者まであるようだった。ほかにも、近くに住む者や、通りがかりなど、とても数え切れるものではない。

もっとも、それはこの吉田に親がいる駿河衆だけのことで、人質である三河衆は、せいぜい下男が来ているだけであった。当然、竹千代の縁者もおらず、ここに来たのは、半蔵ひとりである。

「思ったより、数がいるな。まったく、同じ演目を十回もやるって、分かっているのかね？」

十郎は、呑気につぶやいていた。

現在、二十人の子供たちは、楽屋代わりに設《しつら》えられた舞台裏の小屋へ集められている。ここで皆が出番を待ち、順番が来たら舞台へ向かうという段取りであった。

〈やはり、どうにも緊張するな〉

竹千代は、高鳴る胸に手をあてた。

今日まで、充分な修練は積んできたつもりであった。神社で練習が終わった後も、自邸で半蔵を相手に稽古を重ねた。子供たちの中で、もっとも上手く舞う自信はある。

それでも、役はあくまで牛若丸であり、シテの弁慶ではない。その見応えは、どうしても主役より劣る。

そんな不利を跳ね返す方法も、ひとつだけ考えてきたが、上手くいくかどうかは、未知数であった。

〈慌てるな。慌てなければ、できる〉

竹千代は、ゆっくりと息を吐き、気を静めた。

「それでは、俺は地謡に入って、横からお前らのことを見ている。せいぜい、父上や母上の前で、しっかりやってくれ」

云うと、十郎は小屋を出て、舞台に向かった。続けて、初めの出番の子供が呼ばれた。

いよいよ、始まるのだ。

まず、子供たちの声が響き、鼓の音が重なる。やがて、地謡が盛り上がり、観客が歓声を上げる。外の音を聞く限り、どうやら、上々の出来のようであった。

しかしながら、同じものが十回も続けば、どのような反応になるかは分からない。十郎は、「もっとも上手くできたガキには、正月に駿府館でやる中楽に出てもらう」と云っていたが、ならば、どれだけ客を盛り上げたかは、評価に大きな影響を与えるだろう。せいぜい、上手くやり抜くしかない。

子供たちの数も、時間が経つにつれ、徐々に減っていき、やがて、小屋にはたった二人、竹千代と朝比奈が残るのみとなった。

朝比奈は、手に持つ棒を軽く振り、最後の確認をしている。一方、竹千代は小屋の隅にじっと立ち、頭の中で切り組みの動きを繰り返した。

朝比奈の舞は、けっして悪いものではなかった。いままでの態度とはうって変わり、十郎とともに、しっかり修練を積んでいた。

それでも絶対に勝ってやると、竹千代は心に誓った。——これまでの二年半、やられた分を、すべて、舞台の上で返してやると。

「出番だ。来い」

ついに、本番であった。朝比奈に呼ばれた竹千代は、小屋を出て、そのまま舞台へ向かった。簡単に設えた台を踏み、さらに上へと足をかける。

舞台に上ると、目の前は、境内を埋め尽くすほど、人で溢《あふ》れていた。

竹千代は、息を呑む。

思ったより、一人ひとりの顔がしっかり分かることに驚いた。楽しんでいる者、飽きている者など概ね把握できる。

まず竹千代は、朝比奈とともに舞台の上で正座し、客へ向かって深く頭を下げた。

それぞれ立ち上がる。竹千代は薄絹をまとって舞台の前へ立ち、朝比奈は長刀を持ち、舞台の後ろで構えた。

互いに拍子をとりつつ、まず朝比奈が声を発する。

「弁慶かくとも白波の、立ち寄り渡る橋板を、さも荒らかに踏み鳴らせば」

云いながら、舞台の床を強く踏む。

「牛若、彼を見るよりも、すはや嬉しや人きたるぞと、薄衣なほも引き被き、傍らに寄り添ひ佇《たたず》めば」

薄絹の中で、竹千代も謡う。

思っていたより、ずっといい声が出たが、頭を下げているため、客の反応はよく分からなかった。

〈いや。もっと集中しろ〉

申楽においては、ただ止まっているだけでも、それは「構え」という動きであった。全力であたらねば、容易に乱れる。

互いの掛け合いの後に、地謡が入った。

竹千代は動き出し、朝比奈へ近づいていく。

朝比奈も、同時に歩みだす。

牛若丸は「あの男をからかってやろう」と、すれ違いざまに長刀の柄を蹴った。

互いの立ち位置が入れ替わる。

弁慶は、「痛い目にあわせてやろう」と、長刀を持ち直し、牛若丸へと斬りかかる。

合わせて、竹千代は頭に被っていた薄絹を払った。

目の前には、長刀を構えた朝比奈がいる。

〈これから、こいつに勝つのか〉

筋書きの上で勝つのは、確かに牛若丸であったが、本当に負かさねばならないのは、目の前の朝比奈自身であった。

より、客に喜ばれた方が勝つ。つまり、求められているのは、『今川状』にあった「衆人愛敬」であった。

竹千代は、刀を手に持ち、鞘《さや》を払った。

そのまま構え、対峙する。

拍子に合わせ、二人は同時に踏み込んだ。

足を狙ってくるような一撃を、竹千代は刀で受ける。

右から、左から、再び右から。

そのすべてを刀で受け、竹千代は耐えた。

〈やはり、こちらに当てるつもりで、打ち込んできたな〉

朝比奈の一撃は、どれも鋭かった。こちらを打ち据えるつもりで、叩いてきたのだろう。

だが、昨日までの練習で、竹千代は何度も練習中に殴られてきた。拍子に合わせての動きであれば、充分に対処はできる。

続けて、牛若丸が反撃する番となるが、これは刀を振り回すことで表現する。竹千代が意趣返しするのは、今ではない。

弁慶は橋桁を二、三間ばかり後退し、肝を冷やす。同時に、牛若丸も距離をとる。

それぞれ得物を構え直した。

朝比奈の目は、怒りに満ちている。弁慶の演技としては充分だが、あれは本気のものであろう。

もっとも、竹千代の余裕も本気であった。

〈さあ、来い〉

顔に薄っすらと笑みを浮かべてみせると、朝比奈の眉が吊り上がった。

地謡に合わせ、長刀を構え直した朝比奈は、一気に駆け出した。

竹千代も前へ出て、長刀を弾く。

これも、本気の一撃だった。ならば、次も必ず来る。――狙いは、それであった。

弁慶は身を翻し、長刀で足を払おうと、地を擦るような一撃を振るう。

牛若丸は、本来ならば跳躍でかわすことになっているが、竹千代は、朝比奈の長刀を上にかわすと――、

〈よし〉

と、思いっきり長刀を両足で踏み、へし折った。

乾いた音を立て、木製の小道具が壊れる。

朝比奈は、驚愕の表情となっていた。「こいつ、失敗しやがった」と思い、こちらを見てくる。

だが、竹千代は余裕の笑みを、変わらず浮かべた。「これは、わざとだ」という、無言の宣言であった。

朝比奈の顔が、憤怒で赤くなった。

だが、どれだけ怒っても、物語は続く。朝比奈は折れた長刀を持って、舞台の左奥へ。竹千代も再び右手前に立つ。

謡に合わせてともに足踏みし、床を派手に鳴らすと、客が大きく沸いた。これまでの九回になかった展開と、気持ちの乗った演技に、興奮しているのだ。

ここまでは、竹千代が描いた「秘策」のとおりに進行した。

ならば、最後の詰めをしくじるわけにはいかない。朝比奈は、すでに怒り狂っており、次の一撃も、全力で打ってくるだろう。

――それを、捕るのだ。

朝比奈が、大きく踏み込み、先の折れた得物を振りかぶった。

狙いは自分の頭であろう。

竹千代も刀を構え、備えた。

振り回された長刀が、右横から迫る。

竹千代は、右手で持った刀で、その一撃を受けた。

同時に、左手で棒を摑み取る。

そのまま、全力で捻り上げると、本来の筋書きどおりに、朝比奈は長刀の柄を落とした。

〈ああ、そうだ〉

朝比奈は、そうするしかない。物語にない動きをする度胸など、あるはずがないのだ。

得物をなくした弁慶は、素手で組み討ちにくるが、迫る朝比奈の頭へ、竹千代は上段から刀を振った。

当たる寸前で、ぴたりと止める。

〈狙いどおりだ〉

〈ここで怪我をさせたら、客の心が離れてしまう〉

それでも、いままでやられた分を、すべてやりかえしたようで、胸がすいた。

最後、地謡の声に合わせ、竹千代と朝比奈は舞台の後方に並び、再び正座する。

額《ぬか》ずくと、大きな拍手と喝采が耳に届いた。竹千代は鳴り止まない称賛の声に、いつまでも頭を下げ続けた。


舞台を降りると、いきなり朝比奈が、竹千代の胸ぐらを摑んできた。

「おい、お前。いったい、どういうつもりで、あんなことをした？」

「いったい、何のことですか？」

「なぜ、長刀を折りやがった？」

それについて、竹千代には、すでに用意していた答えがあった。

「そうした方が、面白いからです」

かつて、男女のまぐわいに「石を投げろ」と命じてきたときに、朝比奈が云った言葉を竹千代は、そのまま返してやった。

「ふざけるな」

朝比奈は、右腕を振り上げ、こちらへ殴りかかろうとした。

だが、その拳を、背後から十郎が止めた。

「そこまでだ」

駿府から遣わされた申楽の師匠には逆らえず、朝比奈は手を下ろした。

「ですが、竹千代は失敗しました。あの長刀を、わざと踏んで壊したのです」

「わざと踏んだなら、失敗じゃない。それで客が盛り上がったなら、なおさらだ」

「しかし――」

「もういい。この立ち合いは竹千代の勝ちだ。お前も認めろ」

ここまで、はっきりと断言されては、いくら朝比奈でも何も云えない。そのまま押し黙り、恨みがましく竹千代を睨みつけるのみであった。

「とはいえ、俺も聞きたいことがあるのだ」

十郎は竹千代の前に立ち、見下ろしながら尋ねてきた。

「なあ、竹千代。長刀を踏み折ってやろうというのは、いつ思いついたんだ？」

「自分たちが、十番目にやると決まったときです」

竹千代は、十郎を見上げながら答えた。

「出番が最後なら、小道具が壊れたところで、平気だろうと思いました」

「だが、あんなことをする気配など、練習では少しもなかったぞ？」

「警戒されては、本番で、できなくなります」

「つまり、胸に秘したと？」

「はい」

「なるほど」

すると、十郎は竹千代の両肩を、思い切り叩いた。

「いいじゃないか」

十郎は、にっかりと笑っていた。


この日の舞台は、すべて終了し、客は満足気に引き上げていった。

後に残った子供たちには、十郎がそれぞれ、感想を言い渡した。やはり、怒られる者は皆無であり、皆が徹底して褒められた。

そして、最後に――、

「駿府館で中楽をするのは、松平竹千代で決まりだ」

と、皆の前で申し渡された。

竹千代は、我慢して快哉《かいさい》こそ上げなかったものの、ぐっと拳を握り、顔に会心の笑みを浮かべた。

五

駿河行きの感動を、いつまでも嚙み締めていたいと思っていた竹千代であったが、その日の夜、唐突に十郎が屋敷へと来たことで、そんな気分は吹き飛んでしまった。

十郎は、いつもの白い狩衣で、ひとり、この狭い屋敷へとやってきた。

従士が慌てて応接し、どうにか客間へと案内したが、相手はなにしろ、今川義元からも認められた、当代きっての申楽師であった。どのように扱えばいいのか困り果て、屋敷の空気は一気に張り詰めたものとなった。

もっとも、十郎の態度は普段と変わらず、上座であぐらをかき、大きな口の端を上げ、不敵な笑みを浮かべていた。

「よう、よくやったな。竹千代」

「ありがとうございます」

竹千代は、下座で丁寧に頭を下げる。

「いや、お前さあ。もうちょっとガキらしく喜んだっていいんだぜ？　あの立ち合いは、誰が見たって快勝だったさ」

「そのように云われても、困ります」

なにしろ、竹千代の出身地である岡崎をはじめ、三河のほとんどは今川の支配下であった。これ以上、駿河衆の不興を買えば、何が起こるか分からない。

「しっかりと結果は出ました。ならば、余計な揉《も》めごとの種は、作らない方がよいかと思います」

「大変だな、お前は」

どれだけ大変でも、すべては三河のためであった。竹千代は「はい」とも「いいえ」とも答えず、再び頭を下げた。

「そういえば、大夫《たいふ》」

竹千代も、いくつか十郎に尋ねてみたいことがあった。

「なんだ？」

「まさか、先ほどのような結果が出ることを見越して、私に牛若丸を押し付けたのですか？」

「さすがに、結果は分からん」

十郎は組んだ足に肘をつけ、握った拳に顎を乗せながら云った。

「ただ、気持ちは大事だからな。お前たち二人ならば、自然と切り組みに感情が出るだろうとは思っていた。なにしろ、嫌いだろう。あの朝比奈のこと」

「まさか」

どこから話が漏れるか分からないため、正直に首を縦には振れなかった。

もっとも、朝比奈と揉めているところは、すでに十郎に見られている。おそらくは、あれが契機だったのだろう。

「まあ、申楽において、気持ちは大切だ。感情が乗れば、詞章にも所作にも、大きな違いが出てくる」

「それほどですか？」

「まあ、そうだな。ちょっと、やってみせようか」

十郎はその場ですくっと立ち上がり、扇を手にとった。

「今回、お前たちには分かりやすい切り組みをやらせたが、本来、申楽の所作というものは、もう少し難しい」

十郎に合わせて、竹千代も立った。何をするかは分からないが、自分だけ座り続けるわけにはいかない。

構えの姿勢をとる竹千代を見て、十郎はうなずく。

「ああ、構えと運びは教えたな。あと、仕舞には多くの型がある」

「型ですか？」

「まあな。サシ込ミとか、ヒラキとか、シトメとか。いろいろなものがあるが、そういうものを数珠のように繋ぎ合わせて、ようやく、ひとつの仕舞ができ上がるのだ」

「なるほど」

「その型のひとつに、シオリというものがある。こういうものだ」

すると、十郎はわずかに身体を前へ傾け、左手で目元を隠した。

〈えっ？〉

十郎が泣いていた。

顔に手をかざした姿が、こぼれ落ちる涙を必死に留めているように見え、竹千代は大いに驚いた。

「本当に、泣いているのですか？」

「いや。これは泣いている型だが、俺も心の中では、しっかりと泣いている」

十郎は、再び構えに戻った。その表情には、何の変化も見られなかった。

「つまりは、こういう具合だ」

再び、十郎はどさりと腰を下ろした。

「まあ、所詮は型であり、手を顔にかざしただけだな。だが、気持ちをしっかり作れば、今のように、ちゃんと泣いているように見える」

「はあ」

竹千代は感心し、自身も真似て、左手を顔へかざしてみた。

だが、気持ちの作り方が、まるで分からない。一応、大好きな鷹を手放したときのことなど、悲しいことを考えてはみたが、これが泣いているように見えるとは、とても思えなかった。

「そんな簡単に、できるはずがないだろ」

十郎は、おかしそうに笑いだした。

「それなりに修練を積まねば、上手くはいかん。とはいえ、気持ちはにじみ出る。先ほどの切り組みは、本当に上手くいったというわけだ」

「そういうことですか」

つまり、自分では隠していたつもりの憎悪であったが、あの切り組みでは、そういうものが発揮されてしまっていたのだ。

軽くため息をつきながら、竹千代は正座した。

一方、勝ち誇ったように、十郎はにやにやしている。

「まあ、けっして簡単ではないが、この程度のことは、お前にもできるようになってもらわねばならん。なにしろ、すぐに殿様の御前でやるのだから」

「できるでしょうか？」

「大丈夫だ。できるようにしてやる」

こちらにぐっと身を乗り出し、十郎は云った。

「俺に任せておけ。これから毎日、鍛えてやる。お前の都合など、もう関係ない。骨の髄まで、しっかり申楽を叩き込んでやる。生きるか死ぬかの際まで追い込み、真の申楽というものを分からせてやる。だから、まあ、任せておけ」

「は、はい」

思わず、竹千代は後ずさってしまった。

「なんか、今までの稽古と、ずいぶん違う気がするのですが？」

「当たり前だろう」

十郎は、さらに顔を寄せてきた。

「子供は飽きやすいからな。途中でやめたりしないよう、申楽では、無理強いは絶対にしないのだ。だが、駿河行きが決まったお前がやめることなど、ありえるか？」

竹千代は、首を横に振った。

「そうだ。だから、いくらでも厳しい稽古ができる。はは、これは楽しみだ」

十郎の笑いに、竹千代は息を吞んだ。この男が、どれほどのことを考えているのか、まるで想像がつかない。

「いったい、何をさせるつもりですか？」

「覚悟しておけ。まるまる一曲、シテとして舞ってもらう」

「シテを？」

「そうだ。今度は牛若丸みたいに、ちょっと切り組みをしただけでは終わらん。芸尽くしの曲を、完全にやりきってもらうぞ」

　十郎は懐に手を伸ばすと、中から、何か小さな本を出してきた。

「それは？」

「謡本という。この曲を、お前に任せたい」

　手渡され、仕方なく竹千代は受け取った。表紙には『花月』と書いてある。

「はなつき？」

「莫迦。かげつ、と読むんだ」

　中を開くと、小さな字でびっしりと詞章が書いてあり、空白には、さらに小さい字でいろいろな説明が書かれていた。少し眺めているだけで、目が廻ってしまいそうだった。

「これを、すべて覚えねばならないのですか？」

「まあ、シテならば、すべて頭に入れておいた方がいいだろうな。ましてや、覚えるのは詞章だけではない」

「え？」

「芸尽くしと云っただろう？　この曲はな、花月って名前の小坊主が、あらゆる芸を、皆の前で見せるという内容なんだよ。名乗りに始まり、小唄《こうた》、弓、曲舞《くせまい》、羯鼓舞《かっこまい》と、全部を順番にやっていく。すべて、お前ひとりでだ」

「大変そうですね」

「そんなに長い曲ではないが、いきなりでは多少、荷が重いだろうな」

竹千代は、改めて謡本に目を通し始めた。

どうやら花月は、寺の前で芸や春を売る「喝食《かつしき》」のひとりらしい。名乗りの後、いきなり、当時流行っていたらしい小唄を歌わされている。

——来し方より、いまの世までも絶えせぬものは、恋といへる曲者。げに恋は曲者、曲者かな。身はさらさらさら、さらさらさらに、恋こそ寝られね。

竹千代は、口に出して詞章を読む。それは「いつの世でも、恋は曲者であり、そのために今日も寝られない」という内容の古い唄であった。

「ああ、そうだ。その小唄は、今川でも受けがいい。意味は分かるか？」

「はい」

竹千代は、迷いながらうなずいた。

「意味は分かります。ですが、気持ちを作れと云われると、正直、困ります」

なにしろ「恋」など、竹千代には、まるで経験がない。

「まあ、そうだろうな」

十郎も、納得するようにうなずいていた。

続きを読む。

花月は花を散らす鶯《うぐいす》を弓で射ようとするが、殺生戒《せっしょうかい》を破ることはできないと、それをやめてしまう。次に、僧の所望を受け、清水寺《きよみずでら》の由緒を述べた曲舞を謡ってみせる。最後、なぜか唐突に、生き別れの父親と再会した花月が、羯鼓舞をして物語は終わる。

正直、わけが分からない。

「本当に、筋らしいものが、まったくありませんね」

「そうだな。ただただ、楽しいだけの曲だ」

竹千代は、再び謡本を眺め、自分が演じる花月を想像してみた。

〈楽しく何かを舞ってみせるなど、私にできるのだろうか？〉

いろいろ考えたが、結局、どういうものになるのかは、さっぱり分からなかった。

「すいません、大夫。なぜ、この曲を私に選んだのですか？　自分が花月の気持ちになれるとは、どうしても思えません」

竹千代は、十郎に尋ねる。

すると十郎は——、

「それは、気にするな」

と云いながら、笑った。

「さっきも云ったが、こいつは、今川での受けがいい。子供でもシテのつとまる曲はいろいろだが、駿府でやるなら、これがもっとも見栄えがいいだろうと、俺は思う」

「はい」

「あと、竹千代が花月の気持ちになれないなど、俺は思わん」

「え?」

「いままでは、つらいことも多かっただろうが、これからは、楽しいことだってあるだろうさ。もし、気持ちを作ることが難しいなら、将来のことを考えて、こうして笑え」

十郎は大きな口を開き、腹を抱えながら笑ってみせた。

どうしたものかと、しばらく竹千代は黙っていたが、やがて、つられて笑い出してしまった。

この屋敷に、こんな笑い声が響くのは、初めてのことかもしれない。少なくとも、竹千代は聞いたことがなかった。

〈そうか。こういう気持ちで、演じればいいのか〉

竹千代は納得し、全力で『花月』に取り組もうと心に決めた。

翌日から、竹千代の修練は始まった。

いまだ、何も分からない少年に対し、十郎は一切の容赦なく叩き込み始めた。

なにしろ、申楽師は常に各地で公演し、旅を続ける職業であった。十郎も今川に仕えているとはいえ、駿河・遠江・三河の三国を、常に廻り続けている。いつまでも、竹千代ひとりのために、吉田には留まれなかった。

この地に立ち寄れるのは、およそ二ヶ月に一度くらいだろうと、十郎は云う。それゆえ、始めからすべてを教えきり、後は本人の努力次第にするということであった。竹千代は、何度も怒鳴られ、殴られることとなった。

〈だが、ここで必死に学んだことは、すべて自分の血肉となる〉

ならば、いくらでも耐えられると思い、竹千代は屋敷の隅で、舞の数々を覚えることに集中した。


よって、吉田にいた三河衆の兵の一部が、西へ移動し始めていたことに、少年は気づくことができなかった。

彼らの向かう先は、尾張の笠寺であった。

六

——笠寺に、今川の軍勢が入り込んで来ている。

この一報を、織田信長は早朝、搔巻《かいまき》の中で聞いた。

独り寝であった。

ここ数日、煩わしいことばかりで、誰かを抱く気にはなれなかった。美濃から来た嫁など、顔さえ見ていない。

〈それにしても、ついに笠寺まで至ったか〉

あくびしながら、信長は思う。

笠寺は二年半前、信長の兄にあたる織田信広と、人質であった松平竹千代の身柄が交換された場所であった。つまり、父・信秀が存命中には中立だった土地だが、それが、亡くなったとたんに敵の支配下となったのだ。

まさに、織田弾正忠家の力が大きく落ちている証左であろう。

「なあ、お犬《いぬ》」

「はい」

信長は、報を持ってきた小姓の前田犬千代《いぬちよ》に、寝そべりながら問いかけた。

「笠寺ということは、そいつを引き入れたのは山口《やまぐち》家の者だな？」

「はい、山口左馬助《さまのすけ》のようです」

犬千代は、襖《ふすま》の向こうから答える。

「もっとも、左馬助本人は鳴海城から桜中村《さくらなかむら》城へと移ったらしいですが」

「ならば、鳴海城には、九郎次郎《くろうじろう》の奴を入れたのか？」

「そのようです」

山口左馬助教継《のりつぐ》は、元は笠寺あたりの土豪であり、かつて、那古野を治めていた今川家に仕えていた。だが、織田信秀が那古野城を乗っ取ると、そのまま織田家に鞍替えし、鳴海城を任されるまでとなった。信長が九郎次郎と呼んだのは、その息子の山口教吉《のりよし》のことである。

「まったく、九郎次郎の奴め」

頭を掻きながら、信長は舌打ちする。

山口教吉は、二十三歳の若武者で、十九歳の信長とは年齢も近く、互いによく知る間柄であった。ただ、普段は気が小さく、自ら揉めごとを起こすとは考えられない。

おそらくは、父親の指示に、おとなしく従っているだけなのだろう。まったく面倒なことになったと、信長は思った。

「しかし、山口親子め。拙者は、絶対に許せません」

なにやら犬千代は、大いに憤慨している様子であった。

「織田に恩のある身でありながら、これほど大胆に裏切るという非道、いったい、何を考えてのことか」

「まあ、いろいろだろう」

寝ながら手を伸ばし、襖を開ける。

「しかし」

「ほら、可愛い面が台なしだ」

ようやく搔巻から這い出た信長は、そのまま犬千代の頰を軽く叩いてみせた。照れたのか、小姓は、わずかに頰を赤らめている。

犬千代の眼には裏切りにも見えようが、かつての山口教継は、那古野の今川家に仕えていたのだ。この度の事態を、謀叛などとは考えていないだろう。

とはいえ、放っておくわけにはいかなかった。しっかりと織田家の力を見せつけなければ、このまま今川の支配を許すこととなる。

「よし、物見に出るか。お犬、少し急いで馬廻りを集めてくれ。すぐに出る」

とにかく今は、連中の勢力をこの目で見ておきたいと思い、ようやく立ち上がった。

「あの、三郎様」

「なんだ？」

「本当に、それ、物見ですか？　合戦ではなく」

「いきなり合戦はないだろ」

「そんなこと云って、すぐに喧嘩を始めること、よくあるじゃないですか」

犬千代は、明らかに信長の言葉を疑っている目つきであった。

「合戦なら、ぜひとも連れてって欲しいって、いつも云っていますよね。本当に、今日は合戦じゃないのですか？」

「合戦ではない。物見だ」

「絶対に?」

「絶対だ。だから、早く馬廻りに声をかけてこい。早くな」

渋々という顔をしながら、ようやく犬千代は廊下を駆けていった。


馬廻りとは、常に大将に付き従い、護衛や伝令などを務める、親衛隊のような職制であった。家臣団の中核を担う、まさに花形とも云える。

もっとも、信長は自身の馬廻りを一年前から集めているが、いまだ形になっていない。城へと参集したのは、父の馬廻りと比べると、実にわずかな数であった。

皆が馬には乗っているが、得物や具足はばらばらで、中には、妙に立派な母衣《ほろ》をつけている者までいる。

〈物見だと、伝えたはずなのだがな〉

やや呆れたが、致し方ない。信長はそれらを引き連れて、那古野城から南へ向かった。しばらく道を進むと、熱田湊へと到着する。

信長は、その浜から海を望んだ。

今川の兵が入ったという笠寺城は、ここから湾を挟んだ南東に見えた。山口教継の桜中村城は、そこからわずかに東にある。一応、それぞれの城には、織田方の砦《とりで》が存在する。それらが、これからは付城《つけじろ》の役割を果たしてくれるだろう。

だが、これで事態はかなり入り組んだものになってしまった。今後、笠寺には細心の注意を払わなければならない。

さらに、気をつけねばならないのは、やはり敵となってしまった鳴海城であった。この城は規模が大きく、ほかと比べて二倍以上の兵が収容できる。今川方にとっても重要な拠点となるだろう。

〈できれば、早めに取り返しておきたいものだな〉

そのまま、信長は笠寺の南端を見た。鳴海城が建つのは、あの岬の向こうだ。海上に、敵の船らしきものは見えないが、それ以上のことは分からない。

〈やはり、行ってみるしかないな〉

信長は熱田でも人を集め、それらを引き連れ、陸路から鳴海城を目指した。

熱田から、海岸線を東へと進み、そのまま少し陸に入ったところで、南へと馬首を向けた。途中で川を渡り、西手の笠寺を無視し、さらに先へと進む。

ようやく着いたのが、小鳴海と呼ばれる地であった。ここに信長は兵を残し、自身はわずかな馬廻りとともに、近くの山を登った。

高台から南を眺めると、さきほど熱田からは確認できなかった鳴海城が見えた。

川に面した鳴海城には、船で兵を入れることもできる。ここから笠寺へ今川の大勢が送り込まれるのは、確実であった。

〈こいつは、どうにかしないと、まずいことになるな〉

ならば、あの城の傍に、いくつかの付城を建てなければならないだろう。少なくとも二つ、あるいは三つであろうか。

そのとき、信長は気づいた。

城から東の道で、何者かの馬標《うまじるし》が動いている。どうやら、すでに大勢が城から進発し、どこかへと向かっている様子であった。

〈気づかれたか〉

もともと、隠すつもりもなかったが、このままでは、間もなく合戦となりそうな気配であった。

それにしても、ずいぶん判断が早いと、信長は思う。

〈九郎次郎の奴、さては、いい気になっているか?〉

普段は小心者の山口教吉であったが、今川から兵を送られ、気が大きくなっているらしい。

遠目に見える旗にも、威は充分に感じられる。

〈ああ、なるほど〉

信長の頭にも、血が上っていく。

〈上等だ〉

力いっぱい馬に鞭《むち》を入れ、信長は山を駆け下りた。

兵の数は、敵の方が多いだろうが、関係ない。とにかく、この喧嘩は買わねばならないと、信長は憤った。他国に利用されながら、それを自分の力量だと勘違いし、増上慢となっている山口教吉に、信長は「堕落」を感じとったのだった。

無知や無能ならば構わないが、堕落だけは絶対に許せない。山を下りながら、信長は馬廻りに命じる。

「奴ら、動き出した。このまま行って、ぶち当たるぞ」

そのまま自身も騎乗し、大将自ら、南へ向けて一気に駆け出したのだった。


「それで、どうなったのですか？」

「まあ、見てのとおりだ」

「つまり、合戦だったのでしょう？」

「ただの喧嘩だ」

「互いの馬廻りがぶつかったならば、それは、もう立派な合戦ではないですか」

那古野城の館の縁側で、主君の足を拭きながら、犬千代は声を荒らげた。

信長は、目をそらす。

その日の夕刻、ようやく信長と馬廻りは帰城したが、あまりにも怪我人が多く、中には死んだ者までおり、城の中は騒然となった。大将の信長まで、返り血で真っ赤となっており、小姓の犬千代は、慌てて駆け寄って来たのだった。

　主君の身体を拭いながら、犬千代は大いに心配した様子であったが、信長が本日のことを話しているうちに、徐々に目つきが険しくなり、ついには、睨みつけるが如くとなった。

「今朝、絶対に合戦ではないって、云いましたよね。三郎様」

「ああ、物見もした。鳴海城のまわりに、付城を築かねばならんということは、よく分かった」

「でも、戦っているじゃないですか？」

「これで、奴らの強さも分かった。意外と手強い」

「ああ云えば、こう云う」

犬千代は、不機嫌に頰を膨らましていた。

とはいえ、やってしまったものは仕方がないではないか。あの山口教吉の大勢を見るまで、本当に戦うつもりはなかったのだ。

　事実、戦い始めてからの信長は冷静であった。

互いの兵が入り乱れての戦いとなったが、形勢不利と見た信長は兵を引かせ、互いの俘虜《ふりょ》を交換して後に、すぐ引き上げた。合戦そのものは、およそ一刻ほどであろう。逃げた馬も、後で返してもらうように約束してあった。

「三郎様。拙者は、もう十五です。背も伸びました。いくらでも戦えます」

「分かっている」

「ならば、なぜ戦場に出させてくれないのですか？」

犬千代は、目に涙を溜めながら、こちらへ訴えてきた。

「拙者は、いつだって、三郎様のために死ぬことができます。それなのに、なぜ？」

「そういうことを、すぐに云うからだ」

信長は足を拭く犬千代の手をとり、強引に引き寄せた。

驚く犬千代に構わず、そのまま強く抱きしめる。

「さ、三郎様？」

「すぐに死にたがる者を、安易に戦場には出せぬ。出せるわけがないだろう？」

「ですが――」

小姓は死ぬことが役目です、とでも云いたいのであろう。そんな言葉を吐かれる前に、信長は犬千代の唇に口を寄せ、強く吸った。

「んんっ」

呻《うめ》く犬千代に構わず、そのまま信長は、少年を縁側に組み敷く。

その間も、互いの唇は離れない。夕陽の残光が、西の山際へと消えるまで、接吻は続いた。

唇を離すと、信長の下で、犬千代は泣いていた。

「どうした？　お犬」

「なんでもありません」

「なんでもないということは、ないだろう？」

信長は、指の背で犬千代の頬を撫で、涙を拭う。

「云いたいことを云おうとしたら、また、口を塞《ふさ》がれます。だから、黙っておくことにしました」

「ふうん」

手のひらで細い顎を撫で、首元を擦ると、犬千代はくすぐったげに震える。

「なあ、お犬。気持ちは嬉しいが、お前に勝手に死なれては、俺が困る」

「はい」

「いつかは、死ねと命じる日が来るかもしれぬが、それまで、自分で死ぬことは許さぬ。分かったか？」

「分かりました」

信長は、襟元から手を入れ、そっと犬千代の乳首に触れた。わずかに、犬千代の身体が跳ね、腰をひねる。

そのまま、脇を揉みながら、腹に触れ、もっと下へと手を伸ばしていく。

「さ、三郎様」

「ん？」

「せめて、寝間で」

「気にするな」

尻を撫で回しながら、首筋を吸うと、犬千代も興奮しているのか、少しずつ喘ぎが大きくなっていった。

「ですが、また背が伸びました。こんな小姓を抱いて、誰かに見られては、三郎様の恥です」

「どうでもいいさ」

確かに、小姓には外見や挙措の美しさが求められ、声変わりした者や、背が伸びた者は嫌われる傾向にある。

解説

【犬千代】　前田利家の話として記録された「亜相公御夜話《あしょうこう》」という史料には、「利家様若き時は信長公御傍に御ねふし被成候。ご秘蔵にて候と御ざれ言御意候」という文章があり、織田信長と前田利家（当時・犬千代）が、男色の関係にあったことを窺わせる。《参考：「亜相公御夜話」（『御夜話集　上編』石川県図書館協会　一九三三年）》

しかし、信長は気にしない。

むしろ、間もなく自分より大きくなるだろう犬千代の身体が、今の信長には、とても尊いものに思えてならなかった。

〈まったく、可愛いな〉

信長は、犬千代の内股に右手を入れた。

やがて、観念したのか、犬千代も、そっとこちらに手を伸ばし、胸元を撫で回してくる。

「三郎様」

求めている声であった。

信長は、左手で犬千代の頭を撫でながら、再び口づけした。


この日から四ヶ月後の八月十六日、信長は萱津《かやづ》の地で合戦し、これが犬千代の初陣《ういじん》となった。この戦いで、犬千代は首級ひとつ上げる功を立てた。

年が明け、十六歳となった犬千代は元服し、前田又左衛門《またざえもん》利家と名乗ることとなった。その血気盛んな様から、人々は彼を「槍の又左《またざ》」と呼んだ。

だが、ひとりの忠臣を得たところで、織田の支配地が、今川によって蚕食《さんしょく》されている事態に変わりはない。信長は東の大国を注視しながら、自勢の再編を急いだ。

七

正月となった。

これまで人質として吉田に留め置かれていた松平竹千代であったが、ついに、駿府館で行われる申楽興行のため、観世十郎の一座とともに、駿河へとやってきたのだった。

初めて駿府の町並みを見て、竹千代は大いに目を見張った。

〈これは、いったい？〉

前後左右に、まっすぐな道が延び、白い壁が延々と続いている。さらに、一定の間隔で十字路が並んでいるところを見ると、どうやら、いわゆる「碁盤の目」のような形で、町造りをしているようであった。

通りには、人々が行き交い、市《いち》で売買をしている。荷を引く馬や牛も多く、こき使われる下男も相当な数であった。中には、おそらく公家《くげ》が乗っているのだろう牛車《ぎっしゃ》の姿まで見える。

その風景は、まさに昔話で聞く「平安京」であった。

「驚いているようだな。竹千代」

隣にいた十郎が、声をかけてきた。

「まるで京のようだと、思ったか？」

「はい」

「違うな」

十郎は、大きな口の端を上げ、皮肉に笑った。

「今の京は、長年にわたる戦乱で、もはや見る影もない。まだまだ広さではおよばないが、町の出来は、駿府の完勝だ」

「それほどですか？」

「ああ、だからこそ、公卿までもが駿府に移り住んでいる」

目の前をゆっくり通り過ぎていく牛車を見ながら、十郎は云った。

車の中はよく見えないが、おそらくは衣冠束帯の公家が乗っているのだろう。どうやら、北に建つ駿府館に向かっている様子であった。少し遠くだが、まっすぐな道ゆえに、大きな門が、ここからも確認できる。

「京を模した町の北に、館を配置したということは、もしや、大内裏《だいだいり》のつもりなのでしょうか？」

大内裏とは、平安京の宮城で、ときの天皇が所在する政庁であった。だが、政変や失火のためたびたび焼失し、ずいぶん昔に荒野となっている。

「そこまで考えてのことかは、分からないが、少なくとも、あれは、意識していることだろうぜ」

十郎は、自分の云う「あれ」を指し示すように、顎をしゃくる。その先は、駿府の北東にそびえる霊峰——、富士山《ふじさん》であった。

「ああ、なるほど」

竹千代は納得した。

富士に抱かれるように建てられた駿府館は、確かに偉大に見える。つまり、この町は今川家の権威付けのため、様々な工夫がなされているということであった。

「これまで、中楽師として多くの国を廻ってきたが、駿府に比肩するところなど、越前《えちぜん》の一乗谷《いちじょうだに》か、周防《すおう》の山口《やまぐち》くらいだったな。だが、もっとも栄えているのは、やはりここだ」

「駿府こそが、日本で一番だと？」

「ああ。だからこそ、俺も仕えてやっているのだ」

妙に自信たっぷりの言葉を吐いた後、十郎は胸を張り、鼻で息する。およそ半年ほど、中楽の師匠として、この男を見てきたが、尊大な態度は、ずっと変わることがなかった。

それでも、竹千代は十郎のことを、深く尊敬している。多少、女好きが過ぎるところはあるが、中楽の技量は確かであった。なにより、今日までしっかりと自分を鍛えてくれた恩がある。

「大夫」

「ん？」

「駿府館での中楽、懸命にやらせていただきます。岡崎のほか、多くの松平のためにも」

「おう」

すると、十郎は竹千代の背中を、強く叩いた。

「なにしろ、花の盛りの年頃だ。舞台の上では、何をしても麗しく見える。せいぜい、芸を尽くして、駿河衆を魅せてやれ」

「はい」

少年は、鋭く返事した。

その日、駿府の武家屋敷が並ぶ一角に建つ観世十郎の屋敷に、竹千代は泊まった。そこは、吉田にある岡崎松平の屋敷より、はるかに広かったが、一座の全員が入ると、さすがに手狭になった。

皆が雑魚寝する大広間の片隅で、竹千代も就寝した。


当日の朝。

ようやく、竹千代は駿府館の中へと入った。

だが、あまりに敷地が広すぎ、ずいぶんと建物も入り組んでいる。中楽の一座は門から庭を通り、舞台へと移動するのみだが、それでも、はぐれれば迷ってしまうだろう。

いったい、どこを通ってきたのか、よく分からないまま、竹千代は舞台へとたどり着いた。

白い小石を敷いた庭の上であった。まるで、水の上に浮かぶように、立派な舞台が建てられている。

思わず、竹千代は息を呑んだ。

日の光を受けて輝く本舞台の木目。

舞台後ろの羽目板に描かれた立派な老松。

そして、鏡の間から舞台へと延びた見事な橋掛り。目に映るすべてが、贅を尽くしたものばかりであった。

「あの本舞台の下には、大きな瓶が、いくつか入っている。床を鳴らしたときに、音がよく響く」

「なるほど」

舞台の工夫に感心しながら、竹千代は客の入る見所を見た。そこには、なぜか姓の書かれた紙が、いたるところに置かれている。

「大夫、あれは？」

「ああ、今川では、申楽の席はクジで決めるという法があってな。こいつは、その結果だろう」

「法で？」

「なんでも、『今川仮名目録《かなもくろく》』というやつだそうだ。まあ、申楽が盛んなのは、いいことだな。そして、その向こうが殿様の席だ」

十郎は、見所の奥に設えられた桟敷を指さした。これも、ずいぶんと立派なもので、御殿と一体となっている。

「今川家の御方のみが、あそこに上れるということですね？」

「そういうことだ。まあ、正月でも殿様は忙しいから、常に席にいるとは限らないが、それでも、偉い方はだいたい、あそこにおられる。とりあえず、いい顔を作っておけ」

そのまま、一座は楽屋へと向かい、舞台の準備を整え始めた。数々の声や、音曲《おんぎょく》が響く中、竹千代も部屋の片隅で、静かに所作の確認をし始めた。


しばらく集中していると、人が集まってきたのか、外が騒がしくなってきた。

この駿府館に入れるということは、その全員が駿河に住む武士か公家なのだろう。竹千代は、緊張を抑えるため、大きく息を吸い、ゆっくりと吐き出した。

〈今からこの調子では、身が持たないな〉

手で胸を押さえながら、自嘲する。

今日、舞台では五つの曲が催されるが、竹千代の出番は四番目であった。本番までは、まだまだ時間がある。

〈落ち着け。これまでやってきたことを、あの舞台でもやればいいだけだ。大夫に教えても

らい、半蔵にもずっと見てもらった。もう、人前に晒《さら》しても大丈夫な芸だ〉

恐れることは何もない。竹千代は目を閉じ、心を落ち着かせた。

やがて、囃子方が舞台前の鏡の間へと入り、軽く音を奏でた。続けて、翁《おきな》の衣装を着た十郎が入り、幾人かの役者も、それを追った。

〈いよいよ、始まるのか〉

舞台が気になった竹千代は、楽屋の小窓へと寄り、つま先立ちして様子を窺った。

橋掛りの上、面箱持ちを先頭に、大夫ら所役が舞台へと向かっている。

普通、シテは鏡の間で面をつけるが、『翁』という曲のみ、舞台の上で面をつけ、人が神になる姿を見せる段取りとなっている。この曲は一種の神事であり、どのような舞台でも、一番はじめは『翁』からであった。

舞台右奥に着座した大夫が、祝言《しゅうげん》を謡う。やはり、身体の芯に響くような、見事な謡で

解説

【クジ】今川家の分国法である『今川仮名目録』には、「勧進猿楽・田楽・曲舞の時、桟敷之事、自今以後、鬮《くじ》次第に沙汰あるべき也」という文章があり、催し物などの席が、クジで決められていたことが分かる。《参考：「今川仮名目録」（『中世政治社会思想　上』岩波書店　一九七二年）》

あった。

まず、翁の露払いとして、千歳《せんざい》が颯爽《さっそう》と舞う。その間に、翁の役者は白式尉《はくしきじょう》という老人の面をつける。続けて、翁が立ち上がり、祝言の謡と祝いの舞を舞う。

〈やはり、すごい〉

竹千代は、十郎の一座に付き従う間に、何度か十郎の『翁』を見ていたが、その度に心を震わされた。

――天下泰平、国土安穏。

そのような皆の願いが、今、目の前で、神へと奉じられているのだ。

客席へ目を転じると、やはり全員が、舞台に魅入っている。桟敷の上で見る今川の方々も同様であった。ただ、その中央は、なぜか席が空いており、人がいない。どうやら、今川義元は不在らしい。

〈そうか、御屋形《おやかた》様はいないのか〉

竹千代は背伸びをやめ、再び部屋の隅へと戻った。

間もなく、『翁』を終えた十郎も、楽屋へと戻ってきた。もっとも、大夫たる彼は、この舞台のすべてを取り仕切っており、その後も忙しそうに、あちこち駆け回る。

舞台では、二つ目の『屋島《やしま》』が始まっていた。この曲は、勝ち戦を題材としているため、武家の間では人気があるらしい。

それが終わり、三つ目の『百万』が始まると、いよいよ次は自分であった。竹千代は自身の衣装に着替える。

シテの衣装は綺羅《きら》びやかなものだが、この花月も、ずいぶんと派手な山吹色の装束であった。

〈これは、本当に似合っているのだろうか？〉

今は「馬子にも衣装」という言葉を信じるしかない。支度を終えた竹千代は、鏡の間へと向かう。ここを抜け、橋掛りを渡れば、いよいよ本舞台であった。

鏡の間には、よく磨き込まれた唐鏡があり、自身の姿を確認できる。

そこに映る自分の顔は、思ったより悪くはなかった。笑顔を作れば、それなりのものに見えてくる。

中楽のシテは、多くの場合、面をつけるが、今日の竹千代はつけない。声変わり前の少年は、素顔のままで舞台に出るということになっているためであった。

それでも、迂闊に表情を変えてはいけないと、十郎は云っていた。――これは、「直面《ひためん》」という名の「面」なのだと。客は、変わらぬ表情の微妙な変化を感じ取り、様々な想像を膨らますのだ。

気持ちを作りながら、表情を崩さず、型をこなす。竹千代が求められているのは、そのような仕事であった。

〈大丈夫だ。もう、できる〉

鏡の前で、竹千代は小さくうなずいた。

この舞には、岡崎松平の将来が懸かっているのだ。失敗など、できるはずがない。

ならば、やりきるのだ。

やる。

やってやる。

舞台から『百万』を演じていた役者が戻り、いよいよ、竹千代も本番となった。


ある年の春。

筑紫彦山《つくしひこさん》の麓に住む僧が、行方が分からなくなった我が子を探して、諸国をめぐり、ついに京の清水寺へとやってきた。

門前の者から「花月という芸達者の喝食が、清水寺の由来を説いた曲舞を舞う」と聞いた僧は、その芸を所望する。

——いかに花月へ申し候、とうとうおん出で候へや。

揚げ幕が上がった。

〈出番だ〉

竹千代は弓と矢を持つと、一歩を踏み出し、そのまま、橋掛りを渡っていった。

本舞台の上で正面を向く。

目の前に飛び込んできたのは、数多くの武士や公家、そして、御殿からこちらを眺める、今川の方々であった。

反応は悪くない。全員が、自分に注目している。ならば、まずは名乗りであった。

「そもそも、これは花月と申す者なり」

調子は悪くなかった。声は、しっかりと出ている。

「ある人、我が名を尋ねしに、答へて曰く。〈月〉は常住にして、云ふにおよばず。さて〈か〉の字はと問へば」

賢い花月は、自身の名の「か」の謂われを、様々に説明する。

――春は花。

――夏は瓜。

――秋は菓《このみ》。

――冬は火。

もうひとつ、因果の果という意味もあると、花月は云う。

続けて、小唄の段となる。

主に謡うのは地謡だが、詞章の意味を考えれば、ここは華麗に舞わねばならない。

――来し方より、いまの世までも絶えせぬものは、恋といへる曲者。げに恋は曲者、曲者かな。

ここで云う「恋」とは、喝食である我が身に寄せられる恋、つまり男色であった。

〈ならば足運びは、艶やかにしなければならぬ〉

舞台の上の竹千代は、足先の動きに集中し、柔らかく前へ出す。

――身はさらさらさら、さらさらさらに、恋こそ寝られね。

舞台の上を大きくまわり、竹千代はあらぬ限りの愛嬌で舞った。再び正面を向くと、見所に座る人々の顔が分かった。この小唄の後で顔を見られると、さすがに恥ずかしい。奥にある桟敷の様子も窺える。いったい何者だろうか、なぜかこちらに向かって、手を振っている者がいた。

〈そんなことをされても、返事はできないし――〉

一応、元服はしているらしいが、妙に若い。自分より少し年上というくらいであろうか。着物は公家のような束帯で、色は派手な紅梅であった。

〈もしかして、今の小唄を喜んでくれているのだろうか?〉

ならば、舞台は上手くいっているということだろう。けっして、悪い気分ではなかった。まだまだ、弓の段に、清水寺の縁起、さらに羯鼓舞が残っている。

〈このまま、つつがなく終わらせよう〉

竹千代は、手に持つ矢を握り直し、澄んだ声で自らの台詞《せりふ》を述べた。

——少年が思いもよらぬ事態に見舞われるのは、この直後からであった。

第二章

恋情

the
lovers

来し方より、今の世までも絶えせぬものは、恋といへる曲者。
げに恋は曲者、曲者かな。
身はさらさらさら、さらさらさら、更に恋こそ寝られね。

『閑吟集』

［現代語訳］

昔から今まで、絶えないものは、恋という曲者だろう。
ああ、本当に恋は曲者だ。
この身は、恋のために、まったく眠ることができない。

一

――「艶」と「幽玄」。

この二つこそが、日本文化の基本理念であり、十六歳の今川五郎氏真《ごろううじざね》が、生涯をかけて追い求めようとするものであった。

どちらも定義は難しいが、艶とは、心に恋情を想起させる美であり、幽玄とは、言葉であらわすことのできない美であろうと、氏真は考えている。

この二つを兼ね備えていない芸に、観るべき価値はない。よって、本日、駿府館で催されている申楽についても、つい批判が口をついた。

「やはり、あの子方は、今ひとつだと思わぬか？　新三《しんざ》よ」

「はい」

小姓頭を務める小原新三郎鎮実《おはらしんざぶろうしげざね》は、恭《うやうや》しく返事した。

「しかしながら、あれは遠江衆の子息です。いまだ、申楽には馴染んでいないものかと存じます」

「だが、十郎大夫が仕込んだのだろう？」

「そのように、聞きおよんでおります」

「なら、構えくらいは、ちゃんとさせるべきではないか」

氏真が観ているのは、本日三つ目の曲である『百万』であった。

この曲の子方は、途中で台詞がひと言あるだけで、あとは片膝を立てて座っているのみなのだが、その構えが「あまりに悪い」と、氏真は思う。集中していないのか、ずっと頭が揺れ続けているのだ。

「どうにも、気が散るな。あれなら、いっそ寝ていてくれた方がありがたい」

「そう云われますな。若君」

小原鎮実は、氏真をたしなめる。

「遠江や三河の衆に、もっと学問をつけなければ、それを治める駿河衆が困ります。観世十郎大夫を各地に遣わしたのは、それが目的であったはず」

「ああ」

父の今川義元は、自身の支配地を教化するため、数々の名人を呼び寄せ、遠江や三河へと派遣していた。

和歌、連歌、茶道、香道、禅、そして中楽。

京が力を失い、文化が散逸しつつある今、これらの諸道は駿河で引き継がねばならなかった。その配下にある遠江や三河にも、ある程度の教養は必要と、今川義元は考えたのであった。

「父上の御考えは、もっともだ。そうは思うが――」

桟敷から眺める舞台が、氏真には、どうにも退屈であった。

〈やはり、観世十郎大夫の腕そのものが、今ひとつなのではないか？〉

前々からの疑いを、氏真は深めていく。

そもそも、十郎大夫が継いだのは、「越智《おち》観世」という分派であり、本流である「観世宗《そう》家《け》」の後継は、彼の実弟である観世元忠《もとただ》であった。確かに、「越智観世」は世阿弥直系の名《みよう》跡《せき》だが、弟より腕前が劣っていたゆえに、「観世宗家」を継げなかったのではないかと、氏真は考える。

〈だとすると、なぜ父上が「観世宗家」ではなく、「越智観世」を駿河に呼び寄せたのか、疑問ではあるのだが――〉

今川義元ほどの目利きが、芸の質を見誤るはずがない。それは、確信を持って云える。それでも、「越智観世」を呼んだのならば、何か、ほかの目的があるはずであった。

いずれにしろ、この舞台が退屈であることに、変わりはない。氏真は手元の番組に目をやり、次の曲を確認した。

そこには『花月』とあり、シテには松平竹千代という名がある。

「次の松平というのは、三河衆だな」

「はい」

「やはり、田舎の小坊主じゃないか」

氏真は呆れ、ため息をついた。

この『花月』に出てくる喝食は、芸も上手いが、何より容姿端麗なのだ。しかし、竹千代という幼名からすると、面はつけないであろう。並みの容貌では、直面の花月などつとまらない。

「いったい、どんなものが出てくるやら」

氏真は、たいして期待もしないまま、再び舞台を眺めた。

やがて、『百万』を演じていた役者は、すべて舞台の上から消えた。続けて、『花月』の準備が整えられる。

まず出てきたのは、息子を探す旅の僧であった。僧は清水寺へと着くと、門前の者から聞いた花月の芸を所望する。

揚げ幕が上がり、鏡の間から山吹色の装束を纏《まと》った花月があらわれた。

件《くだん》の竹千代は、それほど悪い見目形ではなかった。

黒々とした丸い目に、涼やかな眉は、なかなか凛々しい。緊張しているのか頬が赤く、わずかに柔らかな唇が開いている。京の童子像を思わせる艶冶《えんや》な面持ちが、そこにはあった。

舞台の中央で、花月が名乗る。

「春は花。夏は瓜。秋は菓。冬は火。因果の果をば末期まで――」

なかなか面白いと、氏真は思う。凛乎《りんこ》とした態度こそ、あまり喝食らしくはないが、この竹千代の言葉には、人を納得させる響きがあった。

〈こいつは拾いものだ〉

よくぞ、三河から見つけ出してくれたと、先ほどまでの考えを忘れ、氏真は十郎に感謝した。

続けて、小唄の段であった。

――恋といへる曲者。げに恋は曲者、曲者かな。身はさらさらさら、さらさらさらに、恋こそ寝られね。

竹千代は、舞台を大きく廻り、見事に舞った。わずかな動きのかたさは、むしろ初々しく、非常に好ましい。

衆人愛敬は、人を動かすものの大切な資質であった。竹千代の舞には、それが間違いなくある。

桟敷を見る竹千代に、氏真は手を振ってみた。舞台の上にいるものが、手を振り返すはずはないが、充分に楽しんでいることを伝えたかった。

とはいえ、『花月』は芸尽くしの曲であり、まだまだ続く。

次の弓の段で、花月は、花を散らす鶯を射ようと、勇ましく弓を振り回す。矢をつがえ弓を引く竹千代は、やはり可愛らしい。

ただひとつ、その顔が妙に赤いことのみ、氏真は気になった。

〈照れているのか?〉

だが、動きに恥じらいは見られない。仕舞はしっかりしている。少し不審に思いながら、氏真は続く曲舞《くせまい》を見た。

「さればにや、大慈大悲の春の花――」

清水寺の由来を語りながら、花月は舞う。

竹千代の所作は、文句のないものであった。扇を手に取り、開き、床を踏み鳴らす。きびきびとした動きは、見ていて実に気持ちいい。この幼さで、これほど精緻に舞うとは、信じられない思いであった。

その一方で、顔の表情には、やや険しいものがある。目がわずかに細められ、小さく唇を嚙んでいるのだ。

〈おかしい。なぜ、そんな顔になる?〉

氏真は、いよいよ不思議に思う。

ついに最後、父親と再会し、羯鼓舞をする段となった。

僧が、身の上を問うと、花月が答える。

「われ七つの歳、彦山に登り候ひしが、天狗に取られて、かやうに諸国を廻り候」

花月は七歳のとき、天狗にさらわれた少年であった。

そのとき、氏真は驚いた。

見所の客も、声を失っている。

この台詞を云ったとたん、竹千代の目から、大粒の涙がこぼれ落ちたのだった。

〈泣いた？〉

考えられない事態であった。

普通、直面で表情は変えない。申楽は、客が面に表情を見出すものであり、役者自身が表情を変えては、興ざめなのだ。

だが、ここまで見事に演じていた竹千代は、目を潤ませ、涙で赤い頬を濡らしている。

もっとも、これは本人が望んだことではないらしい。竹千代は、必死に口を結び、溢れ出る涙を留めようとしていた。

それでも、止まらない。

滂沱《ぼうだ》の涙は、竹千代の頬から流れ落ち、装束までも濡らしている。

そんなシテに構わず、物語は続く。

僧と花月は瓜二つであり、親子であることに疑いはない。二人は再会を喜び、花月は羯鼓を叩いて舞い遊ぶ。

――取られて行きし山々を、思ひやるこそ悲しけれ。

地謡は、天狗にさらわれた花月が巡った修験の霊場を謡う。筑紫彦山、四王寺《しおうじ》、讃岐松山《さぬきまつやま》、白峰《しろみね》、伯耆大山《ほうきだいせん》、丹後丹波《たんごたんば》の境なる鬼ヶ城《おにがじよう》――。空を飛ぶように、花月の思い出が流れていく。

つらかった過去も、父と逢えた喜びに変わり、花月は楽しげに羯鼓を叩くが、その竹千代の眼には、もはや止めようもない涙が、ずっと溢れ続けているのであった。

〈なぜだ？　なぜ、これほどまでに泣く？〉

氏真は、身を乗り出しながら、舞い続ける竹千代を観た。

素直に考えるならば、これは父親と再会したことを喜ぶ嬉し涙であろう。観客の中には、竹千代につられて、すすり泣く者までいる。

だが、そうではないと、氏真は思う。

〈そんな緩んだ考えならば、もっと芸は粗くなる。あの涙は、もっと別の何かだ〉

それでも、父との再会が落涙のきっかけになっていることは間違いない。ならば、竹千代自身が父親と何かがあったのだ。

氏真は、改めて番組に目を落とし、シテの名前を確認した。

――松平竹千代。

〈松平？〉

不意に、思い出したことがあった。

「もしや、あれか？」

「あれ、とは？」

傍に控える鎮実が尋ねてくる。

「何年か前、雪斎《せっさい》殿が三河の安祥城を獲った後、人質交換で手に入れた岡崎松平の嫡男がいたはずだ」

「ああ、ありましたな」

「それが、あの竹千代ではないか？」

名前までは思い出せないのか、鎮実は首をひねっている。

だが、間違いない。

氏真は、あの泣いている少年が、岡崎松平の子だと確信した。

〈ならば、あの涙には説明がつく〉

先代の岡崎城城主である松平広忠は、病で亡くなったと聞いている。その父親を、竹千代は思い出したのだ。

天狗にさらわれたかのように、人質として織田へ向かわされ、父の死後も今川へ。竹千代の道程は、確かに『花月』と重なる。

「そういうことか」

そこまで思い至ると、氏真の目からも、静かに涙がこぼれ始めていた。

おそらく竹千代は、この花月を学んでいる間、すべてを忘れ、必死にやっていたのだろう。しかし、よりによって、不幸に亡くなった父を、この舞台の上で思い出したのだ。

もう、本人の意志とは関係なく、竹千代の魂が叫んでいるのであった。——自分も父と逢いたいと。

氏真も、涙を拭うことを忘れ、舞台の上で舞い続ける竹千代に魅入られた。

——かやうに狂ひ廻《めぐ》りて、心乱るるこの簓《ささら》、さらさらさらさらと、擦つては謡ひ、舞うては数へ、山々峰々、里々を、廻り廻りてあの僧に、逢ひたてまつる嬉しさよ。

親子再会の詞章に合わせ、竹千代は舞う。

足に乱れはなく、羯鼓を叩く様も見事であった。そして、泣き濡れた顔は、あまりに艶めかしい。

あの涙を、自分の手で拭えないもどかしさに、氏真は「艶」と「幽玄」を見た。

〈素晴らしい〉

この『花月』は、まさに破格の舞台であった。

直面を崩したことについて、竹千代自身は忸怩《じくじ》たる思いであろうが、関係ない。現に、観客の多くは涙し、自分もぼろぼろと泣いてしまっている。芸尽くしの『花月』で、このようなことになるのは異様だが、この感動は抑えようがなかった。

やがて、花月ら親子は、ともに仏道の修行へ向かおうと、清水寺を去っていった。竹千代も、いまだ涙を流しながら、橋掛りの向こうへ消えていく。

気がつくと、氏真も立ち上がり、桟敷から見所へと飛び降りていた。

後ろから、鎮実が呼び止めてくるが、もう止まれない。氏真は竹千代がいるだろう楽屋へ向けて、走り出していた。

庭の隅に建てられた、小さな楽屋へと入る。

すると、多くの者たちが、舞台から帰ってきて泣き崩れる小さな少年を囲んでいた。

慟哭《どうこく》が、狭い室内に響いている。

父への深い想いと、舞台の失敗が、竹千代の心を苛《さいな》んでいることを、氏真は理解した。

周囲の者たちは、どうしていいかも分からず、ただうろたえるばかりであった。

だが、それも関係ない。

氏真は、床に伏せる竹千代の手をとった。

「竹千代」

そのまま、強引に引っ張ると、氏真は竹千代の頭を、強く抱きしめた。

「よく頑張った」

云いながら、優しく撫で上げる。

　すると、こちらが誰かも分からぬまま、竹千代はしがみつくように腕を回し、氏真の胸で号泣した。

　これまで積み上げてきたものが、全部崩れ去ったと思っているのだろう。竹千代の泣き方は、尋常なものではなかった。

　そんな少年が、氏真は愛おしくてたまらない。

〈欲しいな〉

　この、城さえ失った三河の幼子を、氏真は自分のものにしたくなった。これほど麗しい少年を、むざむざ手放すなど、できるはずがない。

「偉いな、竹千代。本当に、偉い子だ」

　そっと頭を撫でながら、落ち着かせていると、少しずつ、竹千代の泣き声が小さくなっていった。やがて、背中を摑む手からも、力が抜けていく。

　どうやら、あまりに動顚《どうてん》していた竹千代は、抱きしめられて安心し、そのまま気を失ってしまったようであった。

　胸の中で、長い睫《まつげ》毛を伏せる竹千代を見て、氏真の心が、さらにざわめく。

〈この少年の、すべてを手に入れたい〉

　周囲の声さえ、もはや聞こえず、氏真は延々と、自らが見出した至宝を抱き続けた。

二

〈いったい、何が起きたのだろう?〉

竹千代は、現在の状況について、まるで理解が追いついていなかった。

気がついたら、すでに朝となっていた。

知らない御殿の広い一室、その中央に、竹千代は寝かされていた。

布団からは、どんな香を焚《た》きしめたのか、これまで嗅いだことのない、上品な薫りがする。

這いつくばりながら障子を開くと、そこには、富士山を借景とした、贅を尽くした庭園が広がっていた。

眼前にそびえる霊峰により、ようやく竹千代は、ここが駿府館のどこかだと分かったが、なぜ、自分がこんなところにいるかは、まるで思い出せない。

〈えっと、昨日、どうしたんだ?〉

ところが、考える間もなく、

——松平竹千代様、御起床であります。

と、どこかから声が聞こえた。どうやら、襖の向こうに、誰かが控えていたらしい。

間もなく、小姓らしき者たちが部屋へと押しかけ、竹千代の寝間着を剝ぎ取り、無理やり真新しい水干へと着替えさせた。

「すいません、いったい、何が？」

「若君が、ともに朝餉をと仰せです。さあ、早く」

小姓頭と思われる青年が、何かを答えてくれたが、やはり、意味が分からなかった。ただ、この屋敷で「若君」と呼ばれる人間は、そう多くはない。

〈いや、でも、まさか〉

大きく戸惑いながら、水干を着た竹千代は、小姓たちの後をついていく。

到着したのは、誰かが朝餉をとっている一室であった。下座には、自分のための膳もあり、竹千代は黙って座るしかなかった。

目の前にいるのは、昨日、桟敷から手を振ってきた、あの青年であった。

「よく寝ていたな、竹千代よ」

品のよい黒の束帯を着た若君が、笑いながら云う。

「もう、目の方は平気なのか？　なにしろ、昨日は狂女のような泣き方であったからな。ずいぶんと赤く腫れていた」

云われて、ようやく思い出した。

泣いたのだ。

直面で舞台へ上がりながら、皆の前で、大泣きしてしまったのだ。

完全に舞台を失敗させ、鏡の間へと戻ってきたとたん、目の前が真っ暗になった。その後、楽屋に戻ってからも、延々と泣き、誰かにしがみつきながら、まだ喚《わめ》き続けたのであった。

——おそらく、目の前のこの人に。

「し、失礼いたしました」

竹千代は、素早く後ろへ下がり、土下座した。

「ああ、そんなに畏《かしこ》まらないでくれ。膳をともにしようというのに、そんなに離れられたらかなわん。さあ、面を上げよ」

ようやく竹千代は、顔を正面へと向けるが——、

「云うのが遅くなったな。余の名は、今川五郎氏真。ようこそ、我が屋敷へ」

と云われ、再び深々と頭を下げるしかなかった。

その後、竹千代は朝餉をとりながら、自身の生い立ちを語ることとなった。

三歳のころ、父の広忠が離縁し、生母と生き別れになったこと。六歳のころ、岡崎城を織田に落とされ、人質として尾張へ送られたこと。八歳のころ、父が病死し、たったひとり、尾張に取り残されたこと——。

氏真は、じっと興味深げに聞いていたが、父親のことを話すと、不意に、悲しげな目でこちらを見つめてきた。

「やはり、父については、いろいろと思うところがあるのだな」

「六歳で生き別れておりますゆえ、あまり、何かを話した覚えはないのですが」

「そうか」

すると、氏真は足を崩し、こちらへ身を乗り出してきた。

「余は、楽屋で泣くお主を見たとき、父に叱られた赤子のように見えた」

「そうでしたか」

「ああ。誰かが、この子のことを、ちゃんと慰め、褒めてあげなければいけないと思ったのだ。気づいたときには、抱きしめ、頭を撫でていた」

云われて、竹千代も思い出してきた。確か、あの時自分は、この人にしがみついてしまっていたのだ。

さすがに恥ずかしくなり、竹千代は顔を下に向ける。

やたら、頬が熱い。

「はは、可愛いな」

氏真は、こちらへ手を伸ばしてきた。

髪を掻き上げられながら、指先で頭皮を掻かれると、竹千代の背筋が、ぞくぞくと震えた。

どこか、懐かしささえ覚える不可思議な感触に――、

〈私は、誰かにこうされたかったのか？〉

とさえ、竹千代は考えてしまった。

だが、今は何より、恥ずかしかった。背が自然と丸まり、身体の震えも大きくなっていく。もう、まともに顔を見ることさえできない。

「おい、どうした？」

「い、いえ」

一方で、氏真は、さらに距離を詰めながら、こちらの頰まで撫で回してくる。

「なあ、竹千代」

「はい」

「これから、お竹《たけ》と呼んでもよいか？」

「は？」

「好きなのだよ。今度は、余が叩く鼓《つづみ》で、お主に舞ってもらいたいのだ」

すると、竹千代の額に、何か柔らかく、熱いものがあてられた。

〈これって〉

たいした経験のない竹千代であったが、「口づけ」をされたのだと、すぐに分かった。もう、耐えることなどできなかった。恥の念が極まり、ついに竹千代は、畳に突っ伏してしまった。

「おい、どうした？　お竹。お竹よ」

氏真は、笑いながら背中を揺すってきたが、どう反応したらいいかも分からない。

初めて、ぶつけられた好情に対し、竹千代は、身悶《みもだ》えすることしかできなかった。

その日、竹千代は昼過ぎに解放され、馬で観世十郎大夫の屋敷まで送られた。

だが、その途中も、竹千代はどこか夢見心地で、自分に起こった様々な事態を、上手く咀《そ》嚼《しやく》できない。

〈なんだろう、この感じ〉

何がなんだか分からないまま、竹千代は屋敷へと帰ってきた。

今川氏真に連れて行かれた竹千代を、一座の皆は心配し、いろいろと話を聞きたがったが、竹千代は何も答えず、部屋の隅へと座った。

何人かは、ずいぶんと憂いた様子で、覗き込むように声をかけてきたが、竹千代は「大丈夫だから」とだけ答え、後はただ、じっとうつむき続けた。

ところが、夕刻となり、どこからか帰ってきた観世十郎は、座り続ける竹千代を見つけるや、その手を引き、小さな自室へと引きずり込んだ。

「昨夜の首尾はどうした?　竹千代。上手くいったのか?」

「いえ、それはどういうことでしょう?」

「主従和合に至ったかと、聞いているんだ」

「意味が分かりません」

「めんどくさい。昨日、若君に抱かれていたではないか。交わったのか？　契ったのか？　まぐわったのか？」

「しておりません」

しつこく問い詰めてくる十郎に、竹千代はきっぱりと云い切った。

すると、十郎の表情は、一転して苦いものとなった。

「あのなあ、竹千代。若衆道というものは、分かるよな？　つまり、男色のことだ」

「もちろんです」

なにしろ竹千代は、昨日まで、寺の門前で我が身を売る美少年『花月』を演じていたのだ。

当然、男色というものについても、存在くらいは知っている。

「ならば、昨夜は何があった？」

「何もありませんでしたよ。朝まで、ずっと寝かされていました」

「はあ？」

十郎は、呆れた顔となっていた。

「何をしに行ったんだ、お前は」

「知りませんよ、そんなの」

仕方なく、竹千代は氏真の屋敷で何があったのか、十郎に説明した。

自分は朝まで寝ていたし、その間に手出しされた様子はない。起床後もともに朝食をとっただけで、やはり何もされてはいない。「ともに申楽をやろう」と、誘われた程度である、と。

最後の口づけは、まあ、戯れだろう。

「ほほう」

話をするうちに、十郎の笑みは、ずいぶんと下卑《げび》たものとなっていった。

「少し心配したが、どうやら、ずいぶんと深く想われているな」

「そうなのでしょうか？」

「ぞっこん、惚れられているのさ」

「うう」

云われて、竹千代は頬が熱くなるのを感じた。

「何かの間違いでありましょう。確かに若君には、可愛いなどと云われましたが、そもそも、私は可愛くありません」

「何を云ってるんだ。この俺が、醜男《ぶおとこ》を舞台に上げるはずがないだろう。『花月』を任せられるくらい、お前は見目麗しいぞ」

「ですが、そんなこと、これまで云われたことがない」

少なくとも、吉田に来てからは、容姿について褒められたことなど、一度もなかった。

「駿河衆からは、ずっと罵《のの》られ、虐められてきました。それなのに、可愛いなんて」

「そりゃ、可愛いから虐められたんだ。むしろ、当然のことだろう」

「そんな」

「自覚がないなら、今から持ってくれ。お前は、偉い方の寵愛《ちょうあい》を受けるくらいには、眉目秀麗なんだよ」

　顔が赤くなるのが、自分でわかった。

〈ならば、あの口づけも、本気だったのだろうか？〉

　そう思うだけで、竹千代の頭は混乱し、何の考えもまとまらなくなる。

「これは、喜ばしいことだぞ、竹千代。なにしろ、若君の若衆ともなれば、岡崎の扱いも変わってくる。上手くいけば、三河の地位さえ引き上げられるかもしれない」

「少し、大げさでは？」

「そんなことはない」

　十郎は首を横に振った。

「たとえば、観世の二代目である世阿弥は、ときの将軍の寵愛を受けて、大和《やまと》中楽の地位を大きく引き上げた。お前と同じ、十二歳のときだ」

「それは、主従和合に至ったゆえ、ということですか？」

「普通、寵愛と云えば、そういうことを指すであろうよ」

だが、そんなことを云われても、竹千代は困る。自分が氏真と同衾《どうきん》し、何かをするなど、想像がつかない。

〈そうか。何も知らないんだな、私は〉

分かるのは、氏真に抱きしめられたり、頭を撫でられたりすると、自然と涙が溢れてしまいそうになるくらいであった。それが、どのような感情なのかは、まるで理解ができない。

竹千代は、着物の裾を握りながら、ため息をついた。

「ならば、大夫。これから私は、どうすればいいのですか?」

「したいように、すればいい」

懐に手を入れながら、十郎が云った。

「好かれたいなら、そのまま抱かれればいいし、厭《いと》うならば、撥《は》ね除《の》けてもいい。もっとも、今後のことを考えれば、答えはひとつだと思うがね」

「やはり、そうなりますか」

「嫌なのか?」

「だから、分からないんですってば」

そのようなことを考えるだけで、竹千代の小さな胸は、ぎゅっと苦しくなる。

「これまで、こんなに恥ずかしいと思ったこともないし、泣きたくなったこともないんです。気持ちが落ち着かなくって、ざわついて、もう、わけが分からない」

「ははあ」

十郎は、目を細めていた。

「竹千代、お前、もう若君を憎からず思っているな」

「え？」

「好きなのだろう？」

「嫌いではありませんが」

「そうではなく、恋だよ」

「恋？」

思わず、竹千代は頓狂な声を上げていた。

「恋って、私がですか？」

「お前がだ」

「そんな」

竹千代は、高鳴る自身の胸に、手をあてた。

〈この気持ちが、恋？〉

そのように認識すると、この意味不明な感情が、一気に多幸感へと変質していく。

頭がくらくらし、息が妙に熱い。

「ですが、大夫」

それでも、竹千代は得心いかないことがあった。

「ただ、相手に好意を向けられただけで、恋に落ちることなど、あるのですか？　そんなの、変じゃないですか」

いくらなんでも、人の気持ちというものは、もっと複雑にできているものと、竹千代は思っていた。

だが、十郎は笑いながら云う。

「何を云っている。恋は曲者と、小唄で舞ったのは、お前ではないか」

「はい」

「そういうことだ。つまりは、本当に曲者であったということだろう。まあ、互いに気持ちが通じているならば、もう、迷う必要などないではないか」

竹千代は、唖然とするしかなかった。

だが、一度、自分の気持ちを理解してしまうと、もう止まれない。

これが、恋。

この胸の激しい高鳴りが、恋。

そう思うだけで、自然と涙が溢れ出し、息が荒くなった。

「お前、本当にすごい顔をしているな」

十郎は、少し呆れた様子であった。

「いくら何でも、一途に過ぎる。申楽を教えているときも、真剣すぎるくらいだったが、それが恋に向けられたら、いったい、どうなってしまうんだ？」

「知りません」

竹千代は、十郎を睨み、立ち上がった。

だが、こみ上げてくる感情を抑えきれず、そのまま背を向け、部屋を飛び出した。

一座の皆から向けられる視線を無視し、外へと駆け出す。

屋敷を出ても、気持ちは一向におさまらない。竹千代は全力で走り出し、駿府の町を勢いよく駆けた。

このまま、倒れるまで走り続けようと心に決め、竹千代は足を速める。

行き交う様々な人の視線を浴びながら、竹千代は、傾く日を追いかけるように、駿河の町を疾走した。

三

翌日のこと。

今川氏真は、もっと竹千代と話したいと、自邸へ呼び出したが、部屋にあらわれた少年は、どこか様子がおかしかった。

とりあえず座らせ、何があったのかを尋ねると、竹千代はおもむろに——、

「これから、契るのでありましょうか？」

と、とんでもないことを云い出した。

「は？」

氏真は仰天する。

だが、けっして悪ふざけではないらしい。竹千代の顔は耳まで真っ赤で、身体は羞恥に震えている。それでいて、目は真剣そのもので、こちらに熱い視線を投げかけてくるのだった。

「いや、お竹。そういう気持ちも、もちろん、なくはないのだが——」

なんだか、こちらまで恥ずかしくなり、氏真は熱くなった額に手をあてた。

「もしや誰かに、何か吹き込まれたか？」

すると、竹千代は目を潤ませながら、

「はい」

と、短く返事した。

「ああ、なるほど。確かに気持ちは嬉しいが、もしやお竹は、いったい何をどうするかなど、詳しいことを知らないまま、云ってはいないか？」

「はい」

やはり、顔を赤く染めながらも、きびきびとしたよい返事であった。

この、甲斐甲斐しくも、無知な少年が、氏真は愛おしくてたまらなくなった。

〈ここで矢も盾もたまらずに、襲いかかるわけにはいかん〉

氏真は、腰から沸き起こる衝動を抑えながら、目の前の少年に云い聞かせた。

「なあ、よく聞いてくれ。これが男と女ならば、すぐにでも和合へ至ることができる。だが、男同士の場合、身体をよく慣らさなければ、どうにもならないのだ」

「そうなのですか？」

「ああ」

まさか、このようなことを説明することになるとは思わなかったが、仕方がない。

「世には二つの色道がある。女色、そして男色だ。そして、女色のことを天悦、男色のことを大悦と云うこともある」

「天悦と大悦？」

「そうだ。理由は分かるか？」

竹千代は、首を横へ振った。

「そうだろうな。これは、天悦は二人悦、一方の大悦は一人悦という意味だ」

つまり、「天」は、「二人」という字を重ねたもの。「大」は「一人」という字を重ねたものということであった。

「女色ならば、男女がともに楽しめる。ゆえに、二人悦というわけだ。しかし、男色は稚児に大きな苦痛がともない、ただ一人しか楽しめない。よって一人悦と云うのだ」

「それほど、痛いのですか？」

「激痛だ」

想像してみたのだろう。竹千代は、ぶるっと総身を震わせた。

「まあ、その苦痛ゆえに、主従の想いも深まるのだが、丁寧に身体を慣らしていかなければ、そもそも受け入れることさえできない。それが男色というものなのだ」

「はい」

さすがに、返事の声が小さくなり、氏真は少し安心した。

どうやら、三河のことなどを想い、主従和合などと思いつめたようだが、そこまで性急にことを運ぶつもりは、さすがにない。

心の底から竹千代を欲しいとは思うが、竹千代にも、自分のことを好きになって欲しいのだ。無理やり襲いかかって嫌われたら元も子もないと、氏真は思う。

だが――、

「ならば若君。この身体、必ずや慣らしてみせますので、どうか、その所作の数々を御教授ください」

と、竹千代が頭を下げてきたので、さすがに氏真も動揺した。真っ赤になっている少年のうなじを見て、たまらず息を呑む。

「いいのか、お竹。これは、かなりつらいことなのだぞ？　別に、無理をしてまで、する必要などないのだ」

「ですが」

竹千代は、なにやら消え入りそうな声でつぶやいていた。

「私は、早く若君と、ひとつに――」

その後は、もう上手く聞き取れないが、竹千代の気持ちは、よく分かった。

〈もう、通じている〉

竹千代の声や仕草からは、自分に対する恋情が、しっかりと伝わってきた。

いったい、自分のどこに惚れたのか、まったく理解ができなかったが、恋とは得てしてそういうものだと、氏真は知っている。

心臓が跳ね上がった。

今すぐにでも、この子を組み敷き、想いを遂げたいという劣情が、全身に伝播《でんぱ》するが、氏真は理性を振り絞り、伸ばしかけた手を、どうにか留めた。

〈たった今、この子に大悦だと教えたのは、自分ではないか〉

これほどの宝を、迂闊に壊すわけにはいかない。氏真は呼吸を整えながら、気持ちを落ち着かせた。

「ああ、お主の気持ちは、よく分かったぞ、竹千代。余も嬉しい」

「はい」

「だから、面を上げてくれ」

云うと、竹千代はわずかに顔を上げ、こちらを上目で見てきた。

濡れた黒曜石のような瞳が、じっと氏真を見つめてくる。心音が速まり続けるが、とにかく耐えねばならない。

「お竹。身体を慣らすにしても、時がかかる。やるなら、ゆっくり、入念にだ」

こくんと、竹千代はうなずいた。

氏真は、生唾を呑む。

これ以上、愛らしいものなど、もはや考えられなかった。こいつを手元に置けるならば、自分は何でもするであろう。

「ただ、若君」

「なんだ？」

「舞台が終わったゆえ、私は間もなく三河へ戻らねばなりません。今しばらくは、駿府にいることもできましょうが、いつまでもとは――」

「ああ、そうか」

三河衆の人質は、全員、吉田へ留めておかねばならない。元服後ならば、岡崎を治める者として駿府に常駐させることもできるが、さすがに今は無理であった。

〈ならば、小姓として手元に置くか？〉

だが、そうなれば家格の問題がある。竹千代には悪いが、松平などという、どこの馬の骨かも分からない者を小姓にするなど、ほかの者が許さないだろう。

三河の人質を駿府へ置くという口実を、無理やりでっち上げるしかないらしい。

「よし。それは余に任せておけ。このまま駿府に留まれるよう、手を尽くす」

竹千代を手放すなど、できるはずがなかった。後でなんとでもなるだろうと思い、氏真は断言した。

少年の顔が、ぱっと明るくなる。

すると、そのままこちらへ身を乗り出し、肩を小刻みに震わせていた。

どうやら、今すぐにでも抱きつきたいらしい。察した氏真は、両手を広げた。

「若君」

小さく飛び跳ね、少年が抱きついてくる。

勢いで、後ろへ倒されながらも、氏真は受け止め、竹千代の頭を撫でた。

しばらく、二人は部屋で抱き合ったまま、互いの想いを確かめあった。

氏真と竹千代は、畳の上に寝転びながら、互いの手を握り、それぞれのことを語り合った。

互いの身分がまったく違うため、話はほとんど合わなかったが、それでも、氏真には楽しくてたまらなかった。

〈いつか、自分が知っている幸せを、こいつに味わわせてやりたい〉

絡まる指を撫でながら、そのように思った。

そんな少年に、これからしたいことを尋ねると、ただひと言、「学問」と答えた。

「学問だと？」

「はい。なんでもいいから、ものを読みたいです。せっかく、『論語』も読めるようになってきましたし」

「となると、次は『大学』、『中庸』、『孟子《もうし》』、あるいは『和漢朗詠集』あたりか」

「そうですね」

十二歳の若さで、実にたいしたものであった。自分がそれらを学んだのは十四歳のときであり、しかも、かなり苦労した覚えがある。どうやら、この子の才は、三河ではおさまらないほど、有り余っているらしい。

「なるほど。あれだけ見事な舞にも、納得がいくというものだ」

「あれは、大夫が偉いのでありましょう」

「いや、そうか？」

観世十郎という人の実力を、信じていない氏真は、その言葉に首をひねった。

「あの男は、お前が思うほど、できた御仁ではないぞ」

「そうなのですか？　確かに、女好きで、酒呑みで、博打に目がないところはありますが、立派な方だと思います」

「それは全然、立派ではないだろう」

氏真は、十郎の継いだ庶流の「越智観世」と、本家にあたる「観世宗家」について、竹千代に説明した。

「――つまり、十郎大夫がもっとも優れているならば、宗家を継いでいたはずだ。しかし、その宗家は弟のものになっている。大夫の実力を、余は信用できん」

「はあ」

竹千代は、少し考え、云った。

「ですが、その大夫を駿河に呼び寄せたのは、ほかならぬ御屋形様でありましょう？」

「そうだな。余の父だ」

「それほどの御方が、実力のない者を、わざわざ厚遇するでしょうか？」

「ああ。お竹の云うとおりだ」

やはり竹千代は賢いと、氏真は思う。だが、その疑問に対する答えも、自分は持ち合わせている。

「おそらく、父上が本当に欲しいものは、十郎大夫などではない。奴が持つ秘伝書の方なのだ」

「は？」

少し驚いた様子で、竹千代はこちらを見てきた。

「これまで、大夫から申楽を習ってきましたが、そんなもの、見たことがありません」

「だろうな。なにしろ秘伝だ。他人に見せることは、絶対にない」

「他人が見たことのないものが、なぜ、存在すると分かるのですか？」

竹千代が口にしたのは、当然の疑問であった。

「まあ、噂だ」

氏真は、ため息をつき、答える。

「今から十年くらい前、京の観世宗家の屋敷が火事になってな。そのとき、伝来の品々もすべて燃えてしまったらしい。その中には、世阿弥による秘伝書もあったのだと、多くの公家たちが云っている」

「ああ、なるほど」

「確かに、世阿弥の直系である越智観世ならば、秘伝書が伝わっていても、おかしくはない。父上の狙いは、たぶんそれだ」

「火災を免れた秘伝書こそが、目的だと？」

「そういうことだ。父上は、茶器や名刀、香木、そして、和歌の秘伝書なども収集している。その中のひとつにしたいのであろう」

竹千代は、信じられないという顔をしているが、氏真は確信している。

事実、父の義元が、金春禅竹《こんぱるぜんちく》による『歌舞髄脳記《かぶずいのうき》』という申楽の秘伝書を、自ら書き写し、所有していることを、氏真は知っている。つまり、前例があるのだ。

〈あの方の欲望に、果てなどない〉

今、したためている『今川仮名目録』に追加される条文も、義元の欲望を、存分に発揮した文面となるだろう。その後継になるなど、まったく恐ろしい。

〈世にある麗しいものを、ただ愛《め》でているだけでは、駄目なのだろうか？〉

そのようなことを考えていると、隣で横たわる竹千代が、あまりに愛おしくなった。氏真は、今まで握っていた小さい手を、改めて両手で包む。

「若様？」

竹千代は、きょとんとしているが、もう、我慢ができなかった。

解説

【歌舞髄脳記】　現代に残る金春禅竹『歌舞髄脳記』の奥書には、「買古筆商所貯今川義元真蹟写之」とあり、今川義元が、その書籍を商人から買い、内容を書き写していたことが分かる。《参考：米原正義『戦国武士と文芸の研究』（桜楓社一九七六年）》

「お竹」

そのまま、腕を引き寄せ、顔を近づけていく。何をされるか分かったのか、竹千代は、ぎゅっと強く目を閉じた。

〈本当に、賢いな〉

氏真は唇を寄せ、竹千代の口を吸った。

緊張しているのか、竹千代は歯を食いしばっていたが、それで構わない。氏真は、唇で唇を食《は》み、そっと舌で舐めた。細かく震える肩を抱きながら、さらに二人は密着する。

「ん、んん」

竹千代は、少しずつ口を開いていった。

首の角度を変え、再び唇をついばむと、竹千代の手が、助けを求めるように首元へと伸びてきた。

それを受け入れ、氏真もしがみつく。

互いの熱を分かち合いながら、延々と口づけは続く。

〈いつまでも、このままでいたい〉

息を荒らげる竹千代の頭を、何度も撫で上げながら、氏真は目を閉じ、さらに奥へと舌を差し入れた。

四

ひと月ほど経《た》った二月下旬のこと。

竹千代は、駿府の町の北東に建つ智源院《ちげんいん》という名の寺で、今後は世話になることとなった。

これは、氏真が手を回したものであった。

氏真が云うには、この寺に住む源応尼《げんおうに》という名の尼僧が、実は、竹千代の実の祖母にあたるという。

血の繋がった人物が、この駿府に住んでいるとは思わず、竹千代は大いに驚かされた。

どうやら、刈谷《かりや》で暮らす実母の母にあたるらしいのだが、これまで存在を聞いたことがなく、どのような人物なのか、まるで想像がつかなかった。

もっとも、駿府館での中楽が終わってから、ずいぶんと経ち、いつまでも観世十郎の屋敷で世話になるわけにはいかなくなった。相手が誰であれ行くしかない。竹千代は、わずかな手荷物を吉田から呼び寄せた半蔵に持たせ、祖母の待つ寺へと向かった。

京を模した町並みを離れ、武家屋敷の数々を眺めながら、東へと進んでいく。

しばらくすると、話に聞いていた智源院に到着した。どうやら駿府館から、それほど離れてはいないらしい。

　ぱっと見た感じでは、それほど大きい寺には思えなかった。尾張で人質だったときの大寺院とは、比べるまでもない。ただ、小さいながらも上品にまとまった庭などを見ると、居心地は良さそうに感じられた。

　間もなく、出迎えのためか、寺から数人の僧侶たちが来て、その中に、背の低い尼僧の姿もあった。その面立ちは、どことなく母と重なるところがある。

「もしや、源応尼様であられますか？」

　竹千代は、思い切って声をかけた。

「ああ、そうだよ。そうなんだがね」

　祖母と思わしき人物は、なにやら怪訝な顔で、こちらの顔を見た。

「これは確かに次郎三郎《じろうさぶろう》の孫って感じだ。なんというか、気持ち悪いねえ」

「え？」

　思いがけない言葉に、竹千代は言葉を失ったが――、

「はは、すまないね。少し、口が悪かった」

　と、源応尼は云い、口の端を上げて笑った。

「まあ、話は届いているよ。詳しいことは、後で教えてやるさ。とにかく、今は寺の全部を廻って丁寧に挨拶してきな。ほら、疾《と》く走って」

　源応尼は竹千代の肩を強く叩いた。

いまだ、祖母の人物が推し量れないまま、竹千代は寺の中を廻ることとなった。

「いや、昨日は悪かったね。なにしろ、自分の孫とはいえ、突然の話だったし、実際に会ったら、次郎三郎の奴にそっくりだったからね。ちょっとばかり驚いたのさ」

寺に着いた翌日、ようやく挨拶を終え、源応尼の庵《いおり》を訪《おとな》った竹千代であったが、開口一番このように云われ、返す言葉が出てこなかった。

「おっと、次郎三郎っていうのが、誰のことかは分かるね？」

「はい、祖父の清康《きよやす》公です」

つまりは、岡崎松平の先々代にあたる松平清康であった。

「そうだよ。お前さん、あいつによく似ている。次郎三郎は、いい男だったけど、妙に態度がでかくてねえ。さあこれからっていうときに死んじまった。まったく勿体なかったねえ。しかし、あいつときたら、それこそ非道いもので――」

「すいません。少し、待ってください」

「どうした？」

「ひとつ、分からないことがあります」

竹千代は、昨日から疑問に思っていることを、ようやく口にした。

「源応尼様は、母上の母であられますよね？」

「そうだよ」

「清康公は、父上の父です」

「それなのに、なぜ、そこまで祖父のことばかりを語られるのですか？」

「ああ」

ここが、竹千代には分からなかった。

源応尼が、実父の母というなら話は分かるが、この人は、あくまで刈谷出身である実母の母なのだ。それがなぜ、岡崎の祖父の様子を、このように話すのだろうか？

「ああ、知らなかったのかい？」

源応尼は、意外な顔をしながら云った。

「あたしはね、次郎三郎に嫁したこともあるんだよ。つまり、継室ってやつだ」

「ええっ？」

「お前の親父さんは正室の子だから、まったく関係ないけどね。ただ、あたしが岡崎で産んだ子も、城にはいたはずだろう。少し前に合戦で死んだって聞いたけど、会ったことはないかい？」

「申し訳ありません。尾張へ人質に行く前のことは、あまり覚えていなくて」

「なるほど、そうかい。それなら、事情に疎くても仕方がないね。説明してくれる大人がいないなら、尚更だ」

剛毅な尼僧はからからと笑いながら、その波瀾万丈な人生を話し始めた。

源応尼は、実名を「お富《とみ》の方」と云い、尾張の武士の娘として生まれた。

その美貌をかわれ、刈谷の水野《みずの》家に嫁ぎ、そこで三男一女を産む。竹千代の母である「お大《だい》の方」も、そのひとりであった。

ところが、その美しさに目をつけ、隣国の松平清康が、水野に合戦をしかけてきたという。刈谷水野を負かした清康は、講和の条件としてお富の方を所望したらしい。致し方なく彼女は嫁ぎ、そこでも一男一女をもうけている。

しかしながら、その清康は西三河の全域を手中に収める直前、二十五歳で急死し、お富の方は寡婦となった。

ただ、その後も彼女の美貌は衰えず、星野《ほしの》家、菅沼《すがぬま》家、川口《かわぐち》家と、三河の諸豪族に次々と嫁いだという。だが、いずれも夫に先立たれ、お富の方は出家を決めた。その際、因縁の多い三河を離れ、駿河までやってきたらしい。

そして現在は、源応尼と名を変え駿府の智源院で楽しい余生を送っている。

「なんというか、凄まじいですね」

「おや、そうかい。だが、この程度、珍しい話ではないよ」

竹千代は、そうは思わなかった。

確かに、武家の女なら、情勢によって嫁ぎ先が変わることなど、よくあることではあるが、その美貌が原因で、合戦が起こるという話は、さすがに初めて聞いた。

〈まるで、『漢書《かんじょ》』に書かれた「傾城《けいせい》」のようではないか〉

唐土の『漢書』外戚伝には、「北方に佳人有り。一顧すれば人の城を傾け、再顧すれば人の国を傾く」という一節がある。そこから、王が城も国も顧みなくなるほどの美女を「傾城」と云う。

自分の前にいる祖母が、その「傾城」のように、竹千代には思われたのだった。

「そういうわけで、あたしは、次郎三郎のことは、あまり好きじゃあないわけさ。いい男だったけどね」

「ですが、それほど似ていますか？」

「あと十年もすれば、生き写しになるんじゃないかね。いい男になるよ、お前さんも」

「そうでしょうか？」

「ふふん」

源応尼は、かつての美貌に、意味ありげな笑みを浮かべた。

「その可愛い面で、今川の若君をたぶらかしたのだろう。たいしたものじゃあないか」

突然に氏真のことを云われ、思わず竹千代は目をそらし、うつむいた。

頬が熱くなるのが、自分でも分かる。

「そういうわけでは、ありません」

「またまた」

含み笑いしながら、源応尼が云った。

「話は伝わっているんだ。なんでも駿府館で、『花月』をやったそうじゃないか。こんな喝食がいたら、そりゃ、惚れられるよ。上手くやったねえ」

「曲を選んだのは、観世十郎大夫です。私がしたことではありません」

「とにかく、男を摑んだなら、離さないことさ。なにしろ、三河の今後がかかっているからねえ。――そういえば、こいつを知っているかい？」

源応尼は、すぐ脇の文箱《ふばこ》から、杉原紙《すぎはらがみ》を取り出した。少し見えた文言だけで、竹千代は、それが何かを把握した。

「はい。『今川仮名目録』、その追加二十一条かと」

「そうさ。先日に出された、あれだ」

今川義元による『仮名目録追加』二十一条は、この二月に制定された分国法で、これまでの『今川仮名目録』に追加される形で世に出された。駿府館では、この条文によって多くの職制が変わり、ここしばらく大騒ぎが続いていたのであった。

今にして思えば、正月、今川義元が申楽の舞台を観に来なかったのは、この条文の作成で忙しかったためだろう。

「世間では、この二十条目が話題になっているね。まったく、とんでもないよ」

源応尼が云う二十条目には、

——只今は押し並べて、自分の力量をもつて、国の法度を申し付け、静謐《せいひつ》する事なれば、守護の手、入るまじき事、かつてあるべからず。


という一文がある。

つまり「今はすべてにおいて、今川家の力量で平和を維持しているので、守護が介入できないことなど何もない」という意味であり、事実上、室町《むろまち》幕府に対する今川家の「独立宣言」であった。

確かにすごいものだと、竹千代も思う。

「だが、お前さんにとっては、さらに厄介な条文が、まだまだあるね」

「分かっています」

竹千代は小さくうなずいた。

たとえば七条目には、「他国出身者の雇入れに、駿河衆は厳しい姿勢をとるように」と、念入りに書かれている。これは、今の竹千代の立場を危うくするのに、充分な文言であった。

ほかに、三河の行政訴訟裁判権が、今川家に握られる条文もある。

いよいよ三河は、今川の領国として組み込まれていくこととなった。このままでは国衆の立場など、まったくなくなってしまうだろう。

「なら、三河のためにも、若君の寵を失わないよう、しっかりやらなくちゃあいけない。つらい話になっちまうけどさ」

「はい」

少年にとっては、純粋な恋情であったが、そのように思わない者も、どうやらいるらしい。いろいろと心苦しいが、竹千代にとっては故郷も、かけがえのないものであった。「三河のため」と云われれば、「頑張らねば」という気持ちにさせられる。

〈このことを、若君は、どのように思われているのだろう?〉

いろいろ考えると、なんだか、涙がこぼれそうになり、竹千代は慌てて、目を袖で拭った。

「ははあ」

そんな竹千代を見て、源応尼は興味深げにつぶやく。

「やはり、いいね」

「いったい、何が?」

「涙をぐっと堪《こら》える様とか、なかなか、そそる面構えだったよ。さすが次郎三郎の孫って感じだ。まあ、あたしの孫でもあるしねえ。これは、将来が楽しみだ」

「ありがとうございます」

「あたしは女だから、若衆道については分からないけど、女のことならば、いくらでも教えてやる。必要になったら、いつでも云いな」

「女ですか？」

突然、女色のことを云われ、竹千代の心臓が跳ね上がった。

「いつかは必要になるだろう。なにしろ、岡崎松平の嫡男なんだから。なんなら、手とり足とり仕込んでやろう。可愛い孫のために、ひと肌脱ごうじゃないか」

「いや、源応尼様。さっきまで、私を清康公に似て気持ち悪いと、おっしゃっていたではありませんか？」

「似ているからこそ、してみたいこともある」

「いったい、何を？」

「いろいろさ」

源応尼の顔は、完全に虐めを楽しむ「それ」となっていた。

竹千代の背筋が凍る。

「そろそろ失礼します」

慌てて竹千代は一礼すると、すぐに立ち上がり、そのまま庵から飛び出した。

背後からは、源応尼の呵々《かか》大笑が聞こえる。

〈まったく、すごい御方だ〉

女色はともかく、あの人から学ぶことは多くありそうだと思いながら、竹千代は与えられた自室へと戻っていった。

五

氏真が、竹千代と心通じ合い、およそ三ヶ月が経った。

その間に、かの竹千代にも、「三つの欠点」があることが、ようやく氏真にも分かってきた。

まず、舌が莫迦であった。

竹千代が屋敷に来たときなどには、ともに食事をとることも多いが、その際、竹千代はよく――、

「味がしません」

と、困った顔をして云うのだった。

どうやら「薄味」というものを、まったく理解できないらしい。鰹で出汁《だし》をとった椀や、醤油で味つけした菜など、不思議な顔をしながら食べ続けたうえ、「すいません。味噌はあ

りますか？」と聞いてくるのだった。

いったい、三河や尾張で、何を食べて育ってきたのだろうか？　確かに武家の間では濃い味つけが好まれるが、塩っ辛い味噌の味しか分からないというのは、いくら何でも極端すぎる。これでは馳走のしようもない。

だが、諦めるわけにもいかず、氏真は竹千代の舌を育てようと、工夫を凝らした逸品を食べさせ続けた。

次に、和歌が下手であった。

氏真は幼い頃から師匠に習い、大いに得意としていたが、これが竹千代は全然駄目で、目も当てられない有様であった。

もっとも、勉強が足りていないわけではない。竹千代は書籍が好きであり、『伊勢物語』や『源氏《げんじ》物語』など、多くのものを読んでいる。また、詩文を解する心も持ち合わせており、氏真が貸した『和漢朗詠集』も楽しんでいるらしい。

だが、いざ歌を詠むとなると、これがさっぱりであった。これだけ、様々な知識を持ち合わせていながら――、

「ただ、心の思うままに詠んではいけないのですか？　若君」

などと無邪気に聞いてくる。

氏真からすれば、「心の思うままに歌を詠む」など、名人が云うから格好のつく言葉であり、和歌の基本も分かっていない子供が云う台詞ではなかった。

しかしながら、竹千代は、「今、目の前にあるものを、そのまま詠んでいきたいのです」と云いながら、次々に下手な和歌を詠んでいく。艶と幽玄を信条とする氏真には、まったく分からない心理であった。

作品を上手く見せるため、和歌には、数々の技法が存在する。それを守り、あるいは応用すれば、ある程度のものは詠めるようになるはずなのだ。

たとえば、和歌の基本に「本歌取り」というものがある。

——橋姫《はしひめ》の片しき衣さむしろに待つ夜むなしき宇治《うぢ》の曙

(宇治《うじ》の橋姫が、筵《むしろ》に袖の片方を敷き、男を待っていたが、虚しく夜が明けてしまった)

後鳥羽《ごとば》帝が詠んだ『新古今《しんこきん》集』にある和歌であるが、これの本歌は、詠み人知らずとして『古今集』にある。

——さむしろに衣片しきこよひもや我を待つらむ宇治の橋姫

(筵に袖の片方を敷き、今夜も宇治の橋姫は、私のことを待っているのだろうか)

見事なものだと、氏真は思う。

視点を男から女へ、時間を夜から明け方へと変更することで、有名な和歌に、さらなる奥行きが生まれている。これこそが、艶であり、幽玄というものだろう。このような技法を身につけていけば、竹千代にも、よい歌が詠めるはずなのだ。

だが、いくらそのように説明しても、竹千代はなかなか納得してくれない。

「自分で一から考えなくて、本当にいいのですか？　そんなことをして、怒られないのですか？　泥棒のように思えるのですが、違うのですか？」

誰もが知る古い歌ならば、怒られることはありえないし、もちろん、泥棒でもない。この国で千年もの間、連綿と続く技法を、そのように云われても困ってしまう。このままでは、連歌会などに出席しても、大いに苦労することになるだろう。

いつか、どうにかせねばなるまいと、氏真は強く思う。

そして、最後の欠点は——。

「今日は、いったい何をなさるおつもりですか？」

屋敷をたずねてきた竹千代に対し、氏真は——、

「なあに、久しぶりに、お竹の仕舞を観たくなったのだ」

とだけ答え、その手を引っ張った。

「ですが、歌の稽古は、どうするのですか？　いつも若君を呆れさせているようで、申し訳なく思っているのですが」

「それは、しばらくかかりそうだし、今はいい」

「え？」

「あまり、下手なものにかかずらっていると、気が滅入るからな」

云うと、竹千代はもう一方の拳で、氏真の背中を叩いてきた。見れば、なにやら不機嫌に頬を膨らませている。

まあ、何をしても可愛いと、氏真は思う。

「なあに、冗談だ。少し前、余の鼓で舞ってくれと、云ったことがあっただろう」

「はい。確かに」

その時のことを思い出したのか、竹千代の声が、上擦ったものとなった。

「あの約束を果たしたいのだ。何か、すぐにできる仕舞はあるか？」

「通してできるものは『花月』くらいですが、ほかにも幾つか習いました。『熊野《ゆや》』や『羽衣《ごろも》』、あとは『高砂《たかさご》』や『屋島《やしま》』でしょうか」

竹千代があげたものは、どれもよく知られた曲であり、仕舞の入門としても最適なものであった。どうやら十郎大夫は、竹千代を念入りに仕上げたらしい。

だが、今はもう少しひねりが欲しい。

「ほかには？」

「そうですね。一応、『花月』ができなかったときのために、『鷺《さぎ》』も通して習いました。詞章が少なくて、楽でした」

思わず、氏真は笑ってしまった。確かに『鷺』は、シテの覚える詞章が、たった二句しかない。

もっとも、これを舞うとなれば、足づかいは難しく、かなりの修練が必要であった。

「そうか。それも、悪くないな」

「『鷺』ですか？」

「なにしろ、特別な曲だ。竹千代が元服したら、次に観られるのは、四十年後ということにも成りかねない」

「ああ」

竹千代も、納得した様子であった。

この『鷺』という曲は、無垢の鷺を無心で演じねばならないため、シテは少年か、還暦以後の老人でなければならないという決まりがある。

「今のうちに御見せしなければ、次の機会はないかもしれないということですね？」

「まったくないとは云わないが、竹千代の還暦まで待つのは、長すぎるな」

「ならば、それにしましょう」

二人は、そのまま庭を抜け、舞台までやってきた。そのまま楽屋へと入り込み、それぞれ『鷺』の準備をし始める。竹千代は、自身に合う装束を探し、氏真は、鼓や謡本の確認をした。

「さすがに、鷺冠まではありませんね」

「今日は、遊びだからな。装束の色が白ければ、それでいいだろう」

本来ならば、シテは小さな白鷺のついた冠を頭にかぶるのだが、そこまで求めることはできなかった。竹千代は、白綾の裾をたくし上げ、腰帯を締めると、そのまま折り下げていく。一応の見た目は、白鷺の装束に近くなった。

一方、氏真は改めて謡本を読み、仕舞あたりの詞章を頭に入れ直した。

よく知っている内容ではあるが、鼓を叩きながら謡うとなると、少しばかり難しい。たかだか遊びなのだから、そんなに気合を入れる必要もないのだが、竹千代を相手に、下手な真似などしたくもなかった。

〈まあ、しくじるようなことはあるまい〉

鼓の心得はあるし、謡も不得意ではない。竹千代の仕舞に合わせることは、充分にできるであろう。

「よし、竹千代。あとは舞台の上でやってみようか」

おおよその確認を終え、氏真は竹千代に呼びかけた。

だが、返事はない。

見ると、竹千代は真剣な表情で、足はこびの確認を行っていた。口の中で小さく詞章をつぶやきながら、床の上に足を滑らせ、腕を前へ差し込む。そんなことを、何度も何度も繰り返しており、こちらの声は耳に届いていなかった。

〈ああ、またか〉

氏真は、ため息をつく。

これこそが、竹千代の持つ最大の欠点――、あまりにも高すぎる「集中力」であった。

一度でもこうなってしまえば、もう、よほどの大声を出さねば、こちらに気づくことはない。本人が納得するまで、延々と練習を続けるだろう。

〈まったく、どうすればよいのだろう？〉

このような竹千代の姿を見るたびに、氏真は微妙な気持ちにさせられた。

物事に集中するのは、別に悪いことではない。本来ならば、称賛すべきなのだろう。

しかしながら、その集中が、どうやら「恋情」にも当てはまりそうなことに、ようやく氏真は気づいたのだった。

竹千代が、自分を強く恋い慕っていることは、よく分かる。

だが、それが高すぎる集中の結果ならば、何か別の目標が与えられたとき、恋情は雲散霧消し、二度とこちらに興味が向くことなどないのではないか？

ゆえに、あのような竹千代の姿を見るたびに、氏真には、それが「欠点」としか思えなくなってきたのだった。

ようやく、自身で納得できる動きができたのだろう。竹千代は――、

「それでは、やってみましょうか」

と、こちらの想いにも気づかないまま、鏡の間へと向かっていった。

氏真も鼓を手に、後を追う。

揚げ幕を脇からくぐり、橋掛りを渡ると、そこは、竹千代と氏真しか存在しない舞台であった。

見所には、誰もいない。目の前には、純白の装束を着た竹千代が、端然と構えているだけであった。

竹千代は、わずかに振り向き、こちらへ視線を投げかけてくる。

氏真は意を汲《く》み、鏡板の前に座った。

「洲崎《すさき》の鷺の羽を垂れて――」

竹千代の一声を受け、氏真の謡が続く。

鼓を叩くと、それに合わせ、竹千代が舞った。

純真無垢な白鷺が、その翼を広げ、大きく羽ばたく。

〈素晴らしい〉

感嘆しながら、氏真は強く鼓を響かせた。

舞台の上に、ただ二人。

互いの呼吸を合わせ、曲が続く。

自分の鼓に合わせ、見事な仕舞を見せる竹千代が、氏真は愛おしくてたまらなくなった。

〈もう、余は何もいらない。この時が、久遠《くおん》に続くだけでよい〉

気がつくと、氏真は謡いながら、目に涙を溜めていた。


――だが、この氏真の願いは、わずか数刻の後に、破られることとなる。

六

舞台の上で『鷺』を舞った翌日、竹千代は再び駿府館へと呼び出された。

これまで、幾度となく訪れた駿府館であったが、連日というのは、これが初めてのことであった。

〈いったい、何があったのだろう?〉

少しぐずついた空を見上げながら、竹千代は、下男の半蔵とともに智源院を出た。

駿府館へ到着すると、氏真の小姓に案内されたが、今日は何があったのか、行き先が屋敷の方向ではない。

「すいません、いったい、どちらへ？」

「先ほど指示があり、今日は御屋形様の御屋敷へ参られるようにとのこと。どうやら、茶室でお待ちのようです」

「えっ？」

御屋形様と云われ、竹千代は大いに驚いた。なにしろ、この館でそのように呼ばれる人間など、たったひとりしかいない。

――今川治部大輔義元。

ただの人質にとっては、神にも等しい御方であった。

「なんで、御屋形様の茶室で？」

「分かりません」

小姓は、冷ややかな目でこちらを見ながら、云った。

「すべては、中でお聞きください」

「その茶室に、若君がおられると？」

「はい」

もはや竹千代は、黙って小姓の後へ続くしかなかった。

今川義元の屋敷は、氏真のものとはまた別にあり、件の茶室は、その奥に建てられた書院であった。

多数の石を配した小さな庭には、小さな川が流れており、その向こうは松林となっている。今は小雨で見にくいが、晴れていれば、綺麗な富士山が、見事な借景となっていたのだろう。

〈若君は、なぜ、こんなところに?〉

今川家は茶道にも力を入れていて、蔵には多くの名品があると、氏真から聞いている。だが、これまで茶室に連れてこられたことはなく、作法も教わっていない。

小姓に促され、竹千代は致し方なく、庵の中へと入った。

思っていたより広い室内には、すでに二人が座っていた。

客畳のもっとも下座に、今川氏真。

そして、客畳の上座には、艶やかな紫の布衣《ほい》を着た、髭《ひげ》の御仁が正座していた。

〈この御方が?〉

はじめ、竹千代は信じられなかったが、氏真より上座に座れる人間など、この国では限られている。

間違いなく、今川義元であった。

背が、ぶるりと震える。

たまらず、竹千代はその場に膝をつき、頭を畳につけるほど下げた。

「ほう、これが、お前が執心している岡崎松平の子か、五郎よ」

「はい」

義元の問いに、氏真が答えていた。

「面を上げよ」

竹千代は、緊張しながら顔を前へと向ける。

氏真は、自分に対面する形で座っていた。その右隣には義元がいる。竹千代の左隣は茶を点《た》てる者が座る点前畳《てまえだたみ》であったが、そこに人はいなかった。

「ふむ」

義元は、竹千代の顔を覗き込んでくる。

「美童だな。これが、『花月』のシテであっただと？」

「ええ」

義元の問いに、氏真が答えた。

「大夫め。やってくれたな」

義元の憎々しげなつぶやきに、再び竹千代の背が震える。

〈恐ろしい〉

助けを求めるように、思わず竹千代は氏真を見たが、氏真は忸怩たる顔をしているものの、じっと正座したまま、わずかに動こうともしない。

隣の義元も、ただじっと、こちらを見つめてくるだけで、静寂の茶室には、雨の降る音が聞こえるのみであった。

いったい、今、何が起こっているのか。竹千代にはまったく理解ができない。

「竹千代とやら」

「はい」

「今、舞えるか？」

義元から何を問われたのか、まるで理解しないまま、竹千代は首肯した。

この茶室で仕舞をするなど、まるで想像のつかない事態であったが、今は、ただ黙って首を縦に振るしかない。いかなる無理難題であろうと、受け入れるしかなかった。

「ならば、『羽衣』だ。扇広げのキリだけでよい。ここで見せてみよ」

義元の所望は、よく知られた『羽衣』の仕舞であった。

春の朝、漁師が松の枝にかかった羽衣を見つけ、持ち帰って家宝にしようとする。そこに天女があらわれ、天に帰るため羽衣を返して欲しいと云う。漁師は、羽衣を返す代わりに天女の舞を所望する。羽衣を得た天女は舞い踊りながら、天上高く帰っていく。

義元が云う「キリ」とは、その最後の部分であった。天女が泰平の御代《みよ》を称えて踊る、霓《げい》裳羽衣《しょううい》の舞だ。

観世十郎大夫から、よく習った仕舞であった。これほど突然でも、できないことはないであろう。幸い、使い慣れた扇子も手元にある。舞台ほどの広さはないが、歩幅を狭めれば仕舞もできそうであった。

「簡単な装束は、次の間にある。謡は五郎に任せる」

氏真は、静かにうなずいていた。

竹千代は、すっと立ち上がると、次の間への襖を開けた。

だが、そこには何もない。

少し探したが、天女の装束である長絹や腰巻は見当たらなかった。

ただ一枚。

向こうが透けて見える白い薄絹が、棚の上に載っている。

〈まさか、これ？〉

手にとってみた。

それは、本当にただの薄絹であった。仕立ても何もしていない。ただ、肩から身体にかける長さがあるだけであった。

竹千代は、目眩《めまい》に襲われる。

確かに『羽衣』の筋において、天女は裸ということになっている。一応、舞台で装束は着ているが、それはあくまで天女の肌をあらわすためのものであった。実際の筋のとおりならば、確かに、この薄絹を裸にまとうだけとなるだろう。

だが、そんな非道い小書きなど、これまで聞いたことがない。

〈莫迦な〉

竹千代は振り返り、茶室で待つ義元と氏真を見た。義元は、端然として変わらないが、氏真は、心配そうにこちらを横目で見ている。

もう、間違いなかった。これは、素肌の上に薄絹のみをまとい、仕舞する趣向なのだ。

〈でも、なんで、こんなことを？〉

意味が分からない。

仕舞が見たいならば、舞台の上でいいではないか。なぜ、こんな茶室で、裸で舞わせる必要があるのだろう？

それでも、逆らうことは絶対にできない。

覚悟を決めた竹千代は帯を解き、袴《はかま》を外した。

続けて、長着を脱ぎ捨てる。

下帯については、少し迷ったが、これも外した。陰茎を晒すのは恥ずかしいが、天女がこんなものをつけているわけがない。

全裸となった竹千代は、首に薄絹をかけると、肩から下へ垂らした。

手には、仕舞のための扇を持つ。

だが、限りなく全裸となった竹千代は、羞恥のあまり、意識が遠くなりかけた。

心臓が早鐘のようになり、身体中が熱い。

〈本当に、これで舞うのか?〉

確かに天女の正しい姿なのだろうが、とても、まともな男がする格好とは思えない。

しかし、もはや逃げることもできない。義元の言葉は絶対であり、氏真さえ逆らえないのだ。云われたとおり、やるしかない。

竹千代は覚悟を決めた。もう、何があろうと、やりきるしかない。

わずかに目を閉じ、意識を仕舞へ集中させる。

〈私は天女だ〉

自分自身に、強く云い聞かせる。

羽衣がなければ舞えないと云う天女に対し、漁師は「衣を返したら、舞わずに帰ってしまうだろう」とためらった。すると天女は——、

——いや、疑ひは人間にあり。天に偽りなきものを。

と返し、漁師を恥じさせたのだった。

一切の偽りなき天女。

それが私だ。

竹千代は、勇気を振り絞り、義元らが座る茶室へと戻った。

義元の口から、感心したような声が聞こえた。だが、隣の氏真は、顔をこわばらせたまま、動かない。

「ほう」

竹千代は、広く空いている場所に片膝で座り、右手の扇子を開いて、構えをとる。

氏真に目で合図を送ると、うなずいてくれた。地謡は任せていいらしい。

竹千代は息を吸い、一声を放った。

「東遊《あづまあそび》の数々に――」

シテの謡に、地謡が続く。

――東遊の数々に、その名も月の色人は、三五夜中《さんごやちゅう》の空に又、満願真如の影となり、御願円満国土成就。

氏真の声は、しっかり出ていた。申し合わせもないまま始まったが、困るところはない。

竹千代は、扇子を前へ差し込みながら、足を運んだ。

しかし、どれだけ集中しても、全裸であることを忘れることはできない。二人の視線を全身で受け、竹千代の肌が紅潮していく。

――七宝充満の宝を降らし、国土にこれを施し給ふ。

竹千代は、前へ足を運びながら、右手で持った扇を、招くように大きく振る。さらに、左手に持ち替えて、再び振る。

扇を下げた先には、義元の顔があるが、表情はまるで読み取れない。ただ、自身の髭を撫でながら、じっとこちらを見つめてくる。

この御仁が何を考えているのか、竹千代には、まるで理解ができない。

左手で扇の地紙を持ちながら、竹千代は茶室で舞い続けた。意識を指先にまで集中させているので、何も着ていないというのに、全身が汗だくとなる。肌の上を雫《しずく》が滑り、飛び散った。

――三保《みほ》の松原、浮島が雲の、愛鷹山《あしたかやま》や、富士の高嶺、かすかになりて。

再び、扇子を右手に持ち替えながら、竹千代は舞う。

〈もうすぐ、終わる〉

だが、油断はできない。

最後の最後まで、集中しなければ、これまでのすべてが崩れる。

扇子をかざしながら、左へ回ると、肩からかけた薄絹が、ひらりと舞い上がる。

もう竹千代は、緊張と羞恥の限界にあった。

早く仕舞が終わることを祈りながら、再び元の位置へと戻り、構えをとる。

――霞《かすみ》に紛れて、失せにけり。

そのまま、地謡が終わると同時に、片膝をつき、扇を閉じた。

両手をつき、頭を下げる。

竹千代は、胸に溜まった重い息を抜き、深く安堵した。

〈終わった〉

全身全霊、できることのすべてを尽くした仕舞であった。あまりに恐ろしい舞台であったが、以前のように泣いてもいない。

膝に力が入らず、がたがたと無様に震えている。これ以上は、動くことさえできそうになかった。

「うむ。実に艶やかであった」

耳に届く義元の声には、確かに賛美の響きがあった。

「五郎よ。よく、これだけのものを見出した。やはり、捨て目が利くようだ」

「ありがとうございます」

氏真は、父に対し頭を下げていた。

この場から解放されると思うと、竹千代の心にも、ようやく余裕が生まれてきた。

いったい、これに何の意味があったのか、後で氏真から聞かねばなるまい。そんなことを考えていたとき――、

「ならば、こいつは余があずかろう」

と、義元が云った。

「異存はないな？」

氏真は、義元の問いに対し、若干、躊躇した様子であったが、やがて——、

「はい」

と、震える声で返事していた。

会話の意味が分からず、竹千代は下を向き続ける。

そんな竹千代に構わず、義元は立ち上がり、帯を解いた。続けて、長着を背に打ち捨て、その下も脱ぐ。

同時に、氏真も立ち上がり、竹千代の横をすり抜けた。

目で追ったが、間に合わない。氏真は素早く襖を開けると、茶室の外へ消えていった。

この部屋には、裸の男が、たった二人となったのだった。

あまりのことに、竹千代は悲鳴を上げかけた。どれだけ冷静になろうとも、突然に起こった貞操の危機に、大きく慌てるしかなかった。

だが、その瞬間、竹千代は肩を蹴られて、畳の上を転がった。仰向けとなった肢体に、黒い影が覆いかぶさる。

口の中を強引に吸われた瞬間、窓の外の雨が、より一層強くなった。

第三章

秘伝々々《ひでんひでん》

CONFIDENTIAL

此本十郎大夫方之を書写也。又此家本も有、同之。以上十ヶ条少もちがはす。十郎かたの書は家康《いへやす》に御所持也。二札の外あるへからす。秘伝々々。

於遠州写之。

天正《てんしやう》六年十月吉日

宗節《そうせつ》（花押）

『花伝第七　別紙口伝《べっしのくでん》』奥書より

［現代語訳］

この『花伝第七　別紙口伝』は、観世十郎大夫《かんぜじゅうろうたいふ》が所持していたものの書き写しである。まったく同じ内容であり、十ヶ条、少しも違わない。そして、十郎大夫の本は徳川家康《とくがわいえやす》の持ち物である。この二冊のほかにあってはならない。絶対に秘伝である。

この本は遠江《とおとうみ》の地で写筆した。

天正《てんしょう》六年十月

観世宗節

一

まだ、雨の音が聞こえる。

どうやら、先ほどより遥かに強い雨足となっているようで、まるで滝壺の傍にいるかのようであった。

いつの間にか、竹千代は気を失っていたらしく、もう、今川義元の姿は見えない。代わりにいたのは、今川氏真であった。すぐ横に座りながら、心配そうにこちらを覗き込んでいる。

「大丈夫か？」

竹千代は返事せず、あたりを見渡した。

先ほどまで、義元とまぐわっていた茶室であった。夜も近いのか、部屋の中はずいぶんと暗い。

裸であった身体には、長着がかけられていた。おそらく、氏真がしてくれたのだろう。不快な瞖水なども、拭われていた。

竹千代は、頭を上げようとしたが、全身に鈍い痛みが走る。

「まだ、無理をするな。お竹。薬は塗ったが、ずいぶん切れてしまっていた」

「切れて？」

「ああ」

どうやら、無理やり中へと入れられ、裂傷を負ったらしい。思えば、臀部の痛みはあまりにひどく、腰に力が入らなかった。

「すまぬ、お竹」

氏真は、竹千代の右手をとりながら、苦々しい顔をした。

「本当に、すまなかった」

「いえ」

竹千代は、小さく首を横に振った。

「いいのです」

「いいはずがない。あの男は、まったく出鱈目なのだ。世の宝を、すべて手に入れなければ気がすまんのだ」

「宝、ですか？」

「そうだ。これは、金銀財宝だけではない。刀剣や茶器、和歌や中楽の秘伝書、そして、お前のような人間も含めてだ」

竹千代の手を、氏真は強く握ってくる。

「お前を、巻き込みたくなかった。こんなことになるならば、いっそ、三河に帰しておけばよかった」

「そんな」

「常にお竹を傍に置いていたいという余の我儘《わがまま》で、こんなことになってしまった。いくら謝っても、謝りきれん」

氏真は、目に涙を溜めながら、このような顚末《てんまつ》に至った経緯を話し始めた。


竹千代を駿府に留めるため、氏真は、様々な手を打ったという。

まず、三河吉田に手を回し、人質のひとりを駿府に留める許可を求めた。これは、氏真の力ならば容易であった。

次に、竹千代の保護者として、近親者がいるか駿府で探した。松平の氏族は幾人か駿府に常駐しているが、これは同族というだけで、竹千代の岡崎松平とは敵対することもあり得る。できれば血の繋がりがある者が良かった。

そこで見つけたのが、祖母にあたる源応尼であった。彼女は孫の保護を快諾し、竹千代は智源院に住むことができるようになった。

だが、ここまでの経緯を、氏真は父・義元に話していなかった。かの美貌を見れば、すぐに奪ってくることは、分かりきっていたからであった。

竹千代の元服まで誤魔化せばよいと、氏真は考えていた。そうすれば、駿府に常駐も可能であり、後に今川の親族と婚儀を結ばせれば、常に傍へ置いておくこともできる。ゆえに、あと一年ほど秘密を守れれば、大丈夫だと思っていた。

事実、この三ヶ月は上手くいっていた。

義元は『今川仮名目録』の追加について、議論を重ねており、氏真の動向に注意が向いていなかった。今後も尾張侵攻のための軍備を整えねばならず、一年ほどならば時間を稼げるはずであった。

しかし、氏真の動きを怪しんだ男が、ひとりいた。

その名を、太原崇孚雪斎《たいげんすうふせっさい》という。

ここ最近、雪斎は各国との調停のため、関東周辺を廻っていたが、この度、今川氏真と北条《ほうじょう》家の娘との婚儀について日取りが決まったゆえ、駿府館へ戻ってきたのだった。

ことの報告を、昨日の夕刻、氏真は雪斎にされた。婚儀については、おおよそ一年後を予定しているという。

氏真は、それに応じた。

ただ、素直に返事をしただけであった。

ところが、雪斎は氏真は、何か「隠しごと」があると感づいたらしい。すぐさま、氏真の小姓から話を聞き、竹千代の存在までたどり着いたという。

いったい何がきっかけで、秘密を見抜かれたのか、氏真には、まったく分からなかった。

この雪斎という男は、そもそも今川義元の師匠にあたる御仁であり、人の心を見抜く達人であった。その眼力が、氏真の不審な動きを察知したのかもしれない。

とにかく、話はすぐに今川義元へと伝わった。三河の人質を優遇するなど、雪斎からすれば、絶対にあってはならないことだったからだ。

その夜、氏真、雪斎、そして義元による鼎談《ていだん》が持たれた。

雪斎は、「三河衆の処遇について、駿河衆より優先すれば、必ずや混乱のもとになる」と、強く主張した。

対して、氏真は、「今後の他国支配において、国衆の血脈は利用すべきであり、優秀な者を見つけ、今川家と婚儀を結ばせるのがよい」と反論した。

竹千代を傍に置いておきたいという一心で出てきた言葉であったが、これは、そんなに悪い案ではなかった。

事実、三河では城代こそ駿河衆であるものの、多くの奉行は三河衆のままであった。そう簡単に、他国の者へ民草はなびかない。有力な豪族と血縁を結ぶのは、むしろ当然のことであった。

だが、雪斎は「駿河衆と三河衆、二つの権威が上に立てば、民草は混乱するばかりとなる」と論を張った。

負けるわけにはいかない。氏真は、「『仮名目録』の追加により、三河の行政訴訟は、すべて今川が握っており、混乱が起こることはない」と返した。

その後も、延々と議論は続いたが、どちらも折れることなく、決着がつきそうな気配はなかった。

結果、今川義元がすべてを決めることとなり、「まずは、その竹千代とやらを見てみよう」という話になった。

氏真は、深いため息をついていた。

「そういうことで、お竹を呼び出し、この茶室で検分が始まったのだ。だが、まさか、裸で仕舞をさせるとは思わなかった」

「ええ」

ましてや、その直後に犯されるなど、竹千代も思っていなかった。さらに云えば、氏真が止めないなど、考えてもいなかった。

「あの『羽衣』を、しくじってくれればと、余は願っていた」

「はい」

「こんな思いをするくらいならば、なんとしてでも、止めるべきであった」

氏真は、竹千代の手を両手で握りながら、額をあて泣いていた。

「すまぬ、お竹。本当に、悪かった」

この人は何を云っているのだろうと、竹千代は思うしかなかった。

もう、私は汚された。

この身体も、心も、すべて陵辱されたのだ。

今更、謝るくらいならば、あの時、私を助けてくれればよかったのだ。

「ええ、若君。分かります」

だが、竹千代の口は、心の内とは、まるで反対のことを云い出した。

「御屋形様に逆らうことなど、どうあっても、できませぬ」

なぜ、このようなことを云うのか、竹千代自身も、まるで分からない。

「私は、この身が、若君のお役に立てるなら、それで充分なのです」

なじってやりたい。

殺してやりたい。

それくらいの気持ちがあるのに、この口から出るのは、気持ち悪いくらいの「嘘」であった。

「もう、終わったことです」

「だが、お竹」

「いいのです」

竹千代は、氏真の顔を見つめながら、わずかに身体を起こした。

「若君のためなら、本望であります」

そのまま目を閉じる。

すると、氏真は、竹千代の身体を強く引き寄せ、顔に口を寄せた。そのまま、口内を吸われ、竹千代は舌を絡ませる。

氏真は、まるで貪《むさぼ》るように、こちらの舌を嚙み、歯の裏を舐め回してきた。

〈生臭い〉

率直に、竹千代はそう感じた。

とても、恋した男の舌とは思えなかった。何か、薄気味悪い別の生き物が、身体へ入ってきたかのようであった。

かつての恋情は、本当にどこかへ消えてしまったようだ。今はただ、自分に抱きついてくる、この男が、鬱陶しくてしょうがなかった。

だが、やはり身体は、心と違う反応を示した。竹千代はすがるように腕を氏真の首に絡ませながら、さらに強い口吸いを求めたのだった。

〈なんで、私はこんなことを――?〉

疑問に思いながら、竹千代は氏真に抱きつき、強引に体勢を崩させる。二人の身体が、のたうつように畳の上で絡み合った。

「若君」

「な、なんだ？」

「ひとつだけ、お聞きしたいことがあるのです」

横たわる氏真に寄り添いながら、竹千代は尋ねた。

「『羽衣』についてです。私が、『羽衣』を舞えるということを、若君は、御屋形様にお知らせしましたか？」

「舞えるかどうか、だと？」

「はい」

少し考え、氏真は云った。

「いや、云ってはいない」

「本当に？」

「確かだ。前の申楽で『花月』のシテであったことは云ったが、『羽衣』は云っていない」

「そうですか」

竹千代は、氏真の胸に抱きつきながら、考える。

——いったい、誰が義元に『羽衣』が舞えることを教えたのか？

これが、少年には大きな疑問であった。

この茶室には、すでに薄絹が用意されていた。つまり、始めから『羽衣』を舞わせることは決まっていたということだ。

ならば、自分が『羽衣』をすでに習っていると、知っていなければならない。「申楽を習っているなら、『羽衣』くらいは舞えるだろう」という、曖昧な理由ではないはずだ。

〈だが、『羽衣』のことを知る人間は、限られている〉

なにしろ、これまで他人に話したことがなかった。すぐに思い当たるのは氏真であったが、どうやら義元に『羽衣』のことを伝えてはいないらしい。

ならば、かの御仁に教えたのは、いったい何者なのだろうか？

たったひとり、竹千代には心当たりがあった。

思わず、頭を掻きむしる。

何を考えてのことか分からないが、こんなことをされてまで、黙っていられるほど寛容ではない。

殺してやる。

今すぐ、殺してやる。

今川義元が相手では、一筋縄にはいかないだろうが、奴ならば、周囲に侍も下男もいない。すぐにでも殺すことが可能であった。

抱え込んでいた殺意に、明確な目標ができ、竹千代の行動は定まった。

〈奴を、殺そう〉

そう思うだけで、何でもできる気がした。

三河のことも、岡崎のことも、どうでもいい。今はただ、この胸を引き裂くような怒りを吐き出さねば、狂ってしまう。

竹千代は、氏真から離れて、襖の先に向かおうとする。いまだ、腰には鈍痛があり、力もろくに入らなかったが、壁に手をつきながら、どうにか竹千代は立ち上がった。

「おい、どうした。お竹」

「行きます」

「どこへ？」

「構わないでください」

「いや、待て」

氏真は、素早く立ち上がり、こちらへ手を伸ばしてきた。

「構うなっ」

竹千代は、その手を払い、叫んだ。

睨みつけると、氏真はよろめきながら、後ろへ下がった。

竹千代は、足元に広がっていた長着を手に取ると、そのまま、外の嵐に向かって歩き始めた。

二

申楽の秘伝書である『風姿花伝《ふうしかでん》』は、全七篇で構成されている。

『風姿花伝第一　年来稽古条々』
『風姿花伝第二　物学《ものまね》条々』
『風姿花伝第三　問答条々』
『風姿花伝第四　神儀云《しんぎにいはく》』
『奥儀讃歎云《おうぎにさんたんしていはく》』
『花伝第六　花修云《かしゆにいはく》』
『花伝第七　別紙口伝《べっしのくでん》』

どうやら、すべてが同じ時期に書かれたわけではないらしいと、観世十郎大夫は考えている。後の巻になるほど、書かれている内容に、大きな進歩が見られるためだ。

ゆえに、門外不出の秘伝書だが、その中でも第七の『別紙口伝』を、十郎はとくに大切にしていた。

今夜も、周囲に気配がなくなったことを確認し、そっと本を文机の上で開いた。

中には、以下のような一文がある。

——秘すれば花なり。秘せずは花なるべからずとなり。この分け目を知ること、肝要の花なり。

まったくそのとおりだと、十郎は思う。

この『別紙口伝』の一節が、芸というものの本質を表している。

芸とは、隠しておくものなのだ。

誰にも秘密を漏らしてはいけない。こちらの手の内が知れれば、その芸から、すべての価値は失われてしまう。

つまりは、秘密こそが芸なのだ。

だからこそ、どれだけ今川義元が、この書を望んでも、見せることはできない。わずかにでも見せた瞬間、この十郎大夫の芸は、すべて失われる。

まさに、『風姿花伝』は、十郎の存在そのものであった。

今夜も、小さい灯りの下、十郎はゆっくりと、本を読み進めて、様々に思索を重ねていく。

仕舞について、謡について、さらには、囃子について。

そのようにしていくうちに、新たな構想が湧いてくる。なにか、今までにない、斬新な試みが――。

そのとき、近くに雷が落ちたのか、耳が割れんばかりの轟音《ごうおん》が、閃光《せんこう》とともに鳴った。あまりの音に驚き、十郎は、肩を竦《すく》ませながら振り返る。

障子の外は、滝のような豪雨であった。風も強く、屋敷の柱がみしみしと鳴る。

〈これは、少し危ないか?〉

川からは離れているため、浸水の心配こそないものの、強風による倒壊はあり得る。義元が建てた屋敷は、頑丈ではあるはずだが、油断はできない。

十郎は、読んでいた『別紙口伝』を油紙に包むと、自分の懐に入れた。

再び、閃光。

十郎は、外へ目を向ける。

驚いた。

刹那、障子の向こうに、人の影があったのだ。

風により、乱れた髪をたなびかせ、手には、懐剣を持っている。そんな影に見えた。

〈なんだ?〉

落雷の轟音。

同時に、影は障子を開き、こちらへ襲いかかってきた。

ほとんど、裸と云っていい姿であった。肩からかけた長着を肌に貼りつかせ、濡れた髪を振り乱している。

輝く瞳が、恐ろしく艶めいている。

「竹千代？」

剣をこちらへ振り上げてきたのは、間違いなく、松平竹千代であった。

掛け声とともに、竹千代は懐剣を突き立てようと、倒れ込むように襲ってくる。

十郎は、たまらず右にかわした。

間一髪、竹千代の刃が、十郎の袖を裂く。

竹千代は部屋の壁へとぶち当たり、そのまま肩で寄りかかっていた。雨に濡れた白い肢体は、がくがくと震えている。

「待て。竹千代。お前、どうした？」

尋常ではない少年の姿に、肝を潰しながら、十郎は両手を前に出し、竹千代に問うた。

「なあ、いったい、何があったんだ？」

「うるさい」

竹千代は、細い腕で持った懐剣を、こちらに向けながら、精一杯の声で叫ぶ。

「全部、お前が仕組んだんだ」

「何を」

「全部だ」

「ほう」

ここまで云われ、十郎にも思い当たる節があった。

「さては、お前。『羽衣』を舞わされたな?」

事実だったのだろう。竹千代は上目で睨むと、再び、こちらに向かって跳ねてきた。

だが、所詮は子供であり、まるで遅い。再び横にかわすと、竹千代はつんのめりながら、襖にぶつかった。

外れた襖とともに、竹千代は隣室へ転がり、倒れる。

十郎はすかさず距離を詰め、少年の手にある得物を蹴り飛ばした。懐剣はそのまま、部屋の隅へと転がる。

「ああ、危ねえ」

そのまま、薄い胸の上に足を乗せると、竹千代はまったく動けなくなった。

ひとまず危機を脱し、十郎は息を吐いた。

〈それにしても、これはいったい?〉

足元で倒れる竹千代は、息を呑むほど妖艶な姿であった。

極度に冷え切ったためか、透き通るほど肌は蒼白であった。羞恥にまみれながら、必死にこちらを睨み、肢体をうごめかせている。

何より、内ももに流れる赤い一筋が、あまりに悩ましい。思わず手を伸ばしたくなるような、凄まじい色香であった。

「何があったんだよ、竹千代」

「分かって、いるだろう？」

もう、体力も残っていないのか、竹千代は息も絶え絶えにつぶやいていた。

「やられたんだな。殿様に」

「ああ」

「それで、その裏に俺の仕込みがあると、お前は感づいたんだ」

「そうだ」

竹千代は、顔に悔しさをにじませながら、云った。

「全部、大夫は知っていたんだ。こういうことが起こると」

「当たり前だ」

十郎は、きっぱりと云いきった。

「もともと、芸能とはそういうものだ。舞台の上で品定めされ、見目麗しいものは寵愛を受ける。そういう形で、連綿と成り立ってきているんだ」

「そんな」

「将軍の寵を受けた世阿弥の話はしただろう。つまりは、そういうことだ。ましてや、今や申楽など滅びる寸前だ。芸を後に残すためなら、手段は選ばない」

「何を、勝手な」

「そうだな。俺はもっとも身勝手な男だと、確か、お前には云ったはずだ」

出会ったときのことを思い出したのか、竹千代は、小さな声でうめいていた。

「別に、お前が初めてというわけではない。駿河舞の縁起ゆえ、あの殿様は『羽衣』がお好きでな、前にも幾人か、仕込んで送り出した。もっとも、その後どうなったのかは、よく知らぬ」

「非道い」

「そんなことはないだろう。殿様の覚えがよくなるようにと望んだのは、何よりお前の方だ。そのとおりのこととなったのだから、感謝されこそすれ、恨まれる道理はない」

「ふざけるなっ」

竹千代は、声を振り絞りながら、こちらに向かって叫んできた。

その美しさに、十郎は息を呑んだ。

竹千代の叫びは痛切で、人の心を震わす何かがあった。――自分のように、擦り切れた大人の心にも。

〈いったい、こいつは、何者になったのだ？〉

床にのたうつ竹千代の肢体は、あまりに淫靡《いんび》で、その言葉には、恐ろしいほどの力が含まれている。これまで十郎は、様々な人間を見てきたが、このような少年は、さすがに初めてであった。

人を狂わせる芳香を放つ、あまりに妖しい白い総身に、心が震える。

おそらくは、あの義元が、開いてはいけない扉を開けたのだ。もともと多くの才を持つ少年を、嬲《なぶ》り、犯し、痛めつけることで、歪んだ怪物へと変えてしまったのだ。

〈ならば、どうする？〉

十郎は、足元でうごめく妖物を見ながら、思案する。——いったい、この少年を、どのように育てるべきか、と。

今ならば、元の素直な少年に、戻すこともできる。抱える不平不満を嘘でごまかし、欺瞞《ぎまん》を耳に吹き込み続けることで、いくらでも人の性格は変えられる。竹千代にも、新たな恋を与え、そのまま元服でもさせれば、やがて、ただの凡庸な武士に成長するだろう。

だが、このまま歪めて育てたら、いったい、どのような化物ができ上がるのか。十郎は、大いに興味をそそられた。

思わず、顔がにやける。

どうなるかは、自分にも分からないが、想像もつかないことが起こるということだけは、確信できた。

ゆえに、十郎は徹底して、竹千代を歪めることとした。

「なあ、竹千代」

「はい」

消え入りそうな声で、竹千代は答えた。

「確かに、すべては俺が仕組んだことだが、まだ、お前が気づいていないこともある」

十郎は、その純粋な心に染みるよう、竹千代の耳元に口を寄せ、低い声で囁いた。

「お前が、俺と会ったのは、偶然ではない。俺は、お前のことを知っていたのだ」

「え？」

「女とまぐわっているところを見られたのは偶々《たまたま》だがな。少なくとも、俺は岡崎松平の子息がいるということを、知ったうえで吉田に向かったのだ。どれほどの上物か、この目で見るためにな」

「いったい、なぜ？」

「それはな、竹千代」

おそらくは、少年が信じたくないだろう事実を、十郎は厳然と語った。

「お前の親父さんが、やはり殿様の寵愛を受けていた上物だと聞いたからだ」

驚愕したのか、竹千代の目が、大きく見開かれた。

「嘘だ。そんなの、嘘だ」

力を振り絞って、竹千代は叫ぶが、十郎はただただ事実を吹き込む。

「本当だ。お前の祖父《じい》さんが死んだとき、親父さんは十歳で、岡崎城を奪われ、流浪の身となった。そのときに頼ったのが駿河の今川五郎義元。つまり、今の殿様だ」

ここまでは、よく知っている話だったのだろう。竹千代は、おとなしく聞いていた。

「殿様は、すぐに太原崇孚雪斎に命じ、軍勢を集めさせ、岡崎城へと攻め寄せた。間もなく城は落ち、親父さんは岡崎松平を継いだ」

「それは、知っている」

「そうか。ならば、ひとつ疑問に思うことがあるよな。なんで、殿様はお前の親父さんを、そんな贔屓《ひいき》にしたんだ？」

「それは」

竹千代は、必死に考え抜いた末、ようやく答えた。

「父上を使って、三河を支配するため」

「違うな」

十郎は、竹千代に断言する。

「それならば、今のように、城代を置けばいいことだ。わざわざ、親父さんを城主に据えることはない。ならば、答えはひとつだろう。お前の親父さんは、殿様の寵愛を受けたから特別に扱われたということだ」

「そんな」

「事実だ」

端正な竹千代の顔が、屈辱のあまり、大きく歪んでいく。

「なにより、お前さんが、今、殿様に受けた仕打ちこそが、証拠ではないか。お前さんは、親父さんの血を、色濃く引いているのだろう。だからこそ、殿様はお前を抱いたのだ。親父さんを抱いたように。そっくりそのままな」

「嘘だ。嘘だ。嘘だ」

「嘘かどうかは、その身体が、もう知っているだろう？　淫蕩《いんとう》坊主の血が流れる、この身体が」

十郎は、竹千代の腹に指をあて、強く押した。それだけで、何かを云い淀んでいた竹千代は、涙目になり、押し黙った。

雷の閃光が、竹千代の裸身を照らし、しばらく後に轟音が鳴る。

その顔には、先ほどまでなかった暗い影がさしていた。

竹千代は、小さく何かをつぶやいている。

よく聞けば、それは、

――殺してやる。

という、怨嗟《えんさ》の念であった。

「殺してやる。みんな、殺してやる」

喉を震わせながら、竹千代がささやく。

「殺してやるぞ。この身を鬼に食らわしても、絶対に、皆殺しにしてやる」

「ああ、そうだ」

望みどおりの仕上がりに、十郎は、心の中で快哉を上げた。

「あんな奴ら、生かしてはおけない。一族郎党、皆殺しにしてやれ」

「まずは、お前からだ。大夫」

竹千代からの憎悪の視線を、十郎はたまらずかわした。

「何を云う。俺を先に殺せば、もう、殿様は殺せんぞ。少しでも疑われたら、油断はしないだろう。殺すならば、殿様からだ」

竹千代は、歯噛みしていた。

義元と同様、竹千代は十郎が憎い。だが、今の理屈が正しいことも分かっている。ゆえに、絶対に十郎が先に殺されることはない。

〈あまりに、賢い〉

十郎は感心しながら、懐へ手を入れた。

〈このガキならば、これを託す価値がある〉

そう思うに充分な程の才と器量を、竹千代は見せた。

何より、今のままでは、いずれ、義元に取り上げられることとなる。その前に、こいつに預けてしまった方がいい。

「なあ、竹千代。殿様に勝つための、いいものをやろう」

十郎は、懐から油紙に包んだ『別紙口伝』を取り出した。

「それは？」

「中楽の秘伝書だ」

聞くと、竹千代は、わずかに驚いたような顔をした。どうやら、どこかで秘伝書の存在は聞きかじっていたらしい。

「こいつには、物事に勝つための道理が記されている。どんな兵法書より、役に立つ文言の数々だ。しかも、こいつの中身は、俺を除いて誰も知らない。殿様も、雪斎も、今まで読んだことがない」

「誰も？」

「そうだ。誰ひとりだ」

十郎は竹千代の胸の上に『別紙口伝』を載せると、手をとり、その上に重ねた。

「連中は、これまで数多くの兵法書を読んだだろうが、これだけは絶対に読んでいないのだ。つまり、これからお前さんが学問を積んでいけば、いずれは、この一冊分だけ有利になることとなる」

「まさか」

「できるさ」

そのとき、強風が吹き込み、部屋の中に大量の雨が入ってきた。舞い上がった風が、文机を倒し、灯りを吹き消す。

「そいつで、殿様を殺して、駿河を乗っ取れ。何よりも、お前のためにな」

暗闇の中、竹千代に云う。

よくは分からなかったが、竹千代の顔は、非道く淫《みだ》らな笑みを浮かべた気がした。

三

嵐の日の夜、観世十郎大夫の屋敷で倒れた松平竹千代は、そのまま意識を失い、次に目が覚めたのは、実に三日後のことであった。

竹千代は、十郎の屋敷の一室で、下男である半蔵に看病されていた。

手や足には、まるで力が入らない。どうやら、気力や体力は、いまだ回復していないようであった。

それでも、自分の身に、いったい何があったのかは、よく覚えていた。

――駿府館の茶室で、『羽衣』を舞わされたこと。

――今川義元に、陵辱されたこと。

――観世十郎に、真実を聞かされたこと。

思い返せば、あまりにも凄まじい一日であった。昏倒《こんとう》するのも当然であろう。竹千代が意識を取り戻したことに気づいた半蔵は、まずは、そのことを屋敷の主人である十郎へと知らせた。

間もなく、十郎は部屋へとやってきて、褥《しとね》で仰向けになる竹千代に、話しかけてきた。

「ほう。動けるまでは、しばらく掛かりそうだが、とりあえずは、大丈夫のようだな」

「御迷惑をおかけしました」

「まったくだ」

十郎は、竹千代の枕元へ、静かに座る。

「一応、殿様のところには、俺の屋敷で預かっていると知らせておいた。どうやら、若君の耳にも入ったようだが、お前も倒れたままだし、面会の申し入れは断っておいた。それで良かったか？」

「ええ」

少し混濁した意識のまま、竹千代は返事する。

「後は、源応尼様に知らせたが、あの人、ずいぶん心配していたぞ。とりあえず、下男ひとりを寄越してきたが、身体を起こせるようになったら、ちゃんと会ってやれ」

「はい」

「まあ、粥《かゆ》くらいは用意させてある。しっかり食って、早く起きられるようになってくれ。

これからは、あまり無茶はするなよ」

「ええ、それより」

竹千代には、何より気になることがあった。

「あの書は、いったいどこに？」

「覚えていたか」

「当然です」

意識を失う直前、竹千代は、十郎から中楽の秘伝書を受け取ったはずであった。さすがに、何日も眠り続けていた者に預けるわけにはいかないだろうが、在《あ》り処《か》くらいは把握しておきたい。

「そこの棚の木箱の中だ」

十郎は、床の間の隣につくられた棚を見ながら、竹千代に云った。

「一応、云っておくが、こいつは本当に大切なものでな。絶対に、誰にも見られるなよ。そんなことになるくらいなら、ちゃんと燃やしてくれ」

「はい」

なにしろ、あの義元さえ欲しがる中楽の秘伝書であった。迂闊に何者かに見られれば、竹千代の今後にも、大きく作用することとなる。「燃やせ」というのは、けっして大げさな指示ではなかった。

〈ならば、内容はすべて暗記し、普段はしっかりと隠しておくしかない〉

竹千代は覚悟を決め、目を閉じると、そのまま静かに眠りについた。


翌日には、ようやく上体を起こし、ものを食べられるようになった。まるで空っぽになっていた臓腑《ぞうふ》に、熱い粥が入っていく感触は、なかなか新鮮であった。

その次の日には、足で立てるまで回復し、やっと棚の上の木箱に手が届いた。いまだ身体はふらつくが、書を読むくらいなら、充分にできるであろう。

竹千代は、褥の上に横たわりながら、周囲に人がいないことを確認し、『別紙口伝』を開いた。

内容は平易であり、竹千代にも容易に理解できる。幾つか、ほかの書と合わせて読む必要がある部分もあったが、大きな妨げにはならなかった。

中でも、とくに目を惹いたのが「秘すれば花なり」で始まる条であった。

大事なことは、隠しておくことに価値があるということを云いたい一節なのだろうが、その途中、息を呑むような言葉がある。

――たとへば、弓矢の道の手立《てだて》にも、名将の案計《はか》らひにて、思ひの外《ほか》なる手立にて、強敵《がうてき》にも勝つ事あり。

中楽の秘伝書のはずが、その例として「弓矢の道」という武家の話を出しており、竹千代は大いに驚かされた。「合戦においても、優れた将の知略によって、思ってもいない方法で、強敵に勝つことがある」と、ここには書かれている。

〈これでは、まるで兵法書ではないか〉

さらに先を、竹千代は読み進めた。

――これ、負くる方のためには、珍しき理《ことわり》に化かされて敗らるるにてはあらずや。これ、一切の事《じ》、諸道芸において、勝負に勝つ理なり。

これも、意外な言葉であった。「負けた方から見れば、〈珍しき理〉によって意表を突かれ、敗北したということだろうが、あらゆる物事や、芸能において、これは必勝の方法である」と世阿弥は、書いている。

それは、当たり前のようで、多くの者が失念している、勝負の鉄則であった。

文章は、さらに続く。

――ここをもて知るべし。たとへあらはさずとも、かかる秘事を知れる人よとも、人には知られまじきなり。

この言葉にも、竹千代は驚愕した。

なんと、世阿弥は「秘事の内容を明かさないだけでは不充分で、秘事を持っているということさえ、絶対に敵に知られてはならない」と云っている。

これは、いったいどういうことか?

——人に心を知られぬれば、敵人《てきじん》油断せずして用心を持てば、かへって敵《かたき》に心をつくる相なり。敵方用心をせぬ時は、こなたの勝つ事、なほたやすかるべし。人に油断をさせて勝つ事を得るは、珍しき理の大用《たいよう》なるにてはあらずや。

世阿弥は「もし、敵に心中を知られれば、もう、二度と油断はしてくれないだろう。だが、敵に用心さえさせなければ、勝つことは容易《たやす》い。人に油断させて勝利を得ることは〈珍しき理〉の大きな効用なのだ」と云っている。

〈まさに、至言〉

思わずうなり、心臓が高鳴る。

——さるほどに、我が家の秘事とて、人に知らせぬをもて、生涯の主《ぬし》になる花とす。秘すれば花、秘せねば花なるべからず。

つまりは、「人に秘事を知らせないことによって、生涯、花の主となる。だが、秘さねば絶対に花にはならない」ということか。

竹千代は、胸に書を置き、大きく息を吐いた。

〈秘すれば花、か〉

天井を見ながら、竹千代は思う。

今、自分の敵は、あまりに強大だ。

なにしろ相手は、あの今川義元であり、その右腕の太原崇孚雪斎であり、何より、この駿河という国そのものであった。

こんなもの、たったひとりで、相手にできるはずがないと、普通なら考える。

だが、「秘すれば花」という言葉を知った今ならば——、

〈できるかもしれない〉

と、竹千代は思うのだった。

今の自分に力はない。

国も、城も、家臣もない。

だが、この胸にある殺意を秘めながら、義元に抱かれ続ければ、いずれは、岡崎の城に戻れることも考えられる。あるいは、今川家と婚儀を結び、内部から蚕食することも可能だろう。じっと、奴の傍に侍りながら、好機を窺えば、いつかは、連中を鏖殺《おうさつ》できるかもしれない。

竹千代は、天井を睨みながら考える。

かの義元を、閨《ねや》で襲うなど意味がない。自分も斬られて、そこで終わりだ。そう簡単にすませられるほど、奴らの罪は軽くない。

この手にすべてを取り戻したうえで、完膚なきまでに、この国を潰す。竹千代は、胸の上に置いた『別紙口伝』に手を置きながら、固く決意した。

そのとき――、

「失礼いたします」

と、襖の向こうから声が聞こえた。下男の半蔵に間違いない。

「少し待て」

と竹千代は云い、『別紙口伝』を油紙に包み直すと、木箱の中へ収めた。

それをそっと、褥の脇に置く。

たとえ身内の者であろうとも、この書を見られるわけにはいかなかった。これからは、もっと注意深く取り扱う必要があるだろう。

「よし、いいぞ」

竹千代が命じると、半蔵は両膝をつきながら、襖を開けた。

「そろそろ、お身体をお拭きしようと思い、参りました」

「ああ、構わぬ」

竹千代は、褥の上に座ると、自身で帯を緩め、胸元を開いた。

ただ、そのとき、半蔵の様子が、何かおかしかった。そっと横目で見ると、濡れた布巾を手にしながら、ごくりと喉を鳴らしている。

「どうした？　半蔵」

「いえ」

竹千代が肌着を脱ぐと、その背中に布巾があてられる。

これまで、幾度となくしてもらったことであったが、半蔵は緊張でもしているのか、いつもと手つきが違っていた。

まるで撫でるように、丁寧に、背中を上から下へ、ゆっくりと拭いていく。

いつもの半蔵も、手の抜いた仕事はしないが、今日の仕草はあまりに妙であった。

さらに、脇や横腹、次に右腕を拭かれるが、半蔵の手つきは改まらない。むしろ、指を這わすかのような感触が、布越しに伝わってくる。

左腕を拭かれながら、竹千代は思う。

〈まさか、私に欲情しているのか?〉

そんな莫迦なと思ったが、指の間まで丁寧に撫でてくる感触で、確信に至った。

おそらく半蔵は、この裸身に欲情しながらも、それを悟られまいと、必死に我慢しながら触れている。

初老の男が、何を考えてのことか、さすがに薄気味悪くなったが、自分の身体がそれほどまでに艶めいているのかと思うと、それはそれで、奇妙な感慨も湧いてくる。

〈いったい、この身体は、どれだけほかの男の気が惹けるものなのだろう?〉

一度、疑問に思うと、なにやら試したくなってきた。

幸い、半蔵が相手ならば、大きな問題が起こることはありえない。少なくとも、知らない男に試すよりは、ずっとましであろう。

「なあ、半蔵」

「はい」

「胸も、拭いてくれないか?」

竹千代は、両腕を上げると、頭の後ろで組んでみせた。

それだけで、半蔵は息が詰まったようになり、布巾を持つ手が震えだしていた。

「ここしばらく、気鬱が続き、腕が倦《う》んでいるのだ。頼む」

「は、はい」

返事しながら、半蔵は手を薄い胸元へと伸ばしてくる。

背後から、ゆっくりと左胸を掴まれたとき、竹千代は、切なげな息をそっと吐いた。

すると、半蔵の手が、わななきながら、竹千代の左胸を拭いてくる。大きく円を描くような動きは、愛撫そのものであった。

続けて、右胸を揉まれる。それもまた、丁寧すぎる動きであり、あまりにいやらしい指使いであった。

〈面白い〉

こちらの思いどおりの動きをする半蔵が、竹千代は、なにやら愛おしくてたまらなくなってきた。

背中から手を回してくる半蔵に対し、竹千代は、そのまましなだれかかってみた。

小さな肢体が、初老の男の身体に収まる。

「た、竹千代様」

「どうした？」

「い、いえ」

「何をしている。半蔵。このまま、腹も頼むぞ」

背後の半蔵は、こちらの肩越しに、裸身を覗き込んでいる様子であった。今なら、腹や内股、さらにその奥まで、その手は届くだろう。

荒く、熱い息が、耳元にかかる。

命じられるまま、半蔵は、こちらの腹を拭いてきた。へその周りで惑う指先が、やはり面白い。

「半蔵」

「な、何か？」

「まさか、私の身体を拭きながら、獣欲を発しているのか？」

「申し訳、ありません」

半蔵の声は、消え入るように小さかった。

「いや、構わぬ」

竹千代は、半蔵の耳元に、口を寄せて囁く。

「私の身体を拭くのは、お前の役目だ。これまでも、これからも」

「竹千代様」

「さあ、足も頼む」

竹千代は、半蔵に体重を預けたまま、淫らに両足を開いて見せた。

それだけで、半蔵は瞳を潤ませながら、必死に内股を撫で回してくる。

〈ああ、こんなに簡単なのか〉

竹千代は、完全に自分のものとなった下男を見て、ほくそ笑んだ。

この程度でよいならば、いくらでも人は操れる。男だろうが、女だろうが、おそらくは誰でもいけるだろう。

湧き上がってくる喜悦を、竹千代は、半蔵の腕に抱かれながら楽しんだ。

四

今年で十七歳となる木下藤吉郎にとって、この駿府の町は、たいして面白いものではなかった。

藤吉郎は、遠江衆の松下加兵衛《まつしたかへえ》という男に仕えていたが、数日前から主人の下男のひとりとして、駿河へとやってきた。

はじめ、京の町並みを真似た駿府を見て、興奮しもしたが、間もなく、この町の嫌なところが、幾つも目についた。

まず、ものの値が高かった。

市に並ぶ味噌や山菜は、あまりに高く、すぐに手持ちの銭が足りなくなった。品数は豊富だが、とても遣り繰りはできそうにない。

次に、道に迷いやすかった。

碁盤の目のような町の造りは、見栄えはいいかもしれないが、自分がどこにいるのか、すぐに分からなくなってしまう。主人の屋敷に戻るだけで、藤吉郎は散々に迷わされた。

最後に、よく、よそ者を莫迦にした。

駿河衆にあらずば人にあらず、とでも思っているのか、自分が遠江衆の下男と分かると、誰しもが、すぐに相手を値踏みするような目つきとなった。まったく腹が立ち、たまらなかった。

はじめの興奮もすっかり冷めた藤吉郎は、ため息をつきながら、日々の仕事をこなし続けた。

やがて、今年も五月五日を迎えた。

今日は端午の節句であり、下男にも、ちまきや柏餅が配られた。仕事も休みとなり、とりあえず、藤吉郎は屋敷の外へと出た。

だが、駿府の町で遊ぶような銭は、持ち合わせていない。

〈生きづれえ〉

藤吉郎は、ちまきをかじりながら、西に向かって歩き出した。駿府の西には、安倍川《あべかわ》が流れており、ときには女も安く買える。

ただ、ようやく川のほとりに着くと、思っていたものとはまるで違う光景が、目の前にあった。

「なんだ、こりゃ？」

広い河原には、多くの子供たちが集まっており、なにやら奇声を発していた。

大雑把に、北と南に分かれており、どうやら対立しているらしい。その小さな手には、河原の石が握られており、なかには菖蒲を腰に差している子供までいる。

「まさか、これ、印地打ちか？」

それにしては、あまりに人の数が多く、藤吉郎は面食らった。さすが駿府、こんなつまらない行事にも、これほどの数が集まるようであった。

印地打ちは端午の節句の行事であった。村の子供が集まり、二手に分かれて石を投げ合い、合戦のまねをする。実に勇壮だが、石が目にあたれば、当然のように潰れるし、頭にあたれば、死ぬこともある。それなりに危険な遊びでもあった。

藤吉郎がいた尾張の村でも、同じような行事はあったが、集まる人数がまるで違った。どれほどの数がいるのか？　藤吉郎は、両軍の人数を数えてみることとした。

はじめに十人を数え、それを丸い束と考えた。次に、群れの中に束がいくつあるか数え、大体の人数を把握する。

――北側、百人。

――南側、七十人。

おおよその目算で、その程度の人数だと見積もった。

「ふうん」

どうせ、退屈しているところであった。藤吉郎は土手の途中に座り、この印地打ちを見てやることとした。

どうやら、石を投げるのは、本当に子供たちだけで、その中に大人が混ざるようなことはないらしい。

〈まあ、本気を出す奴がいると、死人が増えるからな〉

子供の印地打ちだというのに、興奮した大人が真剣を振り回し始め、皆が慌てて逃げたという話を、藤吉郎は聞いたことがある。どうも印地打ちには、男の血をたぎらせる何かがあるようだ。

ただ、ことの勝敗は目に見えている。

〈こいつは、北側の勝ちだな〉

藤吉郎は土手の斜面に寝ながら、あくびした。

合戦において、人数はもっとも重要な要素であり、大抵は数の多い方が勝つ。

藤吉郎の実感としては、味方が「五」に対し、敵が「四」ならば、勝利は決まったも同然であった。このあたりは、喧嘩でも合戦でも大きな違いはないだろう。北側が「百人」ならば、南側は少なくとも「八十人」以上を揃えなければならず、このまま戦えば、敗戦は目に見えていた。

そんなことを思っていたとき――、

「南が勝つ」

と云う声が、土手の上から聞こえた。

見ると、まだ前髪の少年が、下男をひとり連れ、印地打ちを眺めている。

「はあ？」

思わず、藤吉郎は声を出してしまった。

「こんなもん、どう見たって北の勝ちじゃねえか。なんで、南なんだよ？」

よく姿を見ると、少年は、よい小袖を着ており、それなりに家格の高い様子であったが、
藤吉郎は構わず喋り続けた。

「よく見ろよ。北と南じゃ、人数がまるで違うじゃねえか。普通、少ない方が勝つなんて思わないぜ？」

藤吉郎は、話しかける相手の身分など、まるで気にしなかった。

なにしろ、誰が相手であれ、自分より身分が下ということはありえない。物怖じしていたら、生涯、誰とも話せなくなってしまう。どうせ、不快に思われれば「去《い》ね」と云ってくるだろうと考え、誰が相手でも気軽に話しかけるよう、藤吉郎は心がけていた。

もっとも、その少年は藤吉郎の身分を気にする様子もなく、返事してくる。

「しかしですね。世には、男時女時というものがあると、近頃、読んだ本にありました。どうやら、北の子供たちは、女時であるように思えるのです」

「はあ？」

藤吉郎には、まるで意味が分からない言葉であった。

「なんだい、その女時って」

「どうやら、運がいいときを男時、悪いときを女時と云うそうです」

「で、今は北が女時、南が男時だと？」

「はい」

「そんなこと、あるものか」

起き上がった藤吉郎は、土手を登り、少年に近づいた。

「たとえ、運が良かったとしても、そう簡単に数の不利は覆せねえぜ？」

傍に立とうとすると、下男が前に立ちふさがろうとしてきたが、それを少年は手で止めた。

近くで見る少年は、なにやら、気配が妙に色っぽく、藤吉郎は少し驚いた。

〈どこか、名のある武士の稚児か？〉

いわゆる「男色」というものについて、小さな村で生まれた藤吉郎は、まるで理解ができなかった。ゆえに、これまで興味もなかったのだが、この少年が持つ色気には目を見張った。

〈夜中に白塗りで迫られたら、そのまま抱いてしまいそうだな〉

これまで、藤吉郎は女にしか興味がなく、そんなことを思うのは初めてであった。

「なら、賭けましょうか」

少年は、鈴の音のような声で、こちらに話しかけてきた。

「ここ半月ほど、ずっと床に臥せていまして、少し、退屈していたのです」

「そういえば、顔色が悪いな」

「ええ」

「とはいえ、たいした銭は持ってないぜ。もらった柏餅しかない」

「それでいいですよ。ちょうど、甘いものが食べたかった」

「じゃあ、あんたは何を賭けるってんだ？」

「では、このちまきを」

少年は、ちまきの束を持ち上げて見せた。どこか名のある武家が配っていたものなのか、なかなか美味そうに見える。

「いいのか。遠慮なくもらうぜ」

「惜しいものでもありません」

「なら、決まりだ」

そのまま、藤吉郎は少年と並んで印地打ちを見ることとなった。

正午過ぎに、印地打ちは始まった。

さすがに人が多いため、空を飛ぶ石の数も、生半可なものではない。まるで、本物の合戦を見ているかのようであった。

もっとも、優勢なのは、やはり数に勝る北側の子供たちであった。彼らは、徐々に戦線を前へと進め、左右に陣を広げつつある。

「そら見ろ」

藤吉郎は、鼻で息した。

やはり、数の優位は絶対であった。このまま、南側の子供たちを囲んでしまえば、すぐに決着はつく。南側からは、泣きながら逃げ出す子供たちもおり、もはや、勝敗は明らかであった。

「なにが、男時女時だ。もう、決まっちまうぜ、こいつは」

「ええ」

それでも、少年は静かに微笑みながら、事態の推移を見守っていた。

「そろそろ、動き出す頃合いかと思います」

「はあ?」

言葉の意味が分からず、藤吉郎は首をひねったが、よく見れば、北側の子供たちの、さらに北に、十人程度の集団があった。

その手には、しっかりと石が握られている。

「なんだよ、あれ?」

直後、その集団は、北側の子供たちの背中に向かって、石を投げ始めた。

伏兵の出現に、大勢であった北側の子供たちから、悲鳴が上がった。呼吸を合わせ、南側の子供たちが反撃に出る。

「おいおい、嘘だろ？」

何が起こったのかも分からないのか、北側の子供たちは、たまらず逃げ出していった。あっという間に、大勢は崩壊したのだ。

「あいつら、やる気あるのか？」

「ないですよ。誰だって、痛いのはいやでしょう？　私だっていやです」

やがて、北側の大将が逃げ出し、勝負は南側の勝ちとなってしまった。

藤吉郎は、開いた口が塞がらない。

「なあ、あんた」

「松平竹千代と云います」

「そうか。おいらは藤吉郎だが、とにかくあんた。さては始めから、南の子供たちが伏兵を忍ばせているって、分かってたな？」

「はい」

何も憚《はばか》ることなく、竹千代と名乗った少年はうなずいた。

「大勢に紛れ、何人かが南から北へ移っているのが、ここから見えました。たぶん、何かを考えてのことだと思ってました」

「はあ」

藤吉郎は、ため息をつくと、袖の中から柏餅をとり、竹千代に手渡した。

悪びれることなく、少年は受け取る。

「あんたなあ。なにが男時女時だ。まったく関係ねえじゃんか」

「当然でしょう」

すると、竹千代は、妖艶な笑みを浮かべながら云った。

「正直に話したら、そもそも、賭けには乗ってくれなかったでしょう？」

「そりゃ、そうだが」

「ならば、そういうことですよ」

「なかなか、意地が悪いな。まるで、人を操るのを、楽しんでいるみたいだぜ？」

「まさか」

竹千代は、柏餅の葉をとると、餅に小さな口を寄せた。その姿も艶めいており、たまらず藤吉郎は目をそらす。

「なあ、あんた。こいつは興味本位なんだが、いったい、どこの旦那の稚児なんだ？」

この、明らかに只者ではない美童に、藤吉郎は強い関心を抱いた。いったい何者なのか、この場で知っておきたい。

すると、竹千代は――、

「今川治部大輔義元」

と、さらりと云った。

さすがに、藤吉郎は荒肝を抜かれる。

「は、はは」

とんでもない名前が飛び出し、思わず、変な笑いが漏れた。

だが、その言葉には、納得できるものもある。少なくとも、この少年ならば一国の大名とも、充分な釣り合いが取れるだろう。

〈なんだか、とんでもねえ奴と、かかずらっちまったな〉

顔を引き攣《つ》らせる藤吉郎に、餅をかじった竹千代は、にこりと笑ってみせた。


後日のこと。

木下藤吉郎は、仕えていた松下加兵衛の下を辞し、生まれ故郷の尾張へと帰ることとした。

はじめ、寄らば大樹の陰と思い、今川家へとやってきたが、そこに、藤吉郎の求めるものはなかった。

むしろ、あの日に見た印地打ちのように、小勢であっても勝つことができるという事実に惹かれた。

仕える相手は、小身で構わない。

自分を、より必要としてくれる相手に仕えた方が、自分の才覚を発揮できる。ならば、遠江や三河より、尾張の方が仕えるべき御方もいるだろうと、藤吉郎は考えたのだった。

今の尾張は大いに乱れており、働き口には事欠かないはずだ。ならば、せいぜいやってやろうと、藤吉郎はひとりで西へ向かった。

五

松平竹千代は、褥の中、寝間着の裾を握りながら、強く思う。――駿府を支配する今川家も、その親族も、あるいは譜代の連中まで、残らず鏖殺してやろうと。

今川義元ひとりではすまない。

全員だ。

この国に住む皆々を、まとめて殺してやる。

だが、いったいどうすれば、この国を滅ぼすことができるのか？　その道筋までは、さすがに分からなかった。

〈義元ひとりならば、あるいは殺せるかもしれないが――〉

たとえば、この身を差し出して同衾し、寝静まったところで首を締めるなどは、可能であろう。

だが、それでは意味がない。

竹千代は、すべてを滅ぼしたい。父や自分を傷つけた駿府という国を、完全に燃やし尽くしたかった。氏真に家督を継がせ、むざむざと存続させては、この胸に満ちた怒りが静まらない。

ならば、自分だけの力で、可能な限り蚕食し、じっと好機を待つしかない。

ただ、その好機というものが、どのようなものになるかは、やはり想像がつかなかった。

〈いったい、どうすればいい？〉

竹千代は、褥の中で考え続ける。

自分には、いまだ何の力もない。

城がない。

家臣がいない。

何より、知恵や知識が、まるで足りない。

今川家をはじめとする駿河衆は、高い教養や礼節、そして、有能な家臣を持っている。竹千代自身も、まずは、それらを手に入れなければならないのは、明白であった。

〈なんだ、そういうことか〉

竹千代は、軽く頭を掻いた。

結局、はじめにすべきことは、岡崎の地をこの手に取り戻し、三河衆の地位を引き上げることであった。

〈つまりは、吉田にいたときから、何も変わらないということか〉

岡崎の地位を上げるため、中楽を習い、駿府に来た竹千代であったが、すべきことに、今も大きな違いはないらしい。変わったのは、胸の中にある、大きな殺意のみであった。

ああ、そうだ。

いつか、この手で、あいつを――。

暗い妄執を抱えながら、竹千代の意識は、眠りの中へと落ちていった。

すでに、あの嵐の夜から一ヶ月が経っている。体調を回復させた竹千代は、ようやく智源院へと戻ったが、そこに、今川義元から呼び出しがかかった。

結局、氏真からは書状ひとつ来なかった。おそらくは、父に遠慮をしているのだろうが、やはり、竹千代には残念であった。

〈畢竟《ひっきょう》、私はもう、本当に今川治部大輔の稚児ということだ〉

虚しい心のまま、竹千代は身支度を整える。

歯を磨き、脇を拭き、髪を整えて、少年は半蔵とともに駿府館へと向かった。

「なあ、半蔵」

道すがら、竹千代は半蔵に尋ねた。

「私は、父に似ているか？」

「広忠公に、ですか？」

半蔵は、わずかに逡巡していた。

「似ておられます。とくに近頃は」

「源応尼様は、祖父にも似ていると云っていたが」

「ええ。拙も清康公に御仕えしていましたが、そう思います」

「つまりは、代々、このような感じということか？」

「はい」

かつて云われた、「松平は淫蕩坊主の血」という言葉を思い出し、竹千代は吐き気を覚えた。こんなことを、先祖代々にわたりしてきたかと思うと、あまりに忌まわしい。

〈これでは、まるで呪いだ〉

いったい、父がどのような気持ちで、駿府館へ通っていたか、竹千代は聞いてみたい心持ちとなった。

国を取り返すため、必死だったのか。

ただただ、流されるままだったのか。

もっとも、本当に父が義元の稚児であったかさえ、確認はできていないのだが。

〈――父上〉

竹千代は、幼い頃に見た、父の凛とした顔を思い出す。

それしか、自分は知らない。

あの父が義元に抱かれていたなど、どうしても想像できない。やはり、本当のことは誰かに確認する必要があるだろう。

「半蔵、ひとつ聞かせて欲しい」

「はい」

「お前は、私のために死ねるか？」

突然の質問に対し、半蔵は驚いた様子であったが、すぐに――、

「はい」

と真剣な眼差しで返事してきた。

半蔵には、常に自分の身体に触れさせており、そのとき、多少の卑猥な行動も大目に見ている。

「そうか」

とりあえず、自分の手足となり、自在に動かせる家臣はいる。自分の胸の内までは明かせないが、それでも、この身体で忠誠を得ることはできる。

今はただ、この身体と『別紙口伝』の教えを、上手く利用していくしかない。竹千代は強く決意し、駿府館の中へと入った。

案内されたのは、やはり義元の屋敷であったが、そこには、奇妙な光景が広がっていた。

〈なんだ、これは？〉

屋敷の中庭のひとつ、その中央に、堂々と蔵が建っていたのだ。

普通、庭や石を配するところに、まさか、こんなものがあるとは思っていなかった。とても総領の屋敷とは思えぬ風情に、竹千代は大きく戸惑う。

しかも、そこは渡り廊下でつながっており、義元の小姓が先へと進んでしまう。得体の知れない蔵の中へ自分もついていくしかなかった。

小姓に促されるまま、竹千代は蔵の中へと入る。

「うわっ」

思わず、変な声が出てしまった。

この蔵の中身は、少年の想像を、あまりに超えた代物《しろもの》ばかりであった。

まず、一階の天井は存在せず、蔵は吹き抜けの構造となっていた。

その、高い天井には、異様な迫力のある龍が描かれている。

四方の壁にも様々な絵画が飾られていた。瑞鳥《ずいちょう》や瑞獣、四季の花々、瀑布《ばくふ》などの絶景などなど。ひと目では、とても把握できない。

さらに下へ目をやると、中楽の面や、刀の数々が壁に掛けられており、華麗な兜《かぶと》や、石の仏像、果ては化物の干物までが、棚に置かれている。

まるで、世の珍奇な宝物をすべて掻き集め、巨大な渦にしたかのようであった。

「よく来た。竹千代」

その蔵の中央に、義元は座っていた。

竹千代は、圧倒されながら膝をつき、頭を下げる。

「構わぬ。面を上げよ」

義元は、前回と変わらぬ紫の布衣であり、声の調子も同じであった。

「御屋形様、いったい、ここは？」

さすがに、尋ねないわけにはいかなかった。こんな部屋、これまで見たことがない。

「すべて、余の蒐集《しゅうしゅう》したものだ」

義元は、こともなげに云った。

「余が考える麗しい、あるいは、美しいもので、この蔵を飾り立てている。若い頃から少しずつ集めていたが、いつの間にか、こんなことになってしまった」

あまりの光景に、もはや、ため息も出なかった。

おそらくは、世間で評判の高いものや、単なる高価なものばかりではないだろう。よく見れば、中には奇妙な色の香木や、得体の知れない毛皮、さらには黄金の髑髏《どくろ》まである。

すべてが、義元個人の感性により蒐集された品々なのだ。――まさに、驚異の部屋であった。

「これでは、まるで御屋形様の心の内を覗いているような、そんな気分になります」

「ああ、そうだな。ここは、まさに余の頭の中だ」

すると、義元は部屋の奥へと行き、壁に掛けてあった打掛を手にとった。

その柄は、あまりに見事な迦陵頻伽《かりようびんが》であった。

迦陵頻伽とは、上半身は美女、下半身は鳥の姿をしている瑞鳥であった。極楽に住み、美しい声で鳴くという話を、竹千代も聞いたことがある。羽衣をまとい、身をくねらせながら空を飛ぶ図柄は、吉祥を感じさせながらも、非常に艶めかしいものであった。

「本日は、こいつを着てもらいたいのだ。竹千代よ」

「この打掛を？」

「ああ」

義元の声には、有無を言わせぬ響きがあった。

ただ、打掛は普通、女の着物であり、これまで竹千代は着たことがない。上手く着つけする自信も、まったくなかった。

それでも、逆らうことは絶対に許されない。竹千代は、云われるがまま袴を脱ぎ、帯を解いた。

〈また、脱がされるのか〉

茶室での忌まわしい記憶が蘇《よみがえ》る。のしかかる肉の重みや、息の熱、そして、とても耐えられないような激痛——。竹千代は、一切の憂いを顔に出さないよう気をつけながら、下帯を打ち捨てた。

白い足袋のほかは、もう、何も身に着けていない。この奇妙な部屋の中央で、さすがに滑稽な姿だと、竹千代は思った。

一方、義元の手には長襦袢《ながじゅばん》と、裾よけがある。

「一度、後ろを向け」

何をするか分からないまま、竹千代が背を向けると、義元は腕を回し、少年の腰に裾よけを巻いた。

次に、長襦袢を広げ、こちらの腕に通してくる。続けて正面に立つと、今度は衿を合わせて、胸紐を巻いてきた。

〈これは、着つけ？〉

さすがに驚かされた。まさか、国を治める大名が、このように自ら手を動かすなど、ありえないと思っていた。

だが、義元は器用に長襦袢を着つけると、その腕に振袖を重ね、さらに帯まで巻きはじめた。

高めに巻かれる太い帯に、竹千代は戸惑う。男の着つけとは、まるで違う感触であった。

「すみません、御屋形様。これ、少しくすぐったいです」

「まあ、すぐ慣れる」

再び背後へ廻った義元は、帯で輪をつくり、その中へ端を通していった。やがて、ふっくらとした太鼓結びが完成し、竹千代は見事な振袖姿となる。

「うむ。やはり似合うな」

義元は、感心したようにうなずくと、竹千代の髪に手をかけ、元結《もとゆい》を解いた。髷《まげ》が解かれ、長い総髪が肩にかかる。

いったい、今、自分の姿がどうなっているのか、竹千代は、まったく分からなくなっていた。

〈これでは、本当に小娘のようだ〉

いや、普通の女でも、これほどの振袖を着る機会など、そうそうないだろう。あまりの体験に、竹千代の頭がしびれていく。

すると、義元は部屋の隅から床几《しょうぎ》をとり、広げて床に置いた。

「座れ。竹千代」

「はい」

云われたとおり、竹千代は腰を下ろした。

その後、義元は竹千代の髪の油を落とすと、櫛《くし》を入れ、丹念に梳《す》いていった。以前の義元とは、まるで違う優しい手つきに、やはり竹千代は驚かされた。

目を閉じ、なされるがままとなる。

軽く髪を上げられ、髪留めを施されると、まとまった髪に簪《かんざし》が挿された。

「終わりですか？」

「いや」

薄っすら目を開くと、義元の傍には、多くの刷毛や油、そして白粉《おしろい》がある。その横にある蛤《はまぐり》の中身は、おそらく紅だ。

まだまだ、先が長そうな気配であった。

六

練って熱くなった油を、刷毛で薄く塗られ、その上に白粉を重ねられていく。朧《おぼろ》な灯りの下で肌が浮かび上がり、ふくよかな輪郭を綺羅に輝かせる。

その後、頰や目元に紅がのせられ、純白の顔に生気が吹き込まれる。その間、竹千代は目をつむり続け、何も分からない状況であったが――、

「できたぞ」

と義元に云われ、ゆっくり目を開いていくと、正面の唐鏡には、まるで知らない自分が映

り込んでいた。

丹念に化粧させられた自分の顔は、男か女かも判別がつかず、まるで違う生き物のようだった。自分の顔に、このような感想を抱くのも不遜だが、まるで、先ほど見せられた迦陵頻伽のような、ある種の神々しささえ感じられる。

「愛《う》いな。竹千代」

義元の口調も、先ほどより満足気なものとなっている。

「思っていたより、良くできた。お前の顔に調和するよう、取り揃えたつもりであったが、その甲斐があった」

云いながら、義元は迦陵頻伽の打掛を広げ、竹千代の肩へとかけた。立ち上がりながら袖を通すと、鏡の中の自分が、また変化する。

あまりの美しさに、ぞくりと、竹千代の背が震えた。

〈こんなことが、ありえるのか？〉

まだ年若い自分にも分かる。

これは、すごいことだ。

他人に「美麗の極み」と思わせるものを、義元は、その手で自在に生み出せるのだ。これほどの域に至るまで、どれだけの修練を積んできたのか、もはや想像がつかない。

――美の怪物。

それこそが、駿河、遠江、三河を治める大名の正体であった。

「その場で、廻ってみろ」

鏡の中の義元が、自分に命じる。

竹千代は、衿元を手で押さえながら、天井を仰ぎ、廻った。蔵のあらゆる物が、自分を中心に、大きく回転していく。

「いいぞ、竹千代。今、お前は余が蒐集した珍宝のなかでも、もっとも美しい」

怪物の囁きが、耳に届く。

蔵の高いところに飾られた数々の絵画が、渾然《こんぜん》一体となり、この浮世には存在しない、新たな地平を作り出す。

自分は、その中でひとり舞う。本当に、極楽で謡う迦陵頻伽のようであった。

〈扇が手元にあれば、何か仕舞をしたいくらいだ〉

竹千代は、そのようなことまで考えてしまったが――、

「止まれ」

そう云われ、竹千代は義元の方を向き、止まった。少しばかり、目が廻っている。

「これが、調和の美だ。たとえば、和歌が五・七・五・七・七の三十一文字で成り立っているように、世には、美を形作るための技法が、数多くある。その積み重ねが、調和の美であり、今のお前の姿だ」

義元は、朗々と説明した。

その言葉に、竹千代は『別紙口伝』にあった一節を思い出す。

――されば、この道を極め終りて見れば、花とて別《べち》にはなきものなり。奥儀を極めて、萬《よろ》づに珍しき理を我と知るならでは、花はあるべからず。


つまり、「道を極めていけば、それはけっして、何かが特別な芸ではない」と、世阿弥は書いている。数々の理を知れば、そこに自然と、花は生まれるのだ。

「あらゆるものを極めれば、必然として、美しいものが生まれる。そういうことでしょうか？　御屋形様」

「そうだ。お前は、筋がいい」

義元は、嬉しげにうなずいた。

「すべては調和だ」

義元は、何度か「調和」という言葉を、繰り返しており、それこそが、この男の美意識であると、竹千代は理解した。

そのために、学んだものは、和歌をはじめとする、この国の文化と芸能の数々であろう。

いわゆる三道と云われる、茶道や華道、そして香道。ほかに、書道や有職故実《ゆうそくこじつ》。あるいは兵法などの多くの学問。

さらには、色道。

この男に追いつくには、いったい、どれほどの量を学ばねばならないのだろうか。竹千代が、愕然としながら義元を見つめていたそのとき——、

「しかし、竹千代」

と云いながら、義元は、腰のものへと手をかけた。

驚く間もなく鯉口が切られ、すらりと、太刀が抜かれる。わずかな灯りが反射し、濡れたような刀身が、不気味に光った。

そのまま、切っ先を顔に向けられ、竹千代は一歩、後ろへ引いてしまう。

「余が、本当に美しいと思うものは、その先にあるのだ」

怪物の目が、竹千代を睨む。

怖気づき、さらに後ろへ——、

「動くな」

竹千代は、義元の言葉に息を呑み、それ以上は足を動かせなくなった。

「この刀は左文字《さもじ》でな。かつて武田家から贈られたものだ」

ここで云う「左文字」とは、派祖を左文字源慶《げんけい》とする刀工の一派であり、数多くの名刀を生み出している。——つまりは、宝刀であった。

「余の手に馴染むよう、大磨上《おおすりあげ》した代物だ。切っ先だけでもよく斬れるゆえ、絶対に動いてはならぬぞ」

「はい」

動けるわけがない。

義元が一歩でも踏み込んでくれば、そこは左文字の刃圏であった。瞬く間に身体を両断され、悲鳴を上げる暇《いとま》すらないであろう。

「そんなに恐れることはない」

こちらの心を見透かしたかのように、義元がのたまう。

「余が見たいものは、調和の先にある、さらに美しいもの。云うなれば、破調だ」

義元の顔には、わずかな笑みがある。

「先ほど、和歌を三十一文字と云ったが、そのような定形を大きく崩すことで、奇妙な味わいが出ることがある。これを、余は破調と呼んでいる」

「そんなことが、あるのですか？」

「あるのだよ。たとえば、春の木漏れ日や、星の瞬き、あるいは、打ち寄せる波の音など。これらは、すべて破調でありながら、とても心地よい。定形を知り、それを破ることにこそ、余の求める美しさがある」

竹千代にとっては、とても分からない理屈であった。そんな領域まで、とても自分は達していない。『別紙口伝』の中に、似たような内容があるかも考えたが、比定できるような文章は思いつかなかった。

ただ、この男が何をしたいのかは、ようやく理解した。

〈壊したいのだ〉

丁寧に、丁寧に積み上げたものを、最後に破壊する。その一瞬のために、義元の美は存在するのだ。

そう考えると、納得できることもある。

一ヶ月前――、竹千代は『羽衣』を舞った末に、陵辱されたが、あれも破調であったのだ。見事な仕舞を見せた稚児を、自らの手で犯し抜くことで、その歪んだ美意識を満足させたのだろう。

いよいよもって、竹千代は、この男のことを許せなくなったが、名刀である左文字の切っ先を向けられては、表情に不満をあらわすことさえ危ない。竹千代は、忸怩たる思いで耐えた。

「竹千代よ」

「はい、御屋形様」

「お前には才があるが、そんなものは、雪斎が云うように不要かもしれん」

どうやら義元は、かの太原崇孚雪斎と、自分についての話もしているらしい。

推測するに、雪斎は「竹千代は三河支配に不要である」と持論を展開したのだろう。義元が、それに同調しているならば、あまりよい状況ではない。

竹千代は、何か声を発し、義元へ自分の意思を伝えたかったが、それを、喉元で押し留めた。

――秘するが花。

何か迂闊なひと言により、自分の企《たくら》みが知れてしまうかもしれない。そもそも、自分が何かを企んでいるということさえ、義元に感づかれてはいけないのだ。

竹千代は、ひたすらに黙した。

「それを、今から余が見極めてやろう。――さあ、後ろを向け」

竹千代はおとなしく従い、義元へ迦陵頻伽があしらわれた背中を向けた。

いったい何をするつもりなのか、唐鏡の向こうに見える義元は、刀を両手に握り直している。

〈殺されるのか？〉

そうならば、あまりに無念だ。せめて一太刀、奴に浴びせてやりたい。

部屋の壁には、数振りの刀もある。急いで手を伸ばせば、奴に痛手を負わせることも、できるかもしれない。

だが――、

〈秘するが花だ〉

と、竹千代は自分の短慮を戒めた。

何があろうと、奴を殺せる好機が訪れるまで、逆らうわけにはいかない。

今はただ、懸命に耐える。

やがて、義元は刀を振り上げ――、

「動くな」

と、つぶやいた。

しかしながら、意志の力だけで、死の恐怖は拭えない。どうしても、身体は小刻みに震えてしまう。

〈このまま、本当に死ぬのか?〉

そんなことを考えた直後、義元の刀が振り下ろされ、背骨に熱が走った。

「――っ」

声にならない悲鳴が上がる。

後頭部から、腰に向かって一直線に、刃が入ったかのような感触であった。

迦陵頻伽の打掛が両断され、帯が落ちた。その下の振袖や、長襦袢までもが、肩の上を滑っていく。

数回の呼吸をし、竹千代は、自分がまだ生きていることを実感した。どうやら、義元の左文字は、綺麗に着物のみを断ち、竹千代の身体には、皮一枚も傷つけていないらしい。

ばらばらになっていく着物の衿を、竹千代は慌てて手で掴むが、すでに背中は大きく開いており、義元からは尻肉まで見えているだろう。もう、立っていることもできなくなり、竹千代は、その場にうずくまった。

そこへ、義元の手が伸びてくる。

背中を指で触られると、竹千代は、燃えるような熱を感じた。そのまま、義元は肌をまさぐり、胸元にまで手を入れてくる。

だが、生と死を跳躍し、一気に美を極めた感覚に、いまだ、頭は強くしびれていた。どう反応したらいいかも思いつかず、竹千代は、荒い呼吸を繰り返すしかなかった。

「竹千代」

「はい」

「美しいぞ」

義元は、竹千代が身にまとうもの、すべてを引き裂きながら、身体を強く押し当ててきた。

「ううっ」

身体を内側から弄《もてあそ》ばれるような感触に、竹千代は小さくうめいた。

どうやら義元は、このまま自分を犯すつもりらしい。激しい獣欲を、竹千代は背後から感じる。

多くの宝物に囲まれた中央で、竹千代は、身につけたものを剝がされていく。ばらけた帯や襦袢が、床の上へ、まるで花弁のように散っていく。

蕾《つぼみ》が膨らむように。

蛹《さなぎ》が蝶へ変わるように。

やがて、もっとも上に羽織っていた打掛が破け、二つに分かれると、中から、全裸の竹千代があらわれた。

無残に切り裂かれた迦陵頻伽に、少年は、自分自身の姿を重ねてしまう。

もっとも、義元にとって、今の竹千代はまさに理想の姿のようで、細い肢体を抱きしめてくる力は、さらに強まった。

「ああ、竹千代」

恍惚《こうこつ》とした声が、耳元で響く。

「もう、裏切ってくれるな」

云うと、義元は化粧につかった油を引き寄せ、竹千代の身体を乱暴に仕込んでいった。

こちらの都合など、まるで考えない愛撫を受けながら、竹千代は考える。

――もう、裏切ってくれるな。

そのように、義元は確かに云った。

〈いったい、どういう意味だ？〉

自分は、一度も義元を裏切っていない。心の中では、何度も殺してやろうと思ったが、態度にあらわしたことは、絶対にない。

ならば、今の言葉は何だ？

竹千代は少し考え——、

〈この男は、何かを勘違いしたのではないか？〉

という結論に達した。

激しい痛みを身体の芯に感じながら、竹千代は思う。

おそらく、今、義元は、我が父・松平広忠と勘違いしたのだ。

かつて、この部屋で、同じように抱いた父に、自分の姿を重ねた。だからこそ、そのような言葉に至ったのだ。

〈やはり、この男は父を——〉

竹千代は確信し、奥を突かれるのと同時に、喜悦の叫びを上げた。

父のことは、いつか誰かに確認をとらねばならないと思っていたが、なんと、自らが白状したのだ。

——秘するが花。

その一念で屈辱に耐え、ついに摑んだ怪物の油断であった。

我が父が、本当に義元を「裏切った」のかは、まだ分からない。だが少なくとも、義元はそのように感じているのだろう。

たまらず、竹千代は身をひねり、義元に口吸いを求めた。それに応じて、太い舌が口の中へと入ってきた。竹千代は自身の舌を、淫らに絡ませていく。

自然と顔も緩み、もはや演じて笑みを作る必要もなかった。

このまま『別紙口伝』を極めれば、いつか、この男を出し抜ける。そう思えば、この程度の痛みは、いくらでも耐えられる。

〈そうだ。いつか、絶対に殺してやる。こんな蔵も、すべて燃やし尽くしてやる〉

大輪の花が咲いたような部屋の中、竹千代は、胸の殺意を膨らませながら、義元を受け止めた。

七

「さあて、明日は派手に死のぅ」

前田又左衛門利家は、その大きな身体を揺らしながらつぶやいた。

寒風が吹きすさぶ初春の夜、大勢が雑魚寝する廃屋の中であった。多くの者が疲れ切り、まるで死んだように折り重なりながら寝ているが、利家は、興奮のあまり眠ることができなかった。

「し、死ぬんですか？」

「ああ」

起こしてしまったのか、傍にいた足軽のひとりが聞き返してくる。利家は、首を縦に振った。

「なにしろ今回は、身内が恥を晒してしまってな。死なねば、格好がつかぬ」

「ですが、槍の又左に死なれては、俺たち、かなり困りますよ」

「そんなことを云われても、すべては、三郎様のためだ。できるだけ、派手に死なねばならん」

「いやいや、なんで、そんなに嬉しそうに云うんですか？」

足軽は、なんとも呆れたような口調となっていたが、それでも、利家は楽しくて仕方ない。

「早く夜明けにならんかな」

隙間から入る冷たい風に構わず、利家の顔は自然と緩んでいった。


この度の戦は、織田家と盟を結ぶ水野家からの要請であった。

なんでも「昨年から、今川の奴らが、城の近くに砦を築き始め、刈谷を狙っている」とのことらしい。

いわゆる「付城」のことであろう。これで自城を囲まれると、後詰《ごづ》めが難しくなり、かなり厄介な事態となる。

もっとも、現状が厄介なのは、織田家も同様であった。

まず、主家筋である清洲《きよす》織田家が、事実上の敵となっており、末森《すえもり》城を拠点とする信長の弟とも、関係は険悪であった。少し前に裏切った笠寺《かさでら》の山口《やまぐち》親子も、いまだ敵対しており、さらには、鯏浦《うぐいら》の服部党という連中とも、うまくいっていない。周囲のすべてが、織田信長の敵と云っても、過言ではない状況であった。

そのような情勢下において、数少ない味方が、美濃を治める斎藤家と、刈谷の水野家であった。

その水野家の危機に、馳せ参じないわけにはいかない。信長は急ぎ、兵を集めた。

ところが、ようやく出陣というところで、さらなる事件が起きた。なんと、筆頭家老である林新五郎《はやししんごろう》が、何が不満なのか、突如、出奔したのだった。

しかも、新五郎は自城には戻らず、利家の実家・荒子《あらこ》城に入っている。信長の馬廻りをつとめる青年からすれば、たまったものではなかった。

〈どんな小細工をしようが、謀叛は謀叛であろうが〉

そう思うより仕方がないし、そんな奴を匿《かくま》ってしまう実家にも腹が立った。

だが、戦う気のない奴に、いつまでも構っているわけにもいかず、信長は、およそ三百の兵を引き連れ、那古野城を出た。

刈谷までの道中も大変であった。

まず、刈谷への進路には山口親子がおり、大軍を通すのが難しい。そこで、熱田から船に乗り、知多《ちた》半島をぐるっと廻るということとなった。

しかし、熱田に到着すると、なんと大嵐であった。

それにも拘《かかわ》らず、信長は――、

「いいじゃないか。まるで、源平武者か何かになった気分だ」

と、無理やり船を出させてしまった。当然、半島を廻ることなどできるはずもなく、船は一刻くらい進んだ後、陸へと押し上げられてしまった。

そこからは、山道を進むこととなり、今は、その途上であった。もともと信長は、あまり運がいい大将ではないが、それにしても今回は、戦う前から散々であった。

何より、利家にとっては、実家の不始末のこともある。

確かに、前田家は林家の与力であるが、あんな腰抜けを城に入れてやることはない。首でも斬って、那古野に送り返してくれればよいのだ。

〈名誉挽回のためには、拙者が派手に死ぬしかない〉

利家は、信長の小姓としてすべてを捧げてきた。身も心も信長のものであり、命を合戦で散らすことで、大恩に報いることができると信じている。

「拙者が死んだら、三郎様は、泣いて喜んでくれるだろうか」

夜明け前、利家はうつらうつらしながら、そのようなことばかり思っていた。


朝となり、信長の率いる大勢は、刈谷を目指して進発した。

ようやく一行は、今川方が立て籠《こ》もる村木《むらき》砦へと到着した。援軍到着の報を受け、水野方も合流する。総じて八百もの大勢となった。

利家は、件の砦を眺めた。

それは、海に突き出た先に建つ、造りかけの山城であった。

〈だが、攻め入るとなると、なかなか面倒だな〉

なにしろ、東と北の二面は、海に面しており、近寄ることができない。また、西と南にも、深い泥田堀《どいたぼり》があり、なかなか苦労しそうな気配がある。

それでも、攻め手は二つある。

〈あの門を抜くか、泥にまみれて、堀を登るかだな〉

利家は、できれば門の方を担いたいと思った。泥田では、せっかくの槍が振るえない。派手に死ぬなら、やはり門であった。

だが、信長は水野家と協議し、自身は堀を、水野家は門を担うということとなり、利家は肩を落とした。

こうなれば、途中で無駄死にはできない。

「せめて、本丸までたどり着き、大立ち回りをしたうえで、死なねばならんな」

利家は、ため息をつきながら、鉢金《はちがね》をかぶった。

「いや、又左様。あまり簡単に、死ぬなんて云わんでくださいよ」

傍にいた昨夜の足軽は、なにやら、面白くないような口調であった。

「せっかく、手柄を立てられそうなのに、偉い方に死なれては、いろいろ困ります」

「だが、死なねば、面目が立たぬ」

「ですが、死んで喜ぶ殿様など、あんまりではないですか」

足軽の言葉に、利家は眉をひそめた。情を通じた家臣が、見事に功を上げて死ねば、大いに喜ぶのが、大将の道理ではないか。

やがて、陣太鼓が大きく鳴り響き、合戦が始まった。武功を上げたい者は、我先にと砦へ走った。


その日の夕刻。

大手門を落とされた村木砦は、本丸を囲まれ、あっけなく降伏した。

どうやら、指揮をとっていた駿河衆は、それほどの数ではなかったようで、立て籠もった兵の多くは、三河衆や、近隣の村の者たちであった。彼らの戦意は低く、門扉《もんぴ》はあっさりと開いた。

砦から出てきた幾人かの村人を、信長は処刑した。

信長が、堕落した人間を許さないことを、利家はよく知っている。戦い抜く意志もないのに砦に籠もり、むざむざと降伏した者を、許すことなど、できなかったのだろう。

織田勢は、泥田堀の戦死者を引き上げ、堀端に並べた。皆が皆、いい顔で死んでいると、利家は思う。

信長は、一人ひとりの顔を見ながら、涙を流していた。その沈痛な面持ちを見て、利家は本当に羨ましくなる。

〈自分も、あのように思われたら、どれほど幸せなことだろう〉

今日の合戦でも、討死することはできなかった。ましてや、大手門からの兵に邪魔され、首のひとつも獲れなかった。

まったく恥ずかしい。

〈いったい、いつになったら、自分は上様に御恩を返せるのだろうか?〉

西に落ちていく夕陽を見ながら、利家は肩を落とした。

「ああ、生きていましたか。又左様」

不意に声をかけられた。

見ると傍には、かの足軽がいた。

「いや、よかった。本当に死んでしまったかと思いましたよ」

「御覧のとおり、生き恥を晒している」

「それでも、生きている方がいいと思いますよ」

云うと、足軽は軽く笑い、こちらに竹筒を差し出してきた。中身は酒だろう。利家は遠慮なく飲み、喉を潤した。

「それにしても、あの殿様、本当に泣いたりするんですね」

足軽は、兵を弔う信長を、なにやら物珍しい目で見ていた。

「小姓や馬廻りは、家族も同然だからな。ましてや、念者ならば尚更だ」

「若衆道ってやつですか」

「そういうことだ。拙者のようにな」

「ふうん」

どうやら、この足軽には、衆道というものが上手く理解できないらしい。出身が百姓ならば、致し方ないことであった。

「それなのに、近くの村の者は斬ってしまうし、まったく容赦がない」

「仕方ないだろう。なにしろ、敵ではないか」

「ですが、あれは駿河衆に脅されただけでしょう？　俺には、他人ごととは思えません」

足軽は、やりきれないという顔となり、深いため息をついていた。

〈こいつ、少し面白いな〉

と、利家は思う。

物事の見方や考え方は、まるで正反対だが、それゆえに、いろいろと興味深かった。

「お前、名前は？」

「木下藤吉郎って云います」

「歳は？」

「十八になりました」

「ああ、拙者と同じなのか。背が低いから、もう少し下かと思っていた」

「又左様が大きすぎるんですよ」

「むう」

思わず、利家は唸ってしまった。

この高すぎる身長は、信長の閨《ねや》に呼ばれなくなった利家にとって、大きな劣等感の原因であった。さきほどの酒を、このまま全部、呑み干したい気分となる。

二人はしばらく黙し、落ちる夕陽を眺め続けた。

解説

【前田利家の生年】　前田利家は、秀吉が没したときに「耳塞ぎ餅」（死者と同性・同年齢の者が餅を耳に当てる風習）を行っている。つまり、秀吉と同年齢であり、生年も同じ天文六年（一五三七）であると思われる。《参考：花ケ前盛明編『前田利家のすべて』（新人物往来社　一九九九年）》

第四章

御師《おし》殿

a crafty schemer

子貢問政、子曰、足食足兵、民信之矣、子貢曰、必不得已而去、於斯三者、何先、曰去兵、子貢曰、必不得已而去、於斯二者、何先、曰去食、自古皆有死、民無信不立。

『論語』

［現代語訳］

政治について尋ねた子貢《しこう》に、

「食と兵を充足させ、民草には信義を教えよ」

と、孔子《こうし》は教えた。

「三つのうち、一つを犠牲にせねばならないとしたら、どれでしょう？」

子貢の問いに、孔子は、

「兵であろう」

と答えた。

さらに子貢は、

「ならば、残り二つのうち、一つを犠牲にせねばならないとしたら、いったいどちらに？」

と尋ねてきた。

「次は食だ」

と、孔子は答えた。

「古《いにしえ》より、人の死ばかりは避けようもないが、まずは信義が無ければ、政治など成り立たないではないか」

一

人の本質は堕落にあると、太原崇孚雪斎は考えている。

仏教においては、人が釈尊の教えを忘れていくことを堕落と見なすが、それだけではない。怠惰。驕慢《ごうまん》。強欲。

そのほか、あらゆる卑しい心の集まったものが、人なのだろうと、雪斎は確信している。

だからこそ、操りやすい。

法や倫理を強引に押しつけ、理不尽に税を取っても、日々の米さえ与え続ければ、大きな問題は起こらない。不平不満は口にするだろうが、堕落しているゆえに、権力には絶対に逆らわない。

結果として、自分の苦しい現状に何らかの理屈をつけ、疑いつつも生きていく。――人とは、そういうものなのだ。

雪斎が初めて堕落を見たのは、九歳の頃、父の死を契機に仏門の道を志し、京の寺で修行を始めたときであった。

男色というものの存在を、初めて知ったのだった。

僧侶は女色が禁じられているが、それゆえ、代わりに少年への接触が認められている。子供でも分かる理屈であった。

少し大きい寺院では、その中に多くの稚児を抱えており、山門の前には喝食もいる。性のはけ口に、不足している様子はなかったが、それが単なる女性の代用であることも、明々白々であった。

〈いったい、皆、何を考えているのか〉

まだ幼い雪斎は、大いに憤った。

確かに、多くの仏典は男色という行為を禁止していないが、けっして肯定しているわけでもない。天台宗《てんだいしゅう》の僧・源信《げんしん》の書いた『往生要集』には、「よこしまな男色をした者は、地獄に落ちる」とまで書いてある。

多くの僧侶は、「男色を日本に持ち込んだのは、弘法大師《こうぼうだいし》空海《くうかい》にほかならず、これは修行の一環なのだ」と云うが、そんなものは権威を利用しただけの理屈であると、若い雪斎は看破した。

〈結局は、誰もが色欲に負けたのだ〉

そのように、結論せざるを得ない。

いくら稚児を神々しく見立て、戒律の抜け道を作ったところで、堕落は堕落だ。そんなものに与《くみ》するつもりなどない。

よって、修行中の雪斎は、一切の誘惑を断ち切り、男色を自ら遠ざけた。成長するにつれ、性への欲求は嵐のように強まったが、これこそが修行であると思い、必死に耐え抜いた。

それでも、ほかの人間に男色を止めさせることは、ついにできなかった。

雪斎の転機は、二十七歳の頃であった。

そのとき、雪斎はいまだ京の大寺院で修行中の身であったが、その人品や学識を見込まれ、父の主家であった今川家に招かれたのだった。

自身を未熟と考える雪斎は、国主からの要請を拒否し続けたが、再三にわたる懇願に折れ、ついに駿河へ下向した。そこで出会ったのが、まだ方菊丸《ほうぎくまる》と名乗っていた四歳の今川義元であった。

雪斎を招聘したのは、当時、駿河を治めていた義元の父、今川氏親《うじちか》であった。その氏親は、「どうか、この方菊丸を僧侶として育ててほしい」と云う。少年は五男であり、どうやら、武士にするつもりはないらしい。

父の傍に座る方菊丸は、あまり特徴のない、普通の子供に見えた。着ているものこそ高価だが、顔つきや話し方に、他人を見下すような態度は見られない。一介の僧侶として教育するならば、何の問題もないと判断し、雪斎は氏親からの申し出を受け入れた。

だが、少年と接していくうちに、この子が、ただの童子とは大きく違うことが分かってきた。

方菊丸は、あまりに物事への執着が強すぎたのだった。

大きいものなら富士山から、小さいものなら石ころまで、少年は自分の気に入ったものを、徹底して愛でた。間もなく、その部屋は、光り輝く石や、獣の骨など、奇妙なもので埋め尽くされた。

さらには、やたらと何かを壊したがる悪癖まであった。

あるとき、道に並べられた碑石を見て、方菊丸は――、

「あれを、ひとつだけ倒したい」

と云った。

理由を聞いたが、それは本人にも分からない様子で、「ただ、ひとつだけが邪魔なのだ」と答えた。

その後、障子が一枚だけ破かれたり、本の一冊だけが欠けていたりだの悪戯《いたずら》が続き、その犯人は、やはり方菊丸であった。これらの奇行は、どれだけ叱っても治らず、やがて、雪斎

も諦めざるを得なくなった。

ただ、方菊丸とともに暮らしてくうちに、雪斎にも、少年の行動に、何かの考えがあることが分かってきた。どうやらこの子は、それらを「麗しい」あるいは「美しい」と思っているらしい。

獣の白骨の、どこが麗しいのか？

倒れた碑石の、何が美しいのか？

雪斎には、まるで分からなかったが、それらを見つめる少年の目が、あまりにも恍惚としており、おそらくは、心の内にある美意識の発露であると理解したのであった。

だがそれは、方菊丸が僧侶としての資質に大きく欠けるということでもあった。

仏門に下る者は、一切の欲を捨てることが要求される。対して、方菊丸は、あまりに欲に忠実であり、捨てるということは絶対にない。

ならば、この子をいったい、どのように育てるべきなのか？

さんざん悩んだ末、雪斎は——、

〈いっそ、望むものすべてを与え、それらを丸ごと学ばせるのはどうか？〉

と思い立った。

なにしろ、方菊丸には、自分の見えない「何か」が見えているのだ。そのような子供に、ただ仏典のみを与えても、どうにもならないだろう。

雪斎が思い出すのは、修行時代のこと、ついに仲間に男色を止めさせることができなかった苦い経験であった。

人の欲望は、あまりに強い。

ましてや、この少年の欲望は、並大抵のものではない。

〈この子の将来を思うならば、いままで忌み嫌ってきた堕落についても、自ら肯定せねばなるまい〉

ついに、雪斎は決心した。——自らの内に堕落を受け入れることを。

物欲がなければ、市は立たない。

色欲がなければ、子は成らない。

この世の欲望をあまねく理解すれば、民草の心を掴むのも容易いだろう。それは、まさに国王の資質であった。

——堕落の王。

まさか自分が、そのようなものを育てるとは思わなかったが、これもまた、御仏の導きというものであろう。雪斎は、梅岳承芳《せんがくしょうほう》という道号を与えられた少年に、自分の知るすべての知識を、叩き込むこととした。

駿河の寺で、およそ十年。その後、京の建仁寺《けんにんじ》や妙心寺《みょうしんじ》で、やはり三年以上。雪斎は梅岳承芳に修練を積ませた。

その内容は、多岐に渡る。

仏典や経文ばかりでなく、「四書五経」と呼ばれる儒教書や、「武経七書」と呼ばれる兵法書、『史記』などの歴史書に、『古今集《こきん》』や『万葉集《まんよう》』などの歌集、『伊勢物語』『源氏物語』などの文芸書など、手に入る書籍はすべてを買い求めた。また、和歌のほかに、茶道や香道などの諸芸にも師匠をつけ、雪斎の嫌った色道も、女色と男色の二道を深く学ばせた。

その間に、梅岳承芳の父である氏親は亡くなり、今川の家督は、長兄である氏輝《うじてる》が継いでいた。


やがて、十七歳となった梅岳承芳は、浮世の欲望や堕落をすべて学び終え、雪斎とともに駿河へと戻った。

その目的は、駿河国の奪取であった。

自ら育てた大器を、いよいよ国主にしようと、雪斎は決心したのだった。

〈まずは、自らの力で、駿河を手に入れさせねばなるまい〉

梅岳承芳には、上には四人の兄がいる。

長兄・氏輝。二十四歳。

次兄・彦五郎《ひこごろう》。二十歳。

三兄・玄広恵探《げんこうえたん》。十九歳。

四兄・象耳泉奘《しょうにせんしょう》。十八歳。

駿河を手に入れるためには、この全員を、何らかの形で排除する必要があった。三兄と四兄は、梅岳承芳と同じように出家させられているが、それでも、策は講じねばならない。

まず、梅岳承芳が長兄と次兄の暗殺を試みた。

結果、翌年の三月十七日、長兄の氏輝と、次兄の彦五郎は同日に死亡した。

もっとも、梅岳承芳は兄の家臣らに「君たちの主君は、国を滅ぼす愚物である」と吹き込み、じっと様子を見ていただけであった。それだけで、二人の兄は「まったく同じ日」に病死したのだった。

国主と弟が同時に死ぬという異様な事態により、駿河は大混乱に陥った。

雪斎は京の人脈を駆使して幕府に働きかけ、梅岳承芳こそが家督を継ぐものと、将軍御内書を受けることに成功した。

だが、これに三兄の玄広恵探が異議を唱え、今川家の家臣団は、二つに割れた。

玄広恵探が城に籠もり、戦いは始まった。後に「花蔵《はなくら》の乱」と呼ばれるこの合戦は、実に十日以上も続いた。

戦局は終始、梅岳承芳に有利な展開で進んだ。

間もなく玄広恵探の城は落ち、彼は逃亡したが、結局、近くの寺で自刃した。四兄の象耳泉奘は、これらの戦いに加わることなく、静かに隠居した。

すべての戦いが収束すると、梅岳承芳は自身の家督相続を宣言し、「今川五郎義元」と名乗った。

やはり、人の本質は堕落にあるのだと、雪斎は考える。

この「花蔵の乱」の勝利において、義元の手腕は、あまりに見事なものであった。

そもそも、氏輝と彦五郎の暗殺前、玄広恵探に「今川の家督」についての魅力を語り続けていたのも、京から下向したばかりの義元自身であり、企みどおり、玄広恵探は乱を起こした。

すべては、人の欲望を自在に操る義元の力であった。自分で育て上げた少年ながら、学ばされることは、あまりに多い。

解説

【氏輝と彦五郎】 今川氏輝と親しかった冷泉為和《れいぜいためかず》は「今月十七日、氏輝死去、同彦五郎同日遠行」と記しており、武田氏の家臣である駒井政武《こまいまさたけ》も日記に「今川氏輝・同彦五郎同時ニ死ス」と書いている。氏輝と彦五郎が同日に死んだことは確かであり、何らかの事件性を窺わせる。《参考：有光友學著　日本歴史学会編『今川義元』（吉川弘文館　二〇〇八年）》

〈堕落した人間は、ひたすらに、自らの欲望に従って動く〉

義元は、それをよく理解していた。だからこそ、数多くの兄を一掃し、家督を継ぐことができたのだ。

雪斎は、幕府への手回しや、他国への応援要請などに尽力したが、少年の才覚に比べれば、あまりに些細な仕事であった。


以来、雪斎は他人の心理を読み取り、それをいかに利用するか、研究を重ねてきた。

人間は、常に堕落している。

ゆえに、餌さえあれば逆らわない。

ゆえに、欺瞞で容易に誤魔化せる。

ゆえに、将来のことなど考えない。

これら、人間の堕落を学び取った成果が、今川家の発展につながった。

他国との交渉を重ねることで成った甲斐《かい》・相模《さがみ》・駿河の三国同盟や、西三河における支配体制の確立など、すべては堕落を理解した成果であった。

ゆえに――、
〈こいつは、いったい何を考えているのか？〉

と、雪斎は自分の前で正座する、眉目秀麗な少年を見て思うのだった。

――松平竹千代。

今や、六十歳となった太原雪斎は、何ひとつ欲望をあらわさない三河の小倅に、大いに惑わされるのだった。

竹千代は、雪斎の居する臨済寺《りんざいじ》に通い、今は、文机に置いた兵法書を読み進めている。その集中する姿は、かつての今川義元を思い起こさせる凜乎としたものであった。

ほかならぬ今川義元から「ぜひ、いろいろと教えてやってくれ」と云われ、漢籍を教えているが、その正体は、いまだ見えない。

雪斎は、油断しない。

澄んだ瞳で、書物に視線を落とす竹千代を見ながら、雪斎は少年の持つ欲望を、どうにか読み取ろうとつとめた。

二

松平竹千代が、今川義元と出会い、一年半の月日が経った。十四歳となった少年は、間もなく元服を迎える予定にある。

義元の稚児となることで、かつての三河の小倅は、その生活が一変した。

まず、駿府に屋敷が与えられた。

祖母のすむ智源院の近くに、今後の岡崎松平の拠点となる大きな屋敷が建てられたのだった。周囲には、ほかの武家の屋敷もあり、隣は北条家から来た人質の屋敷であった。ようやく一端《いっぱし》の人質になれたのだと、竹千代は思った。

三河からは、従士も呼ばれた。

元服後の竹千代は、岡崎に対する指示を、すべて駿府から行わなければならず、その補佐のため、二十人を超える三河衆が、屋敷へとやってきたのだった。今まで、下男の半蔵ひとりという状態から比べれば、まさに雲泥の差であった。

また、学問についても、太原崇孚雪斎から直接、教えを受けることとなった。

これは、竹千代自身が、義元に願い出たことであった。義元は快諾し、今後の三河支配について、しっかりと竹千代を仕込むように、雪斎へ命じたのだった。

幾度となく、その身体を義元へ差し出した竹千代であったが、その見返りは、なかなかに大きいものであった。

もっとも、竹千代の真の目的は、今川義元の殺害であり、駿河国の崩壊である。大きすぎる野望を胸に抱えながら、少年は雪斎が居する臨済寺へと向かった。

臨済寺は、今川家の菩提寺でもあり、駿府館から半里ほど北西に離れた賤機山《しずはたやま》の麓に建てられている。ここに、竹千代は手習いの間を与えられ、雪斎自らの指導を受けることとなった。

目の前で座る雪斎に、深々と礼をする。

今年で耳順となる雪斎であったが、その顔は思ったよりも若々しく、精悍であった。この御方が甲斐、相模、駿河という三つの大国にそれぞれ働きかけ、三国同盟を締結させたと思うと、非常に感慨深い。

〈駿河の至宝とも云うべき御仁から、ものを学べるのだ〉

まさに、身が引き締まる思いであった。

「では、竹千代よ」

「はい」

「そなたの活躍については、拙僧も聞きおよんでいる。とくに、申楽においては、誠に見事な腕前だと」

「ありがとうございます」

「そこで、聞いておきたい。そなた、学問については、いったいどこまで進んでおる？」

「はい。まず、『今川状』については、吉田にいたころに、すべて修めました」

「ふむ」

「また、いわゆる四書五経からは、『孟子』と『論語』を読み進めてまいりました。ほかに

『和漢朗詠集』などの文芸や、『孫子《そんし》』といった兵法書なども。ゆくゆくは、『六韜《りくとう》』や『三略』なども読み進めていきたいと――」

「いや、待て」

竹千代の言葉を、雪斎は軽く手を挙げて制した。

「『六韜』『三略』は、まだ必要ないだろう。そなたの歳では、少し難しい」

「ですが、自ら軍を率いるにあたり、岡崎松平の当主として、できるだけのことはしておこうと思います」

「ほう」

このとき、雪斎の顔に、わずかな変化があった。目がやや据わり、まるでこちらを値踏みしているかのような、そんな表情であった。

「なるほど。たいした覚悟だな。竹千代」

「恐れ入ります」

「とはいえ、我々は合戦のことばかりを、考えているわけにはいかない」

雪斎は、そっと袖の中に手を入れ、中の数珠を指で弄び始めた。

「当主となれば、日々、幾つもの決裁を求められ、多くの文書に揉まれることとなる。もちろん、周りの者たちも助けてくれるだろうが、当主自身にしっかりとした教養がなければ、必ずや暗君と成り果てる」

「私自身が、岡崎を潰すと？」

「そういうことだ」

いまだ、雪斎は指で数珠を廻している。

「一応、云ってはおこう。よく武経七書というが、その中でも、やはり重要なのは『孫子』だ。続いて『呉子《ごし》』となる」

雪斎の云う武経七書とは、『孫子』『呉子』『尉繚子《うつりようし》』『六韜』『三略』『司馬法』『李衛公問《りえいこうもん》対《たい》』の七冊で、すべて唐土で書かれた兵法書であった。

「『六韜』や『三略』ではなく？」

「そうだ。やはり、『孫子』の内容は、頭ひとつ抜けており、もっとも重要だ。それを別の視点から『呉子』が補っている。もし、兵法を読み進めたいならば、『呉子』にしておいた方がよい」

「すると、ほかの書は？」

「そうだな。『尉繚子』は思想が一貫しており、悪くない。これと比べると、『六韜』や『三略』の内容は、あまりに雑多すぎる。拙僧は薦めない」

「なるほど」

中楽に造詣が深い竹千代にとって、『六韜』は牛若丸が学んだ兵法書であった。それゆえ、ぜひとも読んでみたいと思っていたが、雪斎に云わせれば、あまり重要なものではないらしい。

「残る『司馬法』と『李衛公問対』も、文章が仰々しい割に、内容が薄い。警句に面白いものもあるのだが、無理に読む必要はない」

「そうなのですか」

雪斎による書評を聞き、竹千代は軽くため息をついた。

「ひとつ残らず全部読め、などと云われると思っていました。まさか、読む必要がないと仰せになられるとは」

「そのような暇があるなら、むしろ四書五経に目を通してくれ」

ここで雪斎が云う四書とは、『論語』、『大学』、『中庸』、『孟子』という四冊の本のことであり、続く五経は『易経《えききょう》』、『書経』、『詩経』、『礼記《らいき》』、『春秋』という名の書であった。

どれもが、重要な儒教の経書であり、いかに仁義の道を実践して、上下秩序の弁別をつけるかが書かれている。

「先ほど、竹千代は『論語』を読んだと云っていたな。ならば、次に『大学』を学ぶのも、悪くはあるまい」

「やはり四書五経にも、読むべきものと、そうでないものが？」

「うむ。そもそも、五経が四書の応用であることを考えれば、無理にそこまで読み進める必要はない」

不意に、数珠を弄ぶ雪斎の指が、その動きを止めた。

「また、『大学』は儒教の入門のために、『礼記』から分かれた一篇だ。本来ならば、孔子の教えは、ここから学び始めるのが最善なのだろう」

「ですが、ずいぶん前から『論語』を読み進めてしまっています」

「それなら、それでよい。注釈書も多数あり、教授してくれる者も多いはずだ」

「はい」

確かに智源院では、祖母や僧たちが、いろいろと手助けしてくれた。

「そして『孟子』だ。これは近ごろ、公家や僧侶の間で流行っており、必読であろう。あとは『中庸』だが、これは最後に読むべきだと思う。子供には少し難しい」

「なるほど。分かりました」

竹千代は頭を下げた。

「まとめると、今、私が読むべきは、兵法書ならば『孫子』と『呉子』であり、儒教書ならば『論語』に『大学』、そして『孟子』ということでしょうか？」

「少し多いくらいに聞こえるが、致し方あるまい」

雪斎は、数珠を袖の中に落とすと、そのまま手を外へと出した。

「ただ、どのような政《まつりごと》をするにも、儒教を学ばずにできることはない。まずは『論語』から、じっくりと学んでいくべきであろう」

雪斎は、表情を崩さず、端然と云う。実に有意義な話であったと、竹千代も満足してうなずいた。

ただひとつ――、

〈なぜ、雪斎様は数珠を指で弄んだのだろうか?〉

その点のみ、竹千代の心に、引っかかった。

自分にも、頭を掻く癖があるように、多くの人には、意識せずにする行動がある。おそらくは、雪斎が数珠を弄《いじ》る仕草も、そうなのだろう。

ならば、それが意味するところは何か?

兵法書が話題になっていたとき、雪斎の指は動いていた。その後、儒教書の話題になると止まった。

雪斎の心情を探るため、竹千代は質問を続けた。

「雪斎様」

「なんだ?」

「確かに、孔子の教えが今後に大切なことは分かりました。ですが、けっして兵法もおろそかにはできません。この竹千代の身柄は、雪斎様が合戦によって救い出してくれたものでもあります。自分が、八歳のころです」

「かつての安祥城か」

「はい」

竹千代が織田家の人質であったとき、父の松平広忠が病死し、岡崎城には当主がいなくなってしまった。急遽、太原雪斎は今川勢を率いて城代となり、その八ヶ月後には、信長の兄である織田信広を生け捕りにしてみせたのだった。その後、笠寺で行われた人質交換により、今、自分は今川家にいる。

「ものの見事に城を落としたうえ、人質交換のために城主を生け捕りにするなど、簡単にできることではありません。いったい、どのような策を用いて、それほどの困難を実現してみせたのでしょう？」

「別に、難しいことではない」

こともなげに、雪斎は云った。

「そもそも、生け捕りにしようなどと考えてはいなかった。人質交換と相成ったのは偶然に過ぎぬ。たまたま、城主がこちらの手元に入ったというだけだ」

「まさか」

「真実だ。その後は岡崎衆に請われ、そなたを織田から取り返しただけだ。すべては偶然であった」

竹千代は、雪斎の言葉に衝撃を受けた。

この発言を信じるならば、今、この場に竹千代がいるのは、ただの偶然であるらしい。これまでの苦労も、何もかも、すべては雪斎の気まぐれから起こったにすぎない。

一瞬で体中の血が冷えていく感覚を、竹千代は覚えた。

〈これは、本当のことなのか？〉

竹千代は、正面に座る雪斎の目を、じっと見つめたが、その表情は、先ほどから少しも変わらない。

ただ、目元にかかる影が、やや濃くなり、わずかな企みを感じさせる。まるで、こちらの態度を観察し、心の中を探っているかのようであった。

——秘すれば花なり。

本心など、寸毫たりとも知られるわけにはいかない。竹千代は、ざわめく心を落ち着かせ、できる限り表情を崩さぬように気をつけた。

「ならば、雪斎様には、礼を云わねばなりません。このように今川家の御恩を受けられるのは、まさに僥倖《ぎょうこう》。本当にありがとうございます」

竹千代は、やや後ろに下がりながら、丁寧に指を畳へつけ、頭を下げた。

「ふむ」

雪斎は、たいした感慨もない様子で、咳払いする。

だが、そのとき袖に手を入れ、数珠に指が触れた音を、顔を下に向けた竹千代は聞き逃さなかった。

「いくら兵法を学んだところで、合戦に至っては、望んだ結果が得られるとは限らない。『孫子』にあるように、戦わずして敵兵を屈服させるのが最善なのだ」

「はい」

竹千代は、頭を上げながら考えた。

〈やはり、話が兵法に至ったとき、雪斎は数珠を弄る〉

その心の内までは、まだ推し量れないが、この癖は覚えておいた方がよいと、竹千代は思った。

そして、もうひとつ——。

〈この男も、自分の本心を推し量ろうとしている〉

今の雪斎の言動は、そのようにしか思えなかった。おそらくは、こちらを大きく動揺させることで、その反応を窺っているのだろう。

思えば、この男は他人の心を読み、数々の交渉を成し遂げてきた傑物であった。三河のような遠国を駿河から支配するのみならず、甲斐・相模・駿河の三国で同盟を組むという偉業まで成し遂げたのだ。

油断など、できるはずがない。

今川義元を超えるためには、絶対に太原雪斎の教授が必要だと思い、懇願の末に教えを請うに至ったが、どうやら、ものを習うだけですむような様子ではなかった。

師匠と弟子という間柄ながら、互いに騙し合い、本心を探る。——これはそのような形の戦いとなるのだろう。

絶え間ない緊張の中で、竹千代の手習いは始まった。

三

順調に進む元服の様子を、太原雪斎は黙し、後ろから見ていた。

松平竹千代の元服式は、駿府館の北西に建つ浅間《せんげん》神社で執り行われた。

元服する竹千代は、童子の礼服である長絹を着て、鏡の置かれた神前に正座している。傍には、烏帽子親《えぼしおや》となる今川義元や、禰宜《ねぎ》などが立っている。

櫛、鋏、十二本の元結《もとゆい》、鏡、そして鬢盥《びんだらい》。それらが箱の内から出され、蓋の上へと置かれていく。また、義元は杉原紙を折り、それも近くに置いた。禰宜は杉原紙で小刀の柄を包み、その上を元結で結んだ。

多くの者たちが、竹千代のことを見守っており、駿河から来た松平家の連中のほかに、すでに姻戚となることが決められている関口《せきぐち》家の人間もいる。

仮名《けみよう》は、代々の岡崎松平当主が使ってきた「次郎三郎《じろうさぶろう》」に、諱《いみな》は義元からの偏諱《へんき》を受け「元信《もとのぶ》」とするという。

義元は柳の盆で竹千代の髪を受け、それを小刀で切っていく。すでに、何人もの家臣の烏帽子親をつとめており、実に慣れた手つきであった。切り落とされた髪は、禰宜に渡され、氏神へと納められる。

少年の月代《さかやき》を落とした義元は、続けて、元結を手に取り、髪を結い上げていった。

それを受ける竹千代は、おとなしく鏡を前に座りながら、軽く目をふせている。ひとりの若武者へと生まれ変わろうとする凜とした姿は、なかなかに見応えがあった。

〈それでも、あの子の正体は、まるで分からない〉

雪斎は、油断なく竹千代を睨む。

この一ヶ月、雪斎は竹千代の手習いを見てきたが、その心に、どのような欲望を秘めているのかは、いまだ摑めていなかった。

常に岡崎の民を想っているのは、理解できる。また、死んだ父親を深く慕っていることも、充分に伝わってきた。しかしながら、その奥にあるだろう少年の堕落が、どうしても見えてこない。

雪斎にとって、堕落とは人間の本質であった。それを理解することで、他国の将兵や自国の民草を、存分に操作できるのだが――。

〈さて、いったいどうするべきか？〉

なにしろ、これからの竹千代は、松平次郎三郎元信という岡崎当主であった。その判断は、西三河の将来を左右し、駿河の行く末さえ変えていく。上手く操らなければ、何らかの形で、今川家に害をおよぼすことになるだろう。

奴の本心を知ることは、雪斎にとって、まさに急務であった。

やがて、髷《まげ》を結い終わった竹千代は、次の間へと移った。そこには、大人のための礼服が用意されている。

武家の礼服である浅葱《あさぎ》色の素襖《すおう》に袴、そして、頭には黒の烏帽子。すべてを身に着けて出てきた竹千代は、まるで匂い立つ一輪の梅のような、実に艶やかな姿であった。

ここからは、元服の本式となる。竹千代をはじめ、皆は座敷へと移動し、祝言を上げるのであった。

座敷には、簡単な肴を載せた膳が並べられており、皆が着席した。雪斎も静かに末席へ座る。

まず、烏帽子親の義元から、竹千代改め元信へ、太刀や馬などが、引き出物として贈られた。その後、座敷では式三献《しきさんこん》が執り行われ、皆が肴を食しながら、盃の中の酒を廻し呑みする。

当然、雪斎も呑んだ。

本来ならば、僧侶の飲酒は戒律によって禁じられているが、この国では男色と同様に、酒に「般若湯《はんにやとう》」という名前をつけ、様々な言い訳を講じてきた。雪斎は、自らの堕落を認めながら、盃を隣へと廻した。

そのまま、膳の上のものに箸をつけることなく、じっと上座を見守る。

そこでは、次々に挨拶してくる客に対し、元信がそつなく対応していた。かの見事な若武者ぶりを見たいのか、かなり多くの者たちが、傍に集まっている。

〈まあ、無理もない〉

前髪を落とした元信の顔は、まるで花が咲いたかのように朗らかであった。ましてや、並外れて整った面や、あまりにも利発な態度など、当主としての器量を充分すぎるほど感じさせる。

案外、駿河衆からも、かの美貌になびく者が出てくるかもしれない。そのような危惧を感じさせるほど、元信の振る舞いは見事であった。

「どうした、御師殿《おし》」

少し離れたところから、声をかけてきたのは、先ほどまで烏帽子親として元信の傍についていた今川義元であった。四歳の頃から、ずっと雪斎に師事してきた義元は、今でも自分を「御師殿」と呼ぶ。

「見事な弟子の晴れ舞台ではないか。何かひと言、声をかけてくればよいものを」

「御屋形様の頼みで、少し手習いを見ているだけのこと。いまだ、弟子とは思えませぬ」

「そう云うわりに、しっかりとここまで、足を運んで来てくれたではないか?」

その言葉に、思わず雪斎は笑ってしまった。

この浅間神社と臨済寺は、ともに賎機山にあり、目と鼻の先ほどしか離れていない。足を運ぶというほどの苦労はないのだ。

「確かに、衰えてはきましたが、まだ、足腰に不安はありませぬ」

「氏真の婚儀も成ったゆえ、もう、隠居するかと思っていたぞ」

「まだまだです」

西三河の支配については、おおよそ完成したものの、いまだ、幾つかの国衆が今川家に対し、反意をあらわしている。また、三河の一向衆《いっこうしゅう》は、どれだけ法を強めても、従う素振りを見せようともしない。

ましてや、その向こうには織田家が控えているのだ。そう簡単に、安心などできるはずがない。

「むしろ心配の種は、あの少年です」

「竹千代が?」

「もう、次郎三郎元信のはず」

「そうだな。次郎三《じろうざ》だ」

義元は、元信の愛称を「次郎三」と決めたようであった。

「次郎三に、何か不安なことでもあるか？」

「そもそも、松平家の者に大きな権限を与えても、かの地の民草を混乱させるだけでしょう」

「それを、まだ云うか」

くすりと、義元は笑った。

「その議論は、氏真が竹千代に目をかけた頃から、ずいぶんやってきたではないか。やはり、あの子の才は伸ばす方がよい」

「このようなことが起きないために、吉田へと、三河の人質を集めたものを」

「それはかりは、観世十郎大夫の仕業ではあるが、まあ、天命でもあろうよ」

「天命ですか」

雪斎は、上座で微笑む元信の顔を見ながら、ため息をついた。

あの少年は、あまりにも父に似ている。かつて、若き義元が抱いた松平仙千代《せんちよ》、後の次郎三郎広忠に瓜二つであった。

その末路をよく知るゆえに、雪斎は、かの子息を義元へ近づけたくなかったのだが、十郎大夫の手により、その企みは水泡に帰してしまった。

「御屋形様」

「なんだ？」

「およそ一年半も、あの少年を見続け、何か、野心のようなものは見せませんでしたか？」

「そのような素振りがあれば、気づかぬはずがない」

義元は、鼻で笑っていた。

「常に三河のことを慮《おもんぱか》っている節はあるが、野心と云えるような態度は、まだ目にしていないな」

義元は、自身の欲望に忠実だが、それゆえに、他人の欲望にも恐ろしく敏感であった。その目に引っかからないのであれば、案外、何もないのかもしれない。

だが――、

〈それでも、一切何も感じさせないというのは、引っかかるものがある〉

と、雪斎は頭を悩ませた。

人とは、堕落した生き物だ。

懸命に欲を捨てようとした自分も、ついには堕落を自覚した。どんな人間にも、醜い欲望は存在する。

とはいえ、これまでも雪斎は、竹千代に向けて挑発めいたことを仕掛けたが、その反応は芳しくなかった。

〈いま一度、できれば御屋形様の前で、あの次郎三郎を追い詰めてみたい〉

何か、よい手段はないものかと、雪斎は袖に手を入れ、数珠を指で廻し始めた。

元信の周りにいる人間を、雪斎は注意深く観察する。今は祖母にあたる源応尼や、隣の屋敷に住む北条家の人々などの姿が傍にあった。

また、座敷の隅には、半年前に婚儀を終えた今川氏真もいるが、どうやら、元信に話しかけるつもりはないらしい。その顔には、なにやら複雑な感情が浮かんでいる。

ほかにも、どこから入ってきたのか、遠江衆や、さらに遠国の者の姿もあったが、その中に、このような席に不釣り合いな僧体の者があった。

〈あれは？〉

近ごろ、よく駿府にまで顔を出す服部左京亮友貞《さきょうのすけともさだ》という男であった。尾張の西に位置する鯏浦という地の者であり、尾張服部党の頭領をつとめている。

元は、尾張国守護の斯波《しば》家に仕えていたが、今は一向宗の門徒として、織田家の支配に抵抗していた。「敵の敵は味方」という考えなのか、よく駿府にまでやってきては、兵を出すようにと進言してくる。

おそらくは、西三河にも何らかの伝手《つて》が欲しいのだろう。義元の寵愛を受ける元信の元服式に顔を出すのは、むしろ当然のことであった。

思えば、尾張の情勢は、かなり混沌としてきている。

二年前の七月、尾張国の守護である斯波家の長が、家臣の清洲織田家によって殺され、その直後、織田信長は仇討ちとして主筋にあたる清洲織田家と戦い、これを破った。

結果、現在の尾張は、上四郡を守護又代《まただい》の岩倉《いわくら》織田家が、下四郡を信長の織田弾正忠家が治めるという、国を二分する事態となっている。

何かひとつ、波紋を起こせば、かの国の情勢は、さらに危ういものとなるだろう。

〈――利用できるな〉

目の前の服部左京亮を操ることで、尾張を混乱させられるならば、あまりに易いと雪斎は考えた。合戦の結果など、二の次でよい。なにしろ、上手くいけば、あの元信の真意を、しっかりと推し量ることができるのだ。

「何か、面白いことを考えたようだな、御師殿」

先ほどから、こちらを黙って見ていた義元が、楽しげに囁いてきた。

「はい。どのような結果となろうと、面白くはなるでしょう」

どう転んだところで、損はない。なにより今は、あの少年の正体を見極めることが、もっとも重要であった。

「なるほど。確かに御師殿には、隠居など似合いそうにない。そのように、合戦のことを考えているときが、一番楽しそうだ」

「戦わずして敵兵を屈服させるのが、最善なのですが」

「この戦好きが、よく云う。よくもそんな、思ってもいないことを――」

「まさか」

自ら合戦を楽しんでいるなど、ありえないと雪斎は思う。

だが、人の欲望を見抜く義元には、自分で知ることのできない本性が、見えているのかもしれない。

「まあ、御師殿が考えたことならば、反対はしない。その頭に描いた絵図面どおりに、進めてみよう」

雪斎はうなずきながら、上座で微笑み続ける元信を見た。

四

元服以後、竹千代改め元信の生活は、再び大きく変わった。

いまだ幼いとはいえ、前髪を落とした以上は、もう大人であった。ましてや、元信は岡崎の当主であり、様々な責任も生じてくる。

水争いや土地争いなど、様々な訴訟。神社仏閣あるいは朝廷への寄進。または、家臣に対する数々の命令。それらの文書に目を通し、決裁していくことが、成人した元信の仕事であった。

身柄こそ、人質として駿府に置かれたままながら、岡崎の政治も、執り行わねばならない。たかだか十四歳の少年にとっては、難しいことも多かった。

よって、駿府の屋敷には、元信の仕事を補佐するため、多くの武士が詰めることとなった。宿臣老将はひとりもいなかったが、元信と同年代の若者も多く、屋敷は一気に騒がしくなった。

それでも、元信の日々の世話は、下男である半蔵の役目であった。岡崎から小姓として送られてきたものもいたが、これればかりは代えることができなかった。

なにしろ、自分の身体を触らせることで、半蔵は元信に忠誠を誓っている。今朝も、駿府館へと出仕するため、元信は支度をしているが、着つけを手伝う半蔵の目は、じっと太腿を睨《ね》めつけており、非常にいやらしいものだった。

「なあ、半蔵」

「はい」

「こんな、元服した男の肌を、毎日、それほど熱心に見て、飽きてはこないのか？」

すでに声変わりし、前髪も落とした。顔はいまだ幼いものの、少しずつ背も伸びている。

「大人になった男など、面白くないだろうに」

「そんなことはありませぬ」

半蔵は、竹千代の背後で帯を結びながら、震えるような声で云った。

「若君は、今こそが花の盛りであります。この陶磁のような白い肌を、間近で眺められる幸福は、ほかにたとえようもない」

「大げさだな」

「いえ」

半蔵は首を横に振っていた。

「いまだ、今川の御屋形が執心しているのは、若君の身体が、あまりに御美しいためでありましょう」

「そうか」

竹千代はため息をついた。

この身体のことはともかく、今もって義元の寵愛が薄れていないのは事実であった。むしろ、駿府館へ出仕が増えたため、わざわざ呼び出す手間が省けたと、喜んでいる節さえある。今日も、あの蔵へ向かわなければいけないと思うと、元信の気分は大きく沈んだ。

元服すれば、このようなことは自然と減るだろうと思っていたのだが、どうやら、考えが甘かったらしい。

「不遜ではありますが、拙は、若君に御奉仕し、この御身体を作り上げたという自負のみで、生きております」

袴の紐を結びながら、半蔵が云う。

「若君に飽きるなど、絶対にありませぬ」

「確かに、不遜だな」

「申し訳ありませぬ」

半蔵は、頭を下げていた。

以前、半蔵には「私のために死ねるか？」と尋ねたことがあったが、そのときは「はい」と即答した。今でも、その性根は変わっていないであろう。

後ろから羽織をかけると、最後に半蔵は、後ろ衿を外側に半分折った。すべての支度をすませた元信は、やはり半蔵ひとりを供として、駿府館へと向かった。

駿府館の広間には、今川に仕える多くの忠臣が居並び、家格に従って着座していた。

上座には、今川義元。

その隣には、太原雪斎。

次に、家老格である三浦《みうら》家と朝比奈家の当主が座り、続いて、代々今川家に仕える駿河衆や井伊家などの遠江衆が座る。

最後に松平をはじめとする三河衆が着座し、その中でも立場の低い元信は、もっとも下座となった。

ただ、竹千代の傍には、あまり見かけたことのない僧体の男も座っていた。

〈こいつは、確か元服式にいたな〉

あの日、宴会の席には多くの人間がいたが、挨拶を交わした者の名を、元信は可能な限り記憶していた。

たしか「服部左京亮」という名前であったはずだ。かつて、半蔵は出自を「伊賀の服部党」と云っていたが、ならばこいつは「尾張の服部党」なのだろうと思い、その記憶が残っていたのだった。

集められた全員の出席が確認されたところで、評定《ひょうじょう》が始まった。

以前の村木砦のように、再び知多半島の支配へ向けて軍勢を発するのかと思っていたが、本日の議題は少し様子が違った。

雪斎が云うには、なんと、笠寺や熱田のさらに西にある蟹江《かにえ》という地が目標だと云う。

「この蟹江城攻めは、服部左京亮からの要請である。まずは、左京亮から説明を」

「はい」

服部左京亮は立ち上がると、広間の中央へ、絵図面を広げてみせた。

そこに描かれているのは、伊勢湾の地図であった。知多半島の城や、尾張の熱田湊や那古野城、そして件の蟹江城などが描き込まれている。

「現在、尾張は北と南に分かれ、大きな合戦になろうとしています。我ら服部党は、その隙を突く形で、南尾張の隅にある蟹江城を奪取したいのです」

服部が地図に描かれた蟹江城を指さした。

そこは、熱田の湊から西に三里ほどの河口であり、服部の居する鯏浦からは、東に二里というところであった。大きな町では、津島《つしま》がもっとも近い。

「ことに当たり、ぜひとも今川家の力を御借りしたい。今、蟹江城の城主は織田民部《みんぶ》なる入道なのですが、どうやら、水軍の数は足りていないらしい。我ら服部の船と、今川勢の数があれば、勝利は確実であります」

服部は、自信たっぷりに断言した。

もっとも、この場に集まった諸将の表情は、非常に険しい。

なにしろ、尾張における今川家の支配地域は、笠寺城や寺本《てらもと》城など点々としており、ひとつひとつが線として繋がっていない。軍勢を送り出すとしても、兵糧《ひょうろう》の確保などが非常に難しい状況であった。

ましてや、船による大量派兵となると、天候なども懸念される。攻め手としては、明らかに筋が悪かった。

〈まずいな〉

元信の心配は、やはり三河衆のことであった。

これまでも尾張侵攻にあたり、多くの三河衆が犠牲となってきたが、この無謀な計画が通れば、さらなる悲劇が生まれるだろう。とても首肯できるような内容ではない。

〈そもそも出兵となれば、どこから船を出すこととなる?〉

竹千代は、改めて絵図面を見た。

もっとも蟹江城に近いのは、山口親子が治める笠寺なのだろうが、途中、織田方の大高城《おおだか》などがあり、大勢を通すことはできない。

その南にある寺本城も、今川方ではあるものの、村木砦を落とされた今、刈谷を治める水野勢に邪魔されることとなる。

つまりは、かなり離れた吉田から、船で向かうしかないのだ。

「左京亮様。それでは、蟹江城の規模はいかに？」

末席ながら、元信は黙していることができなかった。ここでもの申さなければ、みすみす、家臣を犬死させることとなる。

「それは、こちらに」

服部は、手に持っていたもうひとつの絵図を広げた。

そこには、蟹江城と思われる城の縄張りが、しっかりと描かれている。

解説

【織田民部】　この織田民部という人物については、諱《いみな》などまったく不明であるが、当時の文書により、実在したことは間違いない。このように、古記録などに名前があるものの、織田家の系図に記載の無い人物は、意外と多い。《参考：『蟹江町史』（蟹江町史編さん委員会　一九七三年）》

「見てのとおり、城は本丸に二ノ丸、さらに平三丸という構えです」

「三郭も？」

「はい。そして、すべてを一括し、三重の堀が巡らされています」

確かに、絵図に描かれた城は、思っていたより規模が大きく、簡単に攻め入ることはできそうになかった。

〈これは、負ける〉

力押しで攻めたところで、この城が容易に落ちないだろうことは確実であった。いったい何を考えて、服部左京亮がこのような献策をしたのかは分からないが、絶対に反対せねばならない。

だが、周囲の駿河衆に、動きはない。このままでは、みすみす家臣を殺すことになるにもかかわらず、声を上げようとする者は皆無であった。当然、遠江衆や三河衆から、反対の声が上がるはずもない。

いったい、どうすべきか。元信が懊悩《おうのう》しているとき――、

「なかなか、面白い」

という、義元の声が広間に響いた。

「尾張が北と南で争っている今こそが、勝負の潮というものであろう。獲るならば、まさに今しかない」

その声を受け、服部は上座へ頭を下げていた。

思わず、元信は大きな声を上げそうになった。

今の義元の発言は、鶴の一声に等しい。いまだ、何かを論ずる前でありながら、その答えは決定されてしまったのだ。

たまらず、元信は上座を睨むが、そのとき気づいた。

義元の隣に座る雪斎の手が、袖の中で、かすかに動いている。

〈いつもの、あれか〉

雪斎が数珠に触れる癖であった。大抵の場合、雪斎が兵法を論じるときに出る。

元信の動悸が高まる。

〈まさか、この献策を仕組んだのは、雪斎様か？〉

自分が関わってもいない策に、心を動かされるような人ではないだろう。ならば、この蟹江城攻めは、雪斎自身が仕組んだものに違いない。

だが、その目的はなんであろうか？

少なくとも、勝機がまるでない戦いを、好んで立案することはないはずだ。ならば、何か勝利以外の目的がある。

一切の感情を表に出さないよう気をつけながら、元信は改めて雪斎を見た。

こちらの視線に気づいたか、雪斎もこちらに目をやる。

さすがに、表情は読み切れないが、いまだ袖の中の手は、動き続けたままであった。

〈あちらも、私を観察している〉

義元から異例の扱いを受けた自分を、雪斎が訝《いぶか》しんでいることは気づいていた。こちらの反応を試すような発言も、これまで何度かあった。

〈つまり、目的は私か〉

おそらく雪斎は、自分の元服式で会った服部左京亮に対し、蟹江城を獲るよう、上手く吹き込んだのだろう。左京亮は、自身の中に眠る欲望を操られ、献策を実行した。——すべては、この元信がどのような反応をするか、その目で見るために。

もし、反対してくるようなら、今後の処遇について、義元も何らかの対応をしてくるようになる。これ以上の厚遇を、元信は望めなくなるだろう。逆に、賛成してくるならば、その忠誠はたいしたものだ。自分の家臣に「死ね」と命じる覚悟を、この少年は持っているということになる。

どちらに転んでも、雪斎の立場からすれば、損はない。——死ぬのは、縁もゆかりもない三河衆だけなのだから。

早鐘のように、鼓動が速まる。

〈ちくしょう。落ち着け〉

この胸の内を、気取られてはならない。自分が今川家の滅亡を企んでいるなど、絶対に知られてはいけないのだ。

だが、このまま黙っていれば、多くの家臣が死ぬ。何の罪もない三河の民草が、負け戦に馳せ参じ、殺されることになるのだ。

――自身の野望か？

――家臣の運命か？

あまりに非道な二択であった。

〈鬼か、天魔か。太原崇孚雪斎〉

雪斎は、黙したまま、元信を見続ける。

何ひとつ、迂闊なことはできない。

〈耐えろ〉

少しでも気を抜けば、顔は怒りに満ち満ちたものとなる。元信は腹に力を入れ、強引に心を落ち着かせた。

その後、たいした議論も交わされないまま、蟹江城攻めは了承され、岡崎をはじめ、多くの三河衆が、船で尾張へ向かうことが決められた。決行は、伊勢湾の風向きがよい八月吉日と定められた。

後日のこと。

様々な文書の決裁を、自邸で学び続ける元信のもとに、蟹江城攻めに関した軍忠状が届いた。

数々の書状には、かの城での敗戦が、詳細に書かれていた。

はばかる者もない今、元信は、ぼろぼろと涙を流しながら、軍忠状を決裁していく。

――矢で頭を射られ、討死。

――槍で胸を貫かれ、討死。

――刀で首をとられ、討死。

こんなことで泣いている自分は、あまりに甘いと、元信は思う。なにしろ、これからいくらでも合戦はあるのだ。自分自身も、すぐに初陣《ういじん》を迎えるし、その場では、大将であるこの身を守るため、誰かに「死ね」と命じることもあるはずだ。家臣が死んだ程度のことで、いちいち泣いているわけにはいかない。

だが――、

〈それでも、許せぬ〉

こんな状況へ自分を追い込み、家臣を犬死させた雪斎を、元信は激しく恨んだ。この雪辱は、いつか、必ず果たしてやると、少年は胸の内に刻み込んだ。

五

蟹江城攻めは、雪斎が考えていたとおりの結末を迎えた。

服部党の水軍は、蟹江城の構えを崩すことができずに敗走し、吉田から送り込んだ三河衆も多くが死んだ。

とはいえ、雪斎にとっては、実に得るものの多い合戦であった。

服部水軍の戦力を、実戦で確かめることができたのも大きいが、何より、松平元信という少年に、家臣の「死」という決断を、目の前で迫れたのが出色であった。

あのとき、広間の端に座る元信は、ことの重大さを理解しながらも、それ以上の発言はなく、犠牲をおとなしく受け入れた。

〈あの歳で、よく自身の立場を理解した〉

雪斎は感心する。

服部左京亮の説明を聞いたとき、大声で反対してもおかしくなかった。情に厚いだけの当主ならば、そのようにしていただろう。

だが、元信は、じっと耐え抜き、今川家への忠誠を皆に見せたのだ。まさに、値千金の沈黙であった。

あの少年は信用に値すると、広間に集まっていたすべての将が思っただろう。元信はわずかな兵を犠牲にすることで、今後の岡崎を守り抜いたのだ。

だが――、

〈もうひとつ、確証が欲しい〉

と、雪斎は思う。

如何《いか》にして、少年は自身を律しているのか。それを見極めない限り、安堵はできなかった。なにしろ元信は、義元の寵愛を受けるだけの、多くの才を持ち合わせているのだ。――父・松平広忠と同じように。

そこで雪斎は、最後にひとつの「事実」を仕掛けることとした。


近ごろ、元信は学問に熱心であり、この臨済寺に泊まり込みながら、幾つもの本を読み進めていた。今日は、魏《ぎ》王・曹操《そうそう》が注釈を入れた『魏武帝《ぶてい》注孫子』を開き、熟読している。

「ずいぶんと、精が出るな。次郎三郎」

小さな部屋の中、生真面目に学問を積む元信に声をかけると、

「はい」

という、小さな声が返ってきた。

「雪斎様から習っているときも、そうですが、他人の注釈が入ると、より内容が深くなるよ

うに思われます。できれば、早くほかのものも読んでみたいです」

「それほど懸命に、兵法ばかりを学んでも、仕方あるまい。とくに今川家では、和歌を学ぶのが、もっとも尊ばれる」

「あれは苦手です」

「やらねば、困るのはそなただ」

痛いところを突いたのか、次郎三郎の顔が、やや曇った。

「ずいぶん前に、若君から習いましたが、やはり上達しませんでした。こればかりは、向き不向きというものが、あると思います」

「とはいえ、そのような我儘を、押し通せるとも思ってはおるまい？」

「はい」

すると、元信は軽く額を掻きながら、悪戯気に微笑んだ。

ときおり見せる、このような表情は、あまりに可愛らしく、義元や氏真から寵愛を受けるのも、大いにうなずける。

――もっとも、雪斎にとっては、ある人物を思い起こさせるだけなのだが。

「本当に、よく似ているな」

「え？」

「先代の広忠公と、瓜二つだ」

「父にですか？」

「そうだ」

雪斎は、首を縦に振ってみせた。

「よく云われます。源応尼様からは、祖父によく似ているため、気持ち悪いと云われたこともあります」

「清康公については分からぬが、広忠公ならば、拙僧もよく知っている」

雪斎が思い出すのは、義元が家督を相続してから半年後のこと、駿府へとやってきた十歳の少年・松平仙千代であった。

このとき、仙千代は家臣に父を殺されたうえ、岡崎城を奪われた。その後、各地を流浪した末、ようやく駿府へとたどり着いたのだった。

今の元信と同様、見目麗しい仙千代は、義元の寵愛を得た。岡崎城奪還の命《めい》を受けた雪斎は、急いで軍を招集し、三河へと攻め入った。間もなく城は陥落し、仙千代は岡崎へと戻った。

〈それが、まさか、あのようなこととなるとは〉

今、雪斎の胸の内にある言葉を告げれば、間違いなく、元信は心を乱すことであろう。

ならば、やはり云うべきなのだ。

「ついでだ。そなたの父親について、幾つか教えておきたいことがある」

「はい。なんでありましょうか？」

「実はな――」

雪斎は、元信の目を睨みながら、静かに云い放った。

「そなたの父を殺したのは、拙僧である」

目を見開き、元信は驚いていた。

「御冗談でありましょう」

「いや、謀《たばか》りではない。そなたの父は、拙僧が命じて、三河衆に殺させた」

「父は病死であったと聞いております」

「病死であったとしか、世には伝わらなかっただけだ」

「まさか」

雪斎が思っていたより、元信の態度は冷静であった。確かに驚いた様子は見せたが、いまだ半信半疑という感じであり、けっして狼狽《ろうばい》はしていない。

「詳しく、聞きたいか？」

「もちろんです」

頭を下げた元信に、雪斎は語り始めた。

「そなたの父が駿府を頼って以来、岡崎松平は今川家の傘下であった。三河国内や、尾張からの侵入にあたり、広忠公は実によく働いてくれた」

「私も、そのように聞きおよんでおります。父は、私の誇りです」

「そうであろうが、主家への裏切りは、やはり正さねばならぬ」

「裏切り？」

「ああ」

このとき、元信の顔に、わずかな変化があった。

まるで「裏切り」という言葉に、心当たりがあるように、わずかながら、目がつり上がった。だが、その激情は瞬時に抑えられ、すぐに元の涼やかな目元へと戻ってしまった。

いったい何を思ったのかは、想像がつかない。雪斎は、そのまま言葉を続けるしかなかった。

「かねてより、広忠公には駿府へ人質を出すよう、要請を重ねていた。つまり、そなたのことだ」

元信は、黙ってうなずいていた。

「だが、広忠公は、そなたを織田家へ人質として差し出してしまった。かつての恩を忘れ、堂々と織田の下へと走ったのだ」

「いえ、しかし――」

元信は、こちらへ身を乗り出してきた。

「私が織田の人質となったのは、六歳のころ、織田信秀によって、岡崎城が攻落させられたからです。けっして、裏切ろうなどと考えていたわけではありませぬ」

「その時点では、そうであろうな」

雪斎は、少しでも元信の変化を見逃さないように、元信と同じように、身を乗り出して語り続ける。

「しかしながら、その後、広忠公はけっして織田に対して自勢を出そうとはしなかった。今川と織田が戦った小豆坂《あずきざか》での戦いでも、岡崎に引っ込んだままであった」

元信は、何も云い返してこない。どうやら、小豆坂での戦いに岡崎衆が参加しなかったことは、事実として知っている様子であった。

「ならば、その振る舞いがけっして褒められたものではないということは、分かるであろう。今川から見れば、裏切りも同然の態度とも云える。織田方が勢力を伸ばしつつある状況において、とても、放っておくことなどできなくなった」

「それで、暗殺に至ったと？」

「そうだ。そして広忠公の死の十日後、我らは準備していた大勢を動かし、岡崎城を占拠した。これは、暗殺を指揮していたゆえにできたことだ」

語り終えた雪斎は、じっと元信の瞳をみつめた。

元信の立場からすれば、納得のいかない話であろう。自身が人質となったため、父が主家に暗殺されたなど、とても許せる話ではないはずだ。

もっとも、雪斎の話は、半分ほどしか真実ではない。

――雪斎は、暗殺を指示しなかった。

当時の情勢を鑑みても、広忠の存在は不要であり、暗殺という手段は、当然ながら検討された。だが、それを実行する前に、広忠が勝手に病死したのだった。

〈だが、次郎三郎からすれば、真実を知る術《すべ》はない〉

事実を織り込んだ嘘を見抜くのは、あまりに難しい。ましてや真相など、この雪斎の心の内にしかないのだ。

いったい、どのような反応を、元信が見せるのか。雪斎は黙し、元信を観察し続けた。

だが――、

「いえ、雪斎様。そのようなこと、とても真実とは思われませぬ」

と云いながら、元信は目を細めた。これほどの挑発に対し、少年は、花がほころぶような笑みを見せたのだった。

「つまりは、すべて拙僧の虚言だと？」

「はい」

「何ゆえに？」

「信なくば立たず。この言葉は、この部屋で雪斎様より教わりました」

——無信不立。

これは『論語』にある言葉で、「政治に必要なものは、何より信義である」という意味である。

「暗殺などで国を手に入れても、民草の信義は得られません。当時の情勢について、尾張にいた自分は詳細を知りませんが、三河の皆から不平が出たなど、耳に入ってはおりません。ならば、父はやはり病死であり、暗殺などなかったと思われるのです」

「ほう」

淀みなく答える元信に、思わず、雪斎は感心してしまった。

「それに、近ごろの雪斎様は、私の心を試すようなところがございます。今の言葉も、修養の一環かと思いました」

「ああ、なるほど」

たまらず、雪斎も笑ってしまった。

〈まったく、大した肝だ〉

父の死の真相などという話題を出され、心を乱さないことなど、ありはしない。

それでも、元信は感情の一切をおもてに出さず、ましてや、それを一笑に付して見せたのだった。この少年の本心は、いまだ分からないが、松平元信という男が、目を見張るような大器であることは、充分に証明された。

「そうだ。今の言葉は、すべて拙僧の妄言であった」

「やはり」

「確かに、そなたの器を知るために、いろいろと試させてもらった。不躾なところもあったであろう。まったく申し訳ない」

「いえ」

頭を下げようとする雪斎を、元信は留めながら云った。

「もともと、三河衆は外様《とざま》であります。駿河の皆様から信を得るには、これからも、積み重ねねなければならないことは数多いということでしょう、先ほどのことも、そのようなもののひとつかと心得ます」

「そうか」

元信の言葉を、どこまで信じてよいかは分からなかった。

だが――、

〈ここまでであろう〉

と、雪斎は考える。

いまだ、自分は少年の本性を見てはいないが、これほどの大器ならば、それも致し方ない。

すべてにおいて、元信の方が上手《うわて》であったというだけのことなのだ。

義元ならば、この少年さえ使いこなすだろうと、雪斎は信じている。

「ならば、次郎三郎よ」

「はい」

「今後とも、今川のために、忠を尽くしてくれ。拙僧から云えることは、それしかない」

「かしこまりました」

云うと、元信は丁寧に頭を下げた。

雪斎は安堵のため息を漏らし、その後、元信に『孫子』を念入りに講義した。

だが、わずかにでも元信に心を許したことは、雪斎にとって失敗であった。——このとき、元信の胸に渦巻いていたのは、狂おしいほどの殺意であった。

解説

【松平広忠の死因】　松平広忠の死因については、史料によって様々であり、暗殺されたとする説話も多いが、成立の早い『松平記』や『三河物語』は、いずれも病死と明記している。《参考：村岡幹生「織田信秀岡崎攻落考証」(『中京大学文学会論叢』第一号　二〇一五年)》

六

腹の底から湧き上がってくる憤怒を、元信は、まるで抑えることができない。

ほんの数寸先。

目の前に座りながら、手の中で数珠を弄る雪斎が、あまりにも憎くてたまらなかった。

〈何が妄言だ〉

雪斎から「裏切り」という言葉を聞き、元信が思い出したのは、かつて義元から聞いた「もう、裏切ってくれるな」というひと言であった。

あのとき、元信は義元の言葉から、父が義元の稚児であったことを確信したが、その裏切りの内容までは分かっていなかった。

それを今、雪斎は白状したのだ。

今川は、尾張の人質として、幼い元信を差し出したことを、「裏切り」と思っていたのだった。

〈そんな莫迦な話があるか〉

元信は、顔の表情を崩さないまま、深く憤る。

確かに、父は主家に断りなく、織田へと人質を出した。だが、それは主家である今川が、後詰めを出さず、岡崎を助けなかったからではないか。小豆坂での戦いに不参加であったのも、人質をとられている以上は、どうしようもなかったからではないか。

今川方の理屈は、あまりに身勝手としか云いようがなかった。

父の死について、病死か暗殺か、本当のところは分からないが、元信は、そのようなことを問題としていなかった。父が、岡崎の民草を救うためにした行為を、今川方が「裏切り」として認識していることこそが、何より腹立たしいのだった。

〈殺そう〉

この男から、すべてを学び取るまで、どうにか耐え抜こうと思ったが、もはや、我慢の限界であった。

〈ああ、すぐにでも、殺してやる〉

今、雪斎は静かに微笑みながら、袖の中の数珠を弄んでいる。

以前から、気になっていた行動であったが、たった今、これが機嫌のよいときの癖であることがはっきりした。

つまり、この男は兵学を好み、合戦に傾慕し、人を陥れることを大いに楽しむ質《たち》であるということだ。

〈こんな奴、絶対に生かしてはおけない〉

文机の上の書を指でめくりながら、元信は、今夜にでも行動を起こそうと、心に定めたのだった。

普段より冴えた月の上った夜。元信は唐鏡を覗き、自身の顔を確認した。元服し、すでに前髪は落としたが、いまだ充分な花はあると思われる。

――鮮やかな紅色の唇。

――月光を受け、朧《おぼろ》に輝く肌。

――憂いを帯びた、黒曜石の瞳。

柔らかな頬から細い顎へ、ゆっくりと指先で撫でていくと、気が引き締まっていく。

〈やはり、自分の武器はこれしかない〉

そう、肉体しかないのだ。

義元に抱かれ続け、濃厚な色香を放つに至った、この身体しかない。

元信は、舌で軽く唇を舐める。

胸元の懐剣を突き立てることができれば、どれほど気分が晴れるか分からないが、それはできない。自分が殺したと知られた時点で、すべてが終わる。

ゆえに、刃は使わない。

この色香をもって、奴を殺すのだ。

元信は、改めて小袖を着直し、帯を締めると、雪斎の自邸へと向かった。

思ったより、風が強い。

ふと空を見ると、黒い雲が光を遮り、夜気は一層濃いものとなった。

七

年が明け、正月十三日。

観世十郎大夫は、今川氏真邸での歌会始めの様子を、襖の隙間からうかがった。

この歌会のためだけに、多くの公家が京から下向した。戦乱が続く京では、もう、このような会など行われることはない。和歌を詠むには他国へ下り、当主に腕前を認められるしかないのだった。

もっとも、それは申楽とて変わらない。各地の大名の助けなしに興行を催すことは、もはや不可能であった。今川家のような理解ある武家の力がなければ、すぐにでも滅んでしまうだろう。

やりきれないが、致し方ない。

今日、十郎の一座は、歌会後に行われる音曲《おんぎょく》披露のため、一室が与えられている。間もなくくる出番のため、皆、準備に余念がなかった。

その中に、ひとり唐鏡の前に座り、面を手に持ちながら集中している者がいる。

見える。

――松平元信だ。

本来、成人した元信は歌会の方に出るべきなのだが、今日は十郎が頼み込み、仕舞をしてもらうことになった。ただ、面をつけてのシテは初めてのため、少し緊張しているようにも見える。

「すまんな、竹千代」

十郎は傍に寄り、じっと鏡を見つめている元信に声をかけた。

「本来ならば、俺がつとめねばならんところだが、今日ばかりは、さすがに駄目だ」

「構いません。大夫が身勝手なのは、いつものことではないですか」

「ああ、違いない」

「しかし、それほどまでに、弟君の前で自分の仕舞を観せたくないとは」

元信が、やや呆れたようにつぶやいていた。

今日、駿府館には、十郎の弟である観世元忠《もとただ》が来ている。どうやら、ほかの公家たちに紛れ、駿河まで下向してきたらしい。

「あいつとは、いつか舞台の上で勝負することになるだろう。今はまだ、できるだけ手の内を隠しておきたい」

「つまりは、秘するが花と?」

「そういうことだ」

十郎はうなずいた。

「あいつが下向してきたのは、おそらくは、御屋形様の要請だ。いつまでも俺が秘伝書を差し出さないから、しびれを切らしたってところだろう。まったく、面倒なことになってきた」

「とはいえ、私も暇ではないのですが？」

「ああ、よく知っている」

なにしろ元信は、明後日に婚儀を控えている。今川の縁戚である関口家から嫁を取り、主君の一門に入ろうという大切な式の直前であった。

解説

【観世宗節の駿河下向】『言継卿記《ときつぐきょうき》』には、弘治《こうじ》三年一月十三日に今川氏真邸で歌会始めがあったことが記されており、そこで観世十郎による音曲披露があったという。また、二月二十二日の条には、「観世大夫来」とあり、これは十郎の弟である観世宗節《そうせつ》（元忠）のことと思われる。どうやら二人は、同時期に駿府に滞在していたらしい。《参考：天野文雄「弘治三年の駿府の『観世大夫』は宗節か――戦国期における観世座の地方下向望見」（能楽学会『能と狂言』第十五号二〇一七年）》

「だが、お前の嫌いな今川の嫁だ。可愛がるつもりなんかないのだろう?」

「まさか」

元信は、こともなげに笑ってみせた。

「可愛がりますよ。精一杯に」

「ほう」

だが十郎は、少年が胸に抱える怨念を、よく知っている。今川から来た嫁を愛おしむとは、とうてい思えなかった。

「そういえば、面をかけて舞ったことは、あまりないだろう。本当に大丈夫か?」

普通、面の穴は目の位置と合っておらず、視界は極端に制限される。舞台の上では柱の位置くらいしか分からず、慣れた者でなければ歩くことさえ困難であった。

だが——、

「平気です」

と、元信は軽くうなずいていた。

「目をつむりながら、ものを演じるのは、もう慣れました」

そのとき、元信の顔に浮かんだ凄惨《せいさん》な笑みに、十郎の背筋が震えた。

「はは」

思わず、乾いた笑いが漏れてしまう。

「そうか。そういう男になったか。あの竹千代が」

「ええ」

元信は、流し目でこちらを見てきた。

「感謝していますよ、大夫。あなたが、こういう風に育ててくれた」

「俺だけじゃないだろう？」

十郎は、元信から視線を逸らした。とてもじゃないが、あの艶めく瞳をまともに見ることなど、できやしない。

「なんでも、太原崇孚が亡くなる前まで、臨済寺でいろいろと習っていたらしいじゃないか？」

太原崇孚雪斎は、今川義元の側近であったが、昨年の閏《うるう》十月に六十歳で往生した。そして、彼が亡くなる寸前まで、元信が師事していたとも聞いている。

「はい。雪斎様にも、たいへん御世話になりました。もっと、いろいろと学びたかったものですが」

元信の声は、とても柔らかいものであったが、それゆえ、逆に凄みがあった。

〈こいつ、殺《や》りやがったな〉

十郎は確信した。

元信は、その身体をもって、雪斎を死に至らしめたのだ。

なにしろ今の元信は、十郎自身でさえ手を伸ばしたくなるほどの色香であった。生臭坊主ひとりを籠絡《ろうらく》するくらい、簡単なものであっただろう。六十歳の老体に、この身体で迫られたら、もはやひとたまりもない。

〈これならば、『別紙口伝』を託した甲斐もある〉

十郎は、内心でほくそ笑む。

こいつならば、本当に今川家を滅ぼし、見事に駿河を乗っ取るかもしれない。そうなれば、自分の名声も上がり、中楽も世に残せるだろう。

ならば、今日の音曲披露は、そのための第一歩であった。

「まあ、俺は後見をつとめさせてもらう。お前も、しっかりやってくれ」

「ええ」

元信は薄く微笑んだ様子であったが、その顔を、十郎はまともに見ることができなかった。

中楽において、武家を題材にした曲は「修羅能」と呼ばれるが、その多くは、源平武者の主人公が、死後も修羅道で苦しむ様子を描く、つらい内容であった。

だが、そのような中において『田村《たむら》』『屋島《やしま》』『箙《えびら》』の三曲のみが、修羅の苦患《くげん》を見せることなく、合戦の勝利を言祝《ことほ》ぐ内容であるため、「勝修羅三番」と呼ばれ、武家では尊ばれてきた。本日、元信が演じる曲も、その中のひとつである『田村』であった。

歌会が終わり、皆が別に用意された宴席へ入るのを確認し、十郎大夫らも並び、仮の舞台を設えていく。

やがて、すべてが整うと、まずはワキがあらわれ、この場を「清水寺」だと説明し、続けて、童子の面をつけた元信が、シテとしてあらわれる。

「さればにや大慈大悲の春の花、十悪の里に芳《こうば》しく、三十三身《じん》の秋の月、五濁《ごじょく》の水に、影清し」

春となり、地主権現《じしゅごんげん》は花盛りであった。仏の慈悲を受けた花々は、人の世を清い光で照らし出していると、童子は云う。いまだ幼さの残る元信の声色は、この宴席を、瞬時に華やいだものとした。

十郎自身も、後見として御囃子の背後から観ているが、元信の仕上がりに驚きを隠せない。

〈まさに、衆人愛敬だ〉

舞台の上に立つ元信は、事前の申し合わせで見た姿とは、まるで違う艶やかさがある。これこそが、元信が持って生まれた花なのだろう。

やがて、音羽山《おとわやま》に月が輝き、いよいよ清水寺は、桜花の映える景色となっていく。

「春宵一刻価千金。花に清香《せいきやう》、月に影。げに千金にも替へじとは、今此時かや」

千金にすら、今この時を換えたくないと童子は謡うが、この場にいる全員も、そう思っているだろう。元信の謡と仕舞は、あまりに見事なものであった。

もっとも、この『田村』は前段と後段でシテの役が変わる。前段は今の童子だが、後段では坂上田村麻呂《さかのうえのたむらまろ》の霊となり、鬼神討伐の様を謡い上げるのだ。優雅な舞姿を見せていたシテが、後段では、一転して激しい仕舞となる。この曲相の変化が、『田村』の見どころのひとつであった。

やがて、童子は舞いながら、田村堂へと入っていく。

ここで中入りとなり、間狂言《あいきようげん》に入ることもあるが、十郎はそれを入れない。皆が童子の美しさに惚れ込んでいるうちに、すぐさま坂上田村麻呂を出したいのだった。

よって、元信には苦労をかけるが、急いで武者姿へと着替えてもらわねばならない。すぐさま十郎は、襖の向こうに消えたシテを、後見として追いかける。

だが、そのとき——、

「なあ、大夫よ」

と、唐突に声をかけられた。

見ると、今川義元が立ち上がっており、こちらに向かって歩いてくる。

「次の段、余も舞台に上がってよいか？」

「いったい、何を？」

「なに、鼓を叩きたいだけだ。後シテも次郎三なのだろう？　ならば、その仕舞に余も色を添えてみたい」

「殿様が？」

「ああ」

突然の申し出に、十郎は魂消《たまげ》る思いであったが、この方に心得があることも、よく知っている。

「もちろん、構いませぬ」

「おお、そうか」

云うと、そのまま義元は囃子方の下へと行き、小鼓を奪い、座ってしまった。

〈まあ、仕方がない〉

申し合わせもないまま、曲をやるのは不安だが、断ることはできなかった。間もなく、シテの着替えも終わり、後段が始まることとなった。

ワキの僧が、座したまま法華経《ほけきよう》を読誦《どくじゆ》していると、坂上田村麻呂——申楽では田村丸と呼ばれる猛将の霊があらわれる。

さきほどの童子とはうって変わり、平太《へいた》の面に、法被《はつぴ》、半切《はんぎり》、腰には太刀という武将出立《いでたち》であった。

「これぞ、すなはち大慈大悲の、観音擁護《おうご》の結縁《けちえん》たり」

田村丸は、僧との邂逅《かいこう》を、観音の慈悲のおかげだと喜び、続けて勢州鈴鹿《せいしゆうすずか》の鬼神を退治したことを語り始める。

――普天の下、卒土《そつと》の内、いづく王地にあらざるや。

この国土は、すべて王のものであると、地謡が謡うと、元信は、合わせて舞った。囃子方も掛け声を上げ、幾つもの音を重ねていく。

〈それにしても、何という腕前〉

十郎が感心したのは、囃子方に入り小鼓を打ち鳴らす義元であった。

小鼓は、打つ場所と力の加減で、様々な音を出せる楽器だが、それだけに、扱いは非常に難しい。しかし、義元は絶妙な掛け声を発しながら、柔らかな音を響かせていく。これが、大名の余技にすぎないのかと思うと、あまりに恐ろしかった。

田村丸は、神々の加護を受けながら、伊勢路を進んでいく。やがて、鬼神の声が天に響き、山々や木々が大きく揺れだす。

ここから、仕舞は「カケリ」という所作となる。その様は、まさに狂乱というべきもので、囃子方の拍子も、いっそう激しいものとなった。

元信は、くるりと身を廻しながら、鬼神と戦う田村丸を演じる。

広間からは、感嘆の声があがるが、やはり十郎は、義元の小鼓に舌を巻いた。シテや地謡と調和を図りながら、囃子方の拍子を引っ張っている。

今、この場を支配しているのは、間違いなく義元の音であった。

ようやく舞を留め、高らかに謡い始めた元信に、後見をつとめる十郎は近づき、崩れた鬘《かずら》の位置を直した。

面の下が、どのような顔になっているかは分からないが、義元の存在に気づいたのか、荒い呼吸に焦りを感じる。

十郎が離れると、地謡が鬼神の大挙を謡い上げる。元信は扇を差し込みながら、縦横無尽に舞い始める。

シテ、地謡、囃子方、すべてが興奮の頂点に向けて音曲を鳴らし、緩急自在に舞い踊る。皆の視線も、華麗に戦い続ける元信に注がれる。

――ひとたび放せば千の矢先、雨霰と降りかかつて、鬼神の上に、乱れ落つれば。

元信は床を蹴り、宙で回転した。

扇をかざして着地すると、皆がどっと沸く。

――ことごとく矢先にかかつて、鬼神は残らず討たれにけり。

あまりに素晴らしい仕舞と音曲に、十郎も鳥肌が立つ。

〈素晴らしい〉

舞った元信も、叩いた義元も、どちらも凄まじい。

ただ、後場の仕舞は、やはり義元の手によって動かされていた。もちろん、元信もそれに気づいていたが、流れを変えることはできなかった。

これまで義元が蓄積してきた「美」は、あまりに大きく、重い。――これほどの才を持つ少年でも、容易に勝つことはできないほどに。

〈本当に、こいつに賭けてよかったのか?〉

喝采する広間の皆を余所に、十郎は頭を下げる次郎三郎を見ながら、たまらない不安に襲われた。

第五章 前哨

preliminary skirmishes

さむしろに衣片しきこよひもや我を待つらむ宇治《うぢ》の橋姫

詠み人知らず　『古今《こきん》集』

橋姫の片しき衣さむしろに待つ夜むなしき宇治の曙

後鳥羽《ごとば》帝　『新古今集』

［現代語訳］

筵《むしろ》に袖の片方を敷き、宇治《うじ》の橋姫は、今夜も私を待っているだろう。

［現代語訳］

宇治の橋姫が、筵に袖の片方を敷き、男を待っていたが、むなしく夜が明けようとしている。

一

木下藤吉郎が、織田信長に仕え始め、五年が経った。

今、藤吉郎の一隊は、戦場の隅に布陣している。

浮野《うきの》という地の原野であった。

荒れた野に両軍が布陣し、先ほどから睨みあっている。自勢の総数は、およそ一千六百。対して敵勢の数は、二千に達するだろうと云われていた。

〈それでも、こちらが勝つ〉

藤吉郎は、確信している。

敵将の織田信賢《のぶかた》は、尾張上四郡を支配する織田伊勢守《いせのかみ》家の嫡男であった。

昨年のこと、信賢は父を岩倉城から追放し、伊勢守家を手中に収めた。今は美濃の斎藤義《よし》龍《たつ》らと同盟し、織田信長に敵対している。このまま城に籠もられれば、面倒なこととなるだろう。

——だが、そうはならない。

すでに岩倉城は、周囲に付城を築かれ完全に孤立した状態であった。このような戦況で、目の前に怨敵・信長の姿が見えれば、逆転に賭けて城から討って出るしかない。

まったく愚かしいと、藤吉郎は思う。

〈こんなことになる前に、打てる手はあっただろうに〉

付城の排除、他国への応援要請、そして、後詰めの算段と、藤吉郎は幾らでも思いつく。

眼前を確認すると、敵勢は、広い野の中央で縦長の陣形をとっていた。幾つもの旗指し物が列となり、こちらへ突撃する準備を整えている。

対して自勢は、横に広く陣を張り、連中を迎え撃つ構えであった。足軽大将として藤吉郎が配置されたのは、その右端である。

肩には重い鉄砲があり、背後に控えている二十名の足軽も、同様の装備を整えている。

このまま敵が正面から突っ込んできたとき、その背後に素早く回り込み、後ろから鉄砲を放つのが藤吉郎たちの役目であった。

成功すれば、その威力は絶大だろうが、囲むのに失敗すれば、敵陣で孤立し、一瞬にして斬り刻まれることとなる。藤吉郎は、自勢の勝利を確信しているが、自分自身の生死については、およそ五分五分と考えていた。

そのとき――、

「おう、そろそろ始まりそうだな」

という声が聞こえてきた。

見ると、馬廻りの服部小平太一忠が、やはり鉄砲を持って、こちらへと近づいてきていた。

「どうかしましたか、小平太さん」

「いや、せっかく鉄砲を持っているなら、右か左の端に行けと云われたんでな」

「上様に？」

「おうよ」

小平太は、とくに不満があるわけでもなさそうで、楽しげに笑いながら、首を縦に振っていた。いまだ鉄砲は貴重であり、自勢の中に百挺もない。ひとりでも射手が増えるなら、大歓迎であった。

「なら、一緒に行きましょう。始まったら一気に駆けて、敵の背を取りに行きます」

「ああ、心得た」

「それにしても、小平太さん」

藤吉郎は、一忠の持つ鉄砲を見ながら云った。

「そいつは、ずいぶんと新しいですが、まさか、買ったんですか？」

「ああ。うちの店《たな》で購入した」

云いながら、一忠は銃身を撫でる。

「前々から、数を揃えたいという話は出ていたからな。先日、いいのをひとつ手に入れてみたところだ」

一忠は津島商人の倅であり、親は有徳人《うとくじん》であった。これまで貧乏しか味わったことのない藤吉郎は、ひどくうらやましい。

「とはいえ、たった一挺きりだ。たいして役には立たないな」

「いえ、小平太さん。やはり、そいつは助かります」

どうやら、一忠は手に入れたばかりの銃を使いたいだけの様子であったが、それでも、藤吉郎にはありがたかった。

「これまで何回かの合戦で、こいつを扱ってきましたが、弾が当たったか外れたかは、どうでもいいです。むしろ、あちこちから音が鳴るのが、大切なのではないかと」

「音だと？」

「はい」

藤吉郎はうなずいた。

「合戦になれば、あちこちで鉦《かね》や太鼓を鳴らしますが、こいつも、そのうちのひとつだと思うのです。そいつが鳴れば、必ず人が死ぬという音だと」

「ああ、なるほどな」

すぐに理解したのか、一忠は感心したようにつぶやいていた。

「そっちに行けば死ぬと分かれば、もう、大勢は進めなくなる。敵方の士気は、大きく挫《くじ》かれるな」

一忠は、少し意地の悪い笑みを浮かべていた。

「それに普通なら、鉄砲なんて籠城のときしか使わないと思うものな。それを、この野っ原で撃ったら、あいつら驚くだろうぜ」

「そのかわり、こいつを持って走り回ることにはなりますがね」

「上等だ」

一忠は、歯を見せて笑った。

正午を過ぎた頃、一斉に両軍から法螺貝《ほらがい》の音が響き、合戦が始まった。

まず、弓矢の応酬があり、その直後に敵勢が馬蹄の音を響かせながら、自陣の中央へと突っ込んできた。

藤吉郎たちも、一気に前へと駆け出した。

わずか二十名の鉄砲隊だが、敵の後ろから弾丸を放てば、充分な効果が期待できる。轟音と黒煙によって、連中は身動きを取れなくなるだろう。

ただ、敵の大勢に気づかれることなく、その後方にまでたどり着くことが、大きな難関であった。

〈ちくしょう、重いな〉

鉄の塊同然の鉄砲を、肩にかけて走ると、たちまち息が上がる。

また、敵から隠れるためには、どうしても遠回りする必要がある。藤吉郎たちは、近くの林に身を隠しながら、少しずつ敵陣の背後に近づいていった。

やがて、戦局が動いた。

自勢は敵の突撃を受けきり、野の中央で乱戦となっている。翼を広げたかのような自陣が、徐々に閉じていき、敵陣を攻囲するような形に変わりつつあった。

「ようし」

藤吉郎は一気に駆け出した。目指すは、敵の背後を撃てる位置にある小さな丘であった。

走りながら、改めて自身の銃を確認する。火縄の火は消えておらず、また、弾も落ちていない。その場で一発は、確実に撃つことができた。

一番はじめに丘の上についた藤吉郎は、敵陣へ銃口を向けた。

引き金を引くと、轟音が冬の空を貫き、黒煙が上がる。弾が誰かに当たったかは確認できないものの、敵の動きには、明らかな動揺が見て取れた。

〈いける〉

そう思いながら、藤吉郎は火薬と弾を鉄砲に詰めた。その間に一忠も到着し、弾を放った。

ほかの者も、次々に敵陣めがけて撃ち込んでいく。

丘の上は煙で黒く染まり、向こうを見るのも難しいほどになった。

「こいつは、少しずつ前に進みながら撃つしかねえな」

云うが早いか、一忠は火蓋付近の火薬を吹きながら、斜面を降っていった。

〈なんて、危なっかしい〉

いくら視界が悪くなろうと、やはり高所に陣取っていた方が安全であった。先ほど、無理に弾を当てる必要はないと云ったはずなのに、あの馬廻りは無茶が過ぎる。

だが、格上の男を見殺しにすることもできず、藤吉郎は黒煙を手で払いながら、続けて丘を降りていった。

目の前の敵勢は、混乱の最中《さなか》にある。

なにしろ、敵の大将を討つこともできないまま、背後からは鉄砲で狙われているのだ。横槍さえ跳ね返すこともできず、討死するものが増え始める。敵陣は徐々に崩壊しつつあった。

藤吉郎は勝利を確信しながら、なおも弾丸を銃口に詰めた。

むしろ本番はここから。――逃げる敵の背を撃つ追撃にこそあった。

このまま、多くの敵兵に城へと戻られれば、また面倒なこととなる。せっかく野戦に持ち込んだからには、ひとりでも多くの者を狩らねばならない。黒煙に構わず、弾丸を発射しようとした、その刹那――、

「うわっ」

藤吉郎は、思わず叫び声を上げた。

煙を切り裂くように、何者かの刀が向こうから跳ね上がり、構えた銃の先端を跳ね上げたのだった。

〈しまった〉

いつの間にか、ずいぶんと丘を降りてしまっていたらしい。目の前には、すでに多くの兵が迫っている。

藤吉郎は、慌てて後ろへ下がり、眼前に弾を撃ち込んだ。黒煙の向こうで肉が爆《は》ぜ、血煙が舞う。

だが、次弾を込める前に、槍を手にした新手が詰め寄ってきた。

遠くから一忠の声がかかるが、返事をする余裕もない。藤吉郎は、手の鉄砲を投げ捨てると、腰の刀に手をかけた。

しかし、それを抜く間もなく、穂先は藤吉郎へと迫る。たまらず悲鳴を上げそうになった、そのとき――、

「――おらあっ」

獣のような咆哮とともに、目前の敵が打ち倒された。

よく見れば、単騎の武者が朱色の槍を振り回し、まるで草でも刈るように、敵兵を薙《な》ぎ払っている。

近くの敵を概ね斬り伏せると、騎馬武者は槍を頭上に上げて、血振るいした。

「おう、藤吉郎ではないか」

「その声は、又左殿か？」

「ああ」

黒煙と血煙の向こう、馬上にいるのは、槍の名手として知られる前田利家であった。腰に幾つかの兜首《かぶとくび》がぶら下がっているところを見ると、ずいぶん活躍しているらしい。

「かたじけない。今一歩でも遅ければ、死んでいるところでした」

「なあに、まだ安心はできまい」

利家は、槍の穂先を背後へと向けた。

その先には、混乱を極めた多くの兵が、いまだ逃げ惑っている。

「あいつらの首、すべてを刈り取るまで、今日は終わらぬ」

云うと、利家は顔を歪ませ、牙をむくような笑みをみせた。

「又左殿」

その鬼気迫る顔を見て、藤吉郎は不安になった。

「どうか、死なないように、お気をつけください。さきほどまで、死にかけていた自分が云うのも滑稽ですが」

「ああ、心得た」

利家は鐙を踏み入れ、再び槍を振りかざしながら、敵兵の群れへと突っ込んでいった。

なんとも危ういと、藤吉郎は思う。

初めて利家と会ったとき、あの男はずっと「死なねばならん」と云っていた。今でも、その心根は変わらないのであろう。

「やっぱ、ずいぶんと荒れているな。又左のやつ」

声をかけてきたのは、利家と同じ馬廻りをつとめる一忠であった。

「何か、あったのですか？」

「いや、たいしたことじゃねえが、近ごろは、何かと同朋衆《どうぼうしゅう》と揉めているようだ。妙に気が立っていることが多いぜ」

「はあ」

同朋衆とは、大名の奥向きの雑事を担当する小吏であったが、馬廻りや小姓なども主君に近侍することから、諍《いさか》いも多いらしい。

ただ、その程度のことを理由に、死に急ぐ利家の姿を、藤吉郎は寂しくも感じた。

この浮野の戦いは、織田信長の大勝で終わった。

千二百五十もの兵を討ち取り、その中には幾人もの重臣が含まれていた。前田利家が討ち取った小姓頭・宮井勘兵衛《みやいかんべえ》の首も、そのひとつであった。

その後は攻城戦へと移行したが、多くの家臣を野戦で失った城では、いつまでも粘れるものではない。信賢はおよそ二ヶ月後に降伏し、後に追放処分となった。

この合戦に勝利したことにより、織田信長は、ほぼ尾張の統一を果たした。

だが、信長にとっての試練は、岩倉城から遥か南の地で起こっていた。

かの笠寺の山口親子が、長年にわたり構想していた「大高城調略」を実行へと移したのだった。

二

山口教継に、織田家を裏切ったという認識はない。

そもそも、山口家は笠寺付近を本拠とする土豪のひとつであった。その末裔である山口教継は、はじめ那古野の今川家に従っていたが、後に信長の父である織田信秀に伺候し、三河衆と戦うことで名を上げた。

その後も、教継は信秀に重用され続け、ついには、三河との国境にある鳴海城を任されるまでになった。

だが、後に信長が家督を継ぐと、織田家を見限り、駿河の今川家に付き従った。間もなく、笠寺城に駿河勢を引き入れ、自身は桜中村城に立て籠もった。鳴海城を任せた嫡男・山口教吉は、出陣してきた信長と戦い、見事に撃退してみせた。

このとき、「義元の尾張侵攻は、このまま一気に進むだろう」と、教継は考えていた。

だが、今川家の動きは慎重であった。

当時、三河支配の指揮をしていた太原崇孚雪斎は、三河各地に城代を置き、駿河衆による直接支配を構築していたが、同時に、武田家や北条家とも交渉を続け、ついには甲斐・相模・駿河での三国同盟を結ぶに至った。

すべては、後顧の憂いを断ち、尾張侵攻に集中するための戦略であった。

教継は、調略により陥落させた大高城より伊勢湾を眺める。

この大高城は、広さだけなら鳴海城の半分程度だが、城下には湊があり、船の発着が可能であった。また、傍には大高道もあり、陸路からも多くの兵を入れることができる。

伊勢湾に接する小山に築かれた城は、二重の堀と土塁に囲まれ、総構《そうがまえ》には士卒の屋敷まで配されていた。今川の本軍を迎え入れるには、十全なものであろう。

北を見れば、かつての居城であった笠寺城があり、北東には、嫡男・教吉の鳴海城も見える。

東の山の向こうには、沓掛《くつかけ》城という名の城もあるが、そこも、この度の調略で陥落した。

大高、沓掛、そして鳴海。

この三つの城は、鼎《かなえ》の足のような位置関係にあり、相互協力することで、より力を発揮するだろう。

〈慧眼《けいがん》でありましたな、雪斎様〉

なにしろ、大高と沓掛の二城を手に入れるように指示を下していたのは、今は亡き太原雪斎であった。

――尾張の地を織田家の者どもが相争っている隙を突き、いかなる手段を使ってでも、大高と沓掛を、今川方のものとして欲しい。助力を惜しまぬよう、御屋形様にも話はつけよう。

かつて、織田信秀の息子と、岡崎松平の小倅の人質交換があったとき、教継は両家の間を斡旋《あっせん》していたが、そのようなおりに云われた言葉であった。

このときは、まだ身の振り方について迷っていた教継であったが、次のひと言で、その考えを変えた。

――今川が尾張の地へと入った暁には、山口家には熱田を任せたいのだ。

熱田の支配——。

それは、あまりに魅力あふれる提案であった。

古くから熱田は陸海運の要衝であり、隣の津島とともに、非常に商売の盛んな土地であった。その利潤こそが、尾張を治める織田家の力の源であることを、教継はよく知っている。

それを、まるごとくれるというのだから、実に景気のいい話であった。

どうやら、今川家の目的は、かつて織田信秀の調略によって奪われた那古野のみのようで、そのほかは二の次らしい。教継は、今川家に協力することを、その場で約束したのだった。


岩倉城で信長が攻城戦をしている隙を突き、教継は見事に、大高と沓掛の二城を手中へ収めた。雪斎との約束から実に十年、ようやく達成した悲願であった。

やがて今川から、今後の相談も兼ね、ぜひとも駿府で歓待したいという連絡が、教継へと入った。外様への申し出としては、破格であろう。すぐに教継は、重代の家臣と息子の教吉を引き連れ、東へ向かった。

道行く先々で、駿河衆に挨拶していこうと思った教継は、まず三河の岡崎城へと立ち寄った。この地は代々、松平家の者が治めていたが、今は今川家により、山田景隆《やまだかげたか》という男が城代を任されている。

ところが、ここで思いがけない人物に出会った。

「これは、山口左馬助《さまのすけ》様。この度の見事な御手際、祝着《しゆうちやく》に存じます」

岡崎城の二ノ丸で、幾人もの三河武士を引き連れた若武者が、こちらに向かって頭を下げてきた。

「そなた、まさか竹千代君か」

「はい」

頭が上がると、その顔には、かつて笠寺で見たときの面影がある。間違いなく松平竹千代――、今の松平次郎三郎元康《もとやす》であった。

歳は十八。諱はかつての「元信」から、祖父・清康公から一字を貰い「元康」と改めていた。

「これは驚いた。あのときの童子が、まさか、これほど芳しい若武者になっていたとは」

「そう云われると、こそばゆい思いがいたします」

「いやいや、褒めているのだ。そなたの評判は、笠寺まで伝わっているからな」

なにしろ、数ある人質の中から、ただひとり駿府へと呼ばれ、義元の寵愛を受けた若者であった。烏帽子親も義元であり、妻は関口家の姫君であるという。

まさに、新世代を象徴する、若き貴公子であろう。

「しかし、普段は駿府に詰めていると聞いていたが、なぜ岡崎に？」

「近ごろは、たびたび戻っております。昨年も、合戦などありましたゆえ」

「なるほど、そう云えば」

ここ数年、西三河の各地では、反乱が相次いでいた。その度に三河衆が出張り、連中を退治していたのだが、今の元康は、その指揮もとっているらしい。

「では、左馬助様。この次郎三郎が、本丸へ御案内いたします」

すると、元康は後ろへ下がりながら、教継の一歩を促し、そっと隣へ立った。そつがない動きに感心しながら、教継は本丸へと向かった。


本丸の館で、教継は山田景隆から手厚いもてなしを受けたが、その間も気にかかるのは、彼の隣に座る元康であった。

〈まさか、あのときの小倅が、これほど見目麗しく成長するとは〉

端正な薄い唇に、筋の通った鼻梁、そして何より、深い眼窩《がんか》で冴える目元が、あまりに美しい。これならば、確かに義元公の寵愛を受けてもおかしくなかった。

また、駿河衆の城代と見比べても、礼儀作法に遜色はない。むしろ、手際のよさでは、元康の方が優れているようにも見える。

やがて、広間には酒肴が運ばれ、一同が馳走を受けることとなった。元康が傍に侍り酌をしてくる。

「それにしても、立派に成長したものだ、次郎三郎殿。あのときの竹千代君が、よくぞここまで」

「恐悦であります」

「いやいや、いやいやいや」

頭を下げようとする元康を、教継は慌てて留めた。

「人質の身でありながら、よくぞここまで立派になってくれた。まさに、外様大名の希望よ。さあ、そなたも一献」

教継が瓶子《へいし》を手に取り、傾ける仕草を見せると、元康は盃を手に取り、こちらへ差し出した。教継は酒を注ぐ。

「では、いただきます」

軽く頭を下げると、元康は盃に口をつけ、一気にあおった。なかなかの呑みっぷりにも、やはり教継は感心する。

「よい男振りだな。一切の遠慮がないのが素晴らしい」

「このような場で恐縮するのは、かえって失礼に当たると教わりました」

「それは、御屋形様にか？」

「はい」

わずかに目元を赤らめながら、元康がうなずいた。

教継は――、

〈なるほど。この青年こそが、次の王として選ばれたのか〉

と、深く感じ入った。

そもそも、駿府で教育を受け、常に義元の傍に侍るなど、まさに破格の扱いであった。すべては、この青年の持つ美貌と才能に、義元が魅入られたためだろう。その期待に応え続けた元康には、感服するしかない。

その日の宴は大いに盛り上がり、間もなく陽も沈んでしまった。教継たちは二ノ丸の屋敷で一泊し、翌朝に発つこととなった。

大いに酔った教継は、用意された部屋で気分良く横になり、そのまま寝入ってしまった。


翌朝。

元康は二つの木箱を家臣に持たせ、本丸の館を訪《おとな》った。上手《かみて》に座る城代へ、木箱を差し出させる。

「御確認を」

「うむ」

城代を務める山田景隆は、わずかに蓋をずらし、中身をちらりと見た。

おそらくは、髷《まげ》しか見えていなかっただろうが、景隆は納得した様子で、蓋を元へと戻した。

　箱の中は、山口教継と、その嫡男・教吉の首であった。

　昨夜、二人が寝静まった後、元康の指揮で暗殺し、首を斬った。彼らが連れてきた家臣も同様に、すべてを殺して埋めさせた。

「面倒をかけさせたな。次郎三郎殿」

「いえ」

　元康は首を横に振ってみせた。

「駿府から、山口親子誅殺《ちゆうさつ》の命を運んだのは私です。ならば、私自身で始末をつけてしまった方が、御屋形様への説明も容易かと思いました」

「それならば、助かる」

　云いながらも、景隆の顔は、倦《う》み疲れたものとなっていた。

「しかしながら、このような御命令は、勘弁してもらいたいものだ。いくら外様といえども、功を成した者の首を斬るとは、慚愧《ざんき》に堪えぬ」

「そうでしょうか？」

　普段と変わらぬ穏やかな顔のまま、元康はつぶやいた。

「このたび、山口親子の手際は、あまりに鮮やかすぎました。実は織田方と通じ、御屋形様を罠にかける次第であったという噂もあるくらいです。捨て置くことはできません」

「申し開きくらいは、させた方がよかったのではないか？」

「それで御屋形様の裁可が変わることなど、ありえるでしょうか？」

「むう」

景隆は、小さく唸っていた。

「だが、次郎三郎殿。このたび、我らは織田から今川に寝返った者の首を刎《は》ねた。つまり、今後は織田からの寝返りなど、まったく期待できないこととなるな」

「はい」

「果たして、それが上策と云えるか？　降伏が許されぬ以上、尾張の連中は、死に物狂いで向かってくるぞ。本当に、それでいいのか？」

「おそらくは、構わないのでしょう」

元康は、つとめて冷静に云った。

「兵糧さえ確保できれば、今川は必ず、織田よりも多勢で攻め入ることができます。降伏を許す必要などありません」

「そのような無茶が通るのか？」

「力とは、無茶を通すために振るうものです」

強く睨むと、間もなく景隆は何も云わなくなった。扱いやすくていいが、この岡崎を任せるには少し頼りないと、元康は思う。

再び二つの箱を家臣に持たせると、元康は頭を下げ、館を後にした。

〈ようやく、好機が到来した〉

歩きながら、元康は拳に力を込める。

今川家に復讐を誓った嵐の夜から、間もなく六年になるが、ついに元康が待ち望んでいた事態に近づいてきた。

かの今川義元を無残に殺し、駿河を乗っ取るには、その身を戦場へ晒させ、敵に討ち取らせるしかない。

だが、甲相駿の三国同盟が成り立っている今、戦う相手は尾張以外にはなく、その地に大勢を踏み込ませるには、大高城の確保が必須であった。

まさに事態は、元康が望むものとなりつつある。二ノ丸へ戻る途中、春の蒼天を見ながら青年は思う。

――絶対に、弑《しい》し奉る。

秘するが花と思いながら、ずっと抱えてきたこの怨讐を、必ずや晴らす。

こみ上げてくる笑いを堪えるため、元康は拳の中で爪を立てた。

三

松平元康は、首が腐らないように首桶へ石灰を詰め、そのまま駿府へと戻った。

駿府館において、今川義元に口頭での報告を行い、詳細は書面に記す旨を伝える。上座の義元は、とくに感慨もない様子で受け答えた。

「そうか。手間をかけさせたな、次郎三」

「いえ、里帰りのよい機会でありました」

元康は平伏しながら、返事する。

「ならばよかった」

「はい」

「では、幾つか話しておきたいことがあるゆえ、後ほど、余の部屋へ」

義元は云い残し、自身は奥へと下がっていった。

元康は、心の中で苦い顔をする。

ここで義元が云う「部屋」とは、屋敷の中庭に建てられた奇妙な蔵のことであり、いまや、ふたりの逢引きのための私室となっていた。

あの男が、いったい何を考えているのか、もはや、元康にはよく分からない。ただ、この身体に、まだ利用価値があるならば、存分に活用する腹積もりであった。

元康は、今年で十八となった。元服はもちろん、婚儀もすませ、間もなく第一子が生まれようとしている。

〈そんな男を、まだ抱き続けたいというならば、どこまでも奉仕しよう〉

と、元康は強く思った。

思えば、山口親子誅殺という下策を義元が採用したのは、元康の進言が原因であった。

少し前、あの部屋で義元に抱かれた後、元康は――、

「わざわざ熱田や津島を、尾張衆にくれてやることはありません。せめて、かの地には駿河から譜代を置き、笠寺などにも、今まで苦労を重ねた三河衆を引き立てて貰えれば」

と懇願したことがあった。

山口親子の排除には、様々な要因が関わってきたのだろうが、その一助となったことは間違いない。

今川を敗戦へと導くには、まだまだ、義元を操っていかねばならない。そのためには、この顔も身体も、徹底して利用するしかなかった。

蔵に入ると、元康は必ず、義元の手で丁寧に化粧させられた。これが、今の元康には、どうにも気恥ずかしい。

「少し、顔が赤いな」

どうやら、珍しく表情に心情が出てしまっていたようであった。元康はおとなしく、恥辱に耐える。

本日、羽織らされた打掛は、金糸で鳳凰が描かれた代物で、海道一の弓取りである今川義元にしか手に入れられないだろう逸品であった。当然、それを着ることができるのも、元康以外にはあり得ない。

間もなく、顔には白粉を塗られ、紅まで入れられる。鏡の中に映る自身の姿は、男を狂わせる傾城そのものであった。

「やはり、よく似合うな。次郎三」

情人の化粧を終えた義元が、機嫌よく囁いてくる。

「そなたは常に盛りだ。もはや衰えることなどあるまい。来年になれば、今年より色香が増していることだろう」

「そんな莫迦な」

「それほど莫迦な話でもあるまい。衆人愛敬と呼ばれる者ならばな」

幼いころに学ばされた『今川状』には、上に立つものの資質として「衆人愛敬」と書かれていた。義元が理想とする君主とは、そのような姿なのかもしれない。

「だがな、次郎三よ――」

何かを云いかけ、義元は唇を元康の口元へと寄せてきた。元康は応じ、少し首を傾けながら、口を開く。

互いの舌先があたると、そのまま二つの舌は絡み合った。ほかの者に見られたら、自刃するしかないほど、破廉恥な口づけであった。自分の妻が相手でも、このようなことはしたことがない。

ようやく唇が離れ、元康は荒く息した。

「次郎三。このたびの一件は、そなたの考えに従ったわけではない。余が、戦場に立ちたかったというだけなのだ」

「意味が、よく分かりません」

「何を今さら」

義元は、喉を鳴らして笑った。

「余を戦場へ引きずり出したかったのだろう？　この義元の首を落とすために」

思わず、元康は息を呑んでしまった。

これまで、秘中の秘としてきたことを、実にあっさりと、義元の口から云われたのだ。

六年間の苦労を、すべて瓦解させるような事態に、元康は言葉を失う。

ただ、「秘するが花」の習性だけは崩れずにすみ、元康の顔には、ただ意味ありげな微笑みが、自然と浮かんでいた。

「そうだ。そなたは、その顔でいい」

やはり、義元は耳元で囁きながら、元康の背に手を伸ばし、帯を解いてくる。

「そなたは、ずっと隠し通せばよい。その殺意こそが、そなたを美しく輝かせる。秘め事は、秘めてこそ麗しいのだ」

帯が落ち、鳳凰の打掛も、後ろへとずれ始めた。

「気づかれていないと、思っていたのだろう？　だが、その殺意を植えつけた本人が、自身に向けられる刃のような視線に気づかぬなど、あるはずがない」

元康は何も返事できなかったが、義元は構わず続ける。

「確かに、御師殿が相手なら、気づかれなかったはずだ。あの方は、心の機微をよく摑んだが、表情が出ない次郎三の真意は、さすがに分からなかっただろう」

「おっしゃる意味が、よく分かりませんが」

「ああ、それでいい。余も御師殿から問われたとき、何も答えなかったからな。これからの楽しみを、邪魔されたくなかった」

云うと義元は、こちらの懐へ手を滑り込ませ、何もない胸元を揉みしだいてくる。

「せっかく、ここまで育てた殺意だ。たとえ御師殿にも、干渉して欲しくはなかった。それが、あの方の寿命を縮めたのは残念ではあるが、まあ、そなたも、無理に苦しめて殺したわけではあるまい」

確かに、刀で刺したわけでも、首を締めたわけでもない。自分は、毎夜のように求めるようになった雪斎に応じ、身体をひさいだだけであった。結果として、わずか一ヶ月で雪斎は亡くなったが、このような行為を「殺す」とは云わないだろう。

「だから、それは構わないのだが、しかしながら、次郎三よ――」

強く睨みながら、義元は断言する。

「織田弾正忠家との合戦は、余の意思を以って執り行う。たとえそなたでも、邪魔はさせぬ」

「ええ、分かりました」

元康は、義元の頰を手で撫でながら、返事する。

「いまだ、殺意という言葉については、首肯しかねますが、とにかく、御屋形様は尾張について、何か執着がある様に見られます。私は何も邪魔立ていたしません」

「そうだな。そなたが余を激しく憎むように、余も那古野の地が、憤懣やる方ないというだけだ」

「那古野が？」

「ああ」

ついに義元は元康の身体を押し倒し、強引に胸元を開いた。

「かつて、あの地の城は、余の弟である今川左馬助氏豊《うじとよ》のものであった。それを、織田弾正忠信秀が、奸計《かんけい》で奪い取ったのだ」

その話は、幼いころ、織田信長から聞いたことがあった。また、今川氏豊という人物についても、この駿府で「那古野様」と呼ばれていることは知っている。

「まあ、余は、この蔵に入るはずのものを盗まれて、黙っていられるほど、おとなしくはないということだ」

義元は、自分の手で着つけした元康の衣装を、乱暴に引き裂いていく。

「ゆえに、この合戦は、余の意思なのだ。そなたが何を考えようと構わないが、それだけは、よく覚えておいて欲しい」

たちまち半裸にされ、義元の下に組み敷かれた元康は、おとなしく首肯するしかなかった。

とにかく、今は黙っているしかない。この殺意が悟られたとはいえ、頭の中で描いた謀《はかりごと》までが、知られたわけではないのだ。

だが――、

「それだけ理解していれば、刈谷水野に応援を頼もうが、岡崎の兵を動かそうが、一向に構わぬ」

と、義元に囁かれ、元康は絶句した。

〈全部、読まれている〉

織田との合戦になったとき、元康は、義元の本陣を背後から襲おうと考えていた。そして、そのための応援に、母方の実家である水野家を頼りにしていたのだった。

現在の水野家は、織田や今川に対して中立の姿勢をとっているが、母や祖母の伝手を使えば、充分に説得は可能だと、元康は考えていた。

だが、義元は元康の策を読み、この場で刈谷水野の名前を出してきた。

この六年間の忍辱《にんにく》は、すべて無駄になったと云ってよい。

「よい顔をしているな、次郎三よ」

たっぷりと元康の肌を味わった義元は、用意していた膏薬を手に取り、指で中身をすくい取った。

「憤怒や悲哀を、丹念に重ねていくたびに、そなたは麗しくなっていく」

股間のさらに奥を、念入りに弄られるおぞましさに、元康は唇を嚙みながら、顔を横にそむけた。

「つまりは、調和の美だ。次郎三よ」

そんな元康の頰を片手でつかみ、義元は強引に顔を正面へ向けた。

元康は、強い目眩を覚える。

その眼には、義元の顔を中心に、蔵に飾られた数々の宝物が、ぐるぐると回って見え始めていた。

「そいつを積み重ねていけば、いずれは衆人愛敬も極められるであろう。そなたはそのまま、父の仙千代を超えていけばよい」

父の幼名を出され、思わず元康は呻いてしまった。遥か昔に、父も同じような目にあったのかと思うと、怒りが腹から湧いてくる。

「ならば、余は破調を極めようか」

云いながら、義元は一気に貫いてきた。

「その邪魔だけは、そなたにもさせぬ。絶対にだ」

身も心も抉《えぐ》ってくる義元に対し、半裸の元康は、ただただ喘ぎ、哭《な》き続けることしかできなかった。

その年の三月、今川義元は、駿府・遠江・三河の街道沿いに宿駅を設け、それぞれに伝馬《てんま》役《やく》を課した。これにより、領国での物資流通が整備され、尾張までの連絡も円滑なものとなった。

さらに義元は、大勢を動かすための軍法を制定布告し、自領のすべてが臨戦態勢に移行したことを広く示した。

織田と今川が激突する日が、刻一刻と迫りつつある中、松平元康は、じっと男時が来るのを待った。

――この男時女時とは、一さいの勝負に、定めて、一方色めきてよき時分になる事あり。これを男時と心得べし。


観世十郎が元康に託した『花伝第七　別紙口伝』には、そのようにある。

どうやら、すべての勝負には、男時と女時というものがあるらしい。勝負が続けば、この男時女時も激しく入れ替わり、その見極めこそが肝要であるという。

〈ならば、今の私は女時なのだ〉

そのように、元康は理解した。

義元は、元康の殺意を、完全に理解していた。なにしろ、義元自身が殺意を埋め込み、それを大切に育てていたという。

元康を、より美しく育て上げるために。

まさに、これまでの六年間が、すべて崩れ去るひと言であった。「秘するが花」など、もはや意味がない。すべては始めから、義元が仕組んだことだったのだ。

今、元康は絶望の淵にある。

いっそ、自決してしまった方が、どれだけ楽だろうとも思う。

それでも、そうしないのは、たった一冊分だけ、義元を相手に有利に立てる本『別紙口伝』が手元にあるからだった。

この六年で、元康はあらゆることを、義元から学んだ。

儒学や兵法はもちろん、検地や租税などの国家運営から、和歌や茶道などの文化芸術に至るまで。おおよそ、義元が学んだ知識は、元康も持ち合わせていると考えていい。

ゆえに、絶対に義元が未読であろう『別紙口伝』は、元康にとって、最後の希望であった。

駿府の自邸で、公事《くじ》や軍事に関する定書《さだめがき》を整えながら、元康はじっと情勢を窺い続けた。

五月になると、義元は、家督を氏真へと生前譲渡した。これもまた、自身が西進するための準備であった。

また、沓掛城の縄張りを広げさせ、より多くの兵が居住できるよう対応した。

対して信長は、大高城や鳴海城を包囲する付城を築き始めた。その数は総じて五つにもなり、極めて大規模な防衛戦となった。

以降、東尾張や西三河で、小競り合いが散発する。元康は駿府から三河衆を指揮し、じりじりと男時を待ち続けた。

その兆候を元康が感じたのは、大戦が寸前まで差し迫った翌年の初夏であった。

ついに互いの小競り合いが、三河の海岸にまで達したらしい。織田方の焦りは凄まじく、わざわざ船で三河まで出て、村々を焼き払っているという。

〈これが、潮か〉

その報を駿府の自邸で聞いたとき、元康は、ついに訪れた男時を実感した。織田方からすれば、苦し紛れの後方攪乱《かくらん》であろうが、元康からすれば、まさに待ち望んでいた展開であった。

今、たったひとつの策が、元康の胸の内にある。

それは運否天賦《うんぷてんぷ》も同然であり、元康からすれば、とても策とは云い難いものではあったが、それでも、義元の喉元へと突き立てる牙となるかもしれない。

〈いずれにしろ、失敗は絶対にできない〉

なにしろ、これは「謀叛」であった。少しでも露見するようなことがあれば、自分が治める岡崎など、瞬く間に滅ぼされることだろう。

つまり、この策を知るのは、絶対に「自分ひとり」でなければならなかった。

四

服部半蔵保長《やすなが》は、今から三十年前、元康の祖父である松平清康に仕えていた。

半蔵は伊賀で生まれたが、すでに服部家は武士として落ちぶれており、ましてや半蔵は庶流であった。

若き半蔵は服部党を抜けると、まず京へ上り、ときの征夷大将軍・足利義晴《あしかがよしはる》に仕えた。武家でもっとも偉い人の傍にいれば、自分も偉くなれるだろうと、単純に考えてのことだった。

だが、そのころの京は、幕府管領《かんれい》の細川《ほそかわ》家や三好《みよし》家、さらには一向宗徒や法華《ほっけ》宗徒などの争いにより、混乱をきわめていた。将軍の義晴も、京から近江《おうみ》へ逃げ出さねばならないほどであり、その権威は失墜していた。

〈ならば、もっと偉くなりそうな御方は、いないのか？〉

半蔵は征夷大将軍に見切りをつけ、各地をさまよい、その末に見つけた主君が、三河で岡崎を治める松平清康であった。

このとき、清康は弱冠二十歳の若武者であったが、三河各地の国衆を次々に攻め滅ぼしており、まさに破竹の勢いであった。半蔵は清康に惚れ込み、下男として仕え始めた。

清康は生来英邁な質であり、合戦に強いだけでなく、頭の回転も早かった。さらに、眉目秀麗とくれば、仕えない理由がない。自分はこの御方に仕えるために生きてきたのだと、半蔵は思い定め、ついに三河で所帯を持つまでに至った。

ところが、そんな清康も、二十五歳の若さで急死してしまう。

以降、松平家中は内紛となり、嫡男である松平仙千代さえ、城から追われる身となった。ただの下男に過ぎない半蔵は、どうすることもできず、じっと事態を見守り続けるしかなかった。

清康の死から五年後、ようやく嫡男の仙千代が岡崎城への還住を果たした。

だが、かつての少年は、松平広忠と名を改めており、その背後には今川家の影があった。

清康に惚れていた半蔵は――、

〈この子は、当主の器ではないのではないか？〉

と、広忠の資質を疑った。

しかしながら、もはや三河を離れるわけにもいかない。すでに半蔵は家族を成し、子供も多くいる。妻や子を養っていくため、半蔵は松平家に仕え続けた。

やがて、清康は刈谷水野から嫁を迎え、間もなく嫡男が生まれた。赤子には、かつての清康と同じ「竹千代」という名が与えられた。

赤ん坊の顔をのぞき見た半蔵は――、

〈まるで、清康公の生まれ変わりのようではないか〉

と、深く感じ入った。


「私のために、死んでくれないか？」

かつての赤子に、そのような問いをされたのは、出仕から戻った元康の足を、玄関で拭いているときであった。

当然、半蔵は驚いたが、同時に――、

〈来るべきときが、ついに来たか〉

とも思った。

ずいぶん前にも、「私のために死ねるか？」と、元康からは問われたことがある。そのとき、半蔵は「はい」と答えたが、今もなお、まったく変わらぬ思いであった。

「それは、いつごろでしょうか？」

「すぐがいい。この合戦が始まる前に、しっかりと果てて欲しい」

「そうですか」

元康の顔は、いつもと変わらぬ落ち着いたものであったが、その裏には、様々な感情が感じ取れた。十九年も仕えていれば、その程度のことは、さすがに分かる。

「拙は、構いません」

半蔵は首肯した。

「いつでも、云われたとおりに果ててみせましょう。腹を裂かれようが、首を落とされようが、どうか御随意に」

「そうか」

玄関を上がった元康は、わずかに羽織を肩からずらした。半蔵は羽織の裾をとり、元康の腕から袖を抜く。

「そのとおりに、なるかもしれぬぞ？」

羽織を受け取った半蔵に、元康が云う。

「半蔵には、戦場で果てて欲しいのだ。詳しくは、部屋で説明する」

自室へと向かう主人の足取りは、いつもより、やや重たいように、半蔵には感じられた。

半蔵は、自身の「死に方」について、詳しい内容を、元康の口から聞いた。また、隠し持つ密書も、同時に受け取った。

〈そこまでやるか〉

半蔵は素直に舌を巻いた。

つまりは、この密書を確実に、相手に届けるためなのだが、そのために人をひとり殺すというのは、やはり尋常なことではない。元康がこの策に、本気で賭けているということが分かる。

ならば、その期待に、しっかり応えようと――、

「謹んで承ります、次郎三郎様」

と、半蔵は床に手をつき、丁寧に頭を下げた。

「本当に、いいのか？」

前に座る元康の声は、やや震えていた。

「もちろんです。次郎三郎様のためだけに、この命を使えるなど、光栄の至りでありましょ

う」

「だが、本当に死ぬのだぞ？　その密書の意味さえ知ることなく」

「はい」

半蔵は、わずかに頭を上げ、答えた。

「それでいいのです。この半蔵、松平家に仕え三十年となりますが、今が、もっとも幸福な時かもしれません」

「そう云ってもらえるのは助かるが、私は心苦しい」

元康の顔は、苦痛に大きく歪んでいた。

「いいえ、次郎三郎様」

半蔵は、首を横に振った。

「そのように思うことなど、ありません。次郎三郎様のために死ぬならば、まさに望外であります」

「すまない」

頭を掻こうとする元康の腕を、すぐさま半蔵は摑み、留めた。そのまま、主君の手を、両の手のひらでしっかりと包み込む。

「いいえ。これは、拙の我儘でもあるのです」

「我儘だと？」

「はい」

今にも泣き出しそうな元康を見ながら、半蔵は答える。

「次郎三郎様の御生誕より、この御方のために尽くそうと心に決めてきました。ですが、岡崎城が織田に敗北したとき、人質に出された次郎三郎様には、ついていくことができませんでした」

「それは、仕方ないことではないか」

「そんなことはありません。妻や子を捨てることさえできれば、尾張へも御伴できたはずです。現に今、妻への説得も叶わぬまま、こうして駿河にいます」

かつて竹千代が、三河吉田から駿河へ移るとき、半蔵は家族を捨てて来た。尾張へと一緒に行くことができなかった後悔が、そうさせたのだった。

「拙には、次郎三郎様がすべてなのです。だから、そのような顔をする必要など、まったくありません」

ついに、元康の頬に涙が伝うのを見て、半蔵も声を震わせながら訴えた。

「半蔵の家族については、任せて欲しい。必ずや、武士として取り立てる」

「何か功があれば、目をかけてやってください」

「ああ」

すると、元康は半蔵へとしなだれ、そのまま身体を預けてきた。半蔵は受け止めながら、強く抱きしめる。

髪に焚きしめた香が、あまりに芳しい。

「ああ、半蔵。すまぬ」

元康も、涙を流しながら、背中に手を廻してくる。

常に感情を隠しながら生きている元康が、ここまで泣いてくれるのは、間もなく死んでいく人間に、本心を隠す必要がないからだろう。

〈これが、次郎三郎様の、本当の心か〉

そう思うだけで、半蔵の頭は、強くしびれた。

これまで、気まぐれに元康が肌を重ねてくるとき、その顔には、常に淫蕩な笑みがあったが、今は、ただただ、泣きじゃくるばかりであった。

これこそが、義元さえ見たことのない、真の元康なのだろう。

思えば、自分が初めて見た清康公も、同じような年頃であった。かつて惚れた男の生まれ変わりを抱く感触は、あまりに不可思議なものであった。

五

五月に入り、織田信長の周辺も、合戦の機運が高まってきた。

大高城や鳴海城の周辺からは、連日のように報告が入り、今川方の兵が、城へと入っているという。当然、織田方も兵を出しているものの、決死の覚悟で働く三河衆は手強く、防ぎ切ることは難しかった。このままでは、いずれ大勢が、尾張を蹂躙《じゅうりん》することとなる。

　そこで、信長はさらなる手を打った。配下の馬廻りなどに命じ、今川と敵対する西三河の国衆とともに、各地を焼討ちさせたのだった。

　苦し紛れの策ながら、それなりの成果はあった。

　とくに上手くいったのは、吉良《きら》家の治める東条城《とうじょうじょう》あたりへの焼討ちであった。このとき、指揮にあたっていた服部一忠は、実相寺《じっそうじ》という古刹《こさつ》を焼き払い、多くの手柄首を持って、清洲へと戻ってきた。これで、敵の数や士気に、ある程度の目星がつくと、信長は考えていた。

　だが、一忠の持って帰ってきたものは、あまりに奇妙な代物であった。

解説

【吉良焼討ち】　当時の文書に「永禄《えいろく》三年申庚、尾張の織田信長、当国の吉良に働き、大兵乱なり。五月五日、吉良の実相寺も焼失す」とあり、織田信長は、桶狭間の戦いの半月ほど前に、三河へ威力偵察をしていたことが窺える。《参考資料：『西尾市史2（古代・中世・近世　上）』（西尾市史編纂委員会編　一九七四年）》

「これが、件の首か」

夕刻間近、諸将との軍議を終えた信長は、清洲城の庭で、一忠の持ち帰った首桶を見た。

どこの誰とも分からぬ初老の男の頭が、そこに入っている。

「はい、結局、そいつが何者なのかは、首実検でも分かりませんでした」

首実検とは、戦場で討ちとった首級を検分し、家臣への論功行賞を行う作業であった。

俘虜などに身元を確認させ、その首が何者なのかを調べるのだが、この首は、いまだに身元が判然としない。

「それは変だな」

「ええ。そして、そいつが被っていた兜がこれです」

一忠は足元に置いていた兜を持ち上げ、信長へ見せた。形は古いが、立派な鍬形《くわがた》で飾り立てられた逸品であった。少なくとも、そこらの足軽が持てるような代物ではない。

そして、吹返しには家紋がついている。

――三葉葵《みつばあおい》だ。

この家紋は、三河の松平家で使われているものであった。つまり、この男は名の知れた松平家の血族ということとなる。

「いったい、どういうことだ？」

それほどの男ならば、地元で誰かが知っていそうなものであった。実検で名前が分からぬはずがない。

「さっぱりです」

一忠は、首を横に振りながら、肩をすくめていた。

「はじめは、この男が兜を松平家から盗んだとかではないかと考えました。ですが、戦場に出るなら、家紋くらいは打ち直すとも思うのです」

確かにそうだ。いくら盗んだ武具といえども、それくらいはするだろう。

「それに、これもよく分からない」

一忠は信長に、小さな紙を手渡した。

「何だ、こいつは？」

「その男の、耳の中にあったものです」

「耳？」

「ほら、実検では、耳の穴に指を入れるでしょう？　それで、首を持った奴が気づいたのです」

実検の作法では、必ず、首の両耳に親指を入れながら、持ち上げることとなっている。耳に異物が入っていれば、当然、気づく。

だが、耳の穴に何かを入れて戦うなど、あまりにも面妖であった。いったい、何が書かれているのか。信長は小さく折り畳まれた紙を開き、中身を読んでみた。

――橋姫の片しき衣さむしろに待つ夜むなしき宇治の曙

たった一首、それだけが書かれている。

「なんだ、これは？」

「分かりませんよ、俺には」

一忠は、やはり首を横に振っていた。

「よく知られた和歌なんでしょうが、俺にはさっぱりです」

「たしか、後鳥羽帝のものだろう。『新古今集』であったと思う」

「さすがですね、上様」

「お前は、もう少し勉強した方がよさそうだな」

歌の内容は、さすがに分かる。

この一首は「本歌取り」の例として広く知られるもので、『古今集』に、元となった歌がある。

――さむしろに衣片しきこよひもや我を待つらむ宇治の橋姫

この、詠み人知らずの和歌に工夫をこらし、見事な物語に仕立て上げたのが、後鳥羽帝の一首であった。

だが、なぜそのようなものが、男の耳に入っていたのだろうか？　少し考えてみたが、やはり信長には理解ができなかった。

「何なのだろうな、これは？」

「まあ、俺に分かるはずもありませんが、ただ、藤吉郎がしつこく云ってくるんですよ。——そいつは上様に宛てた密書だと」

「俺にか？」

さすがに、信長は驚いた。

木下藤吉郎は、織田家に仕える足軽大将であった。よく働く男であり、昨年の合戦では鉄砲の一隊を任せてみたが、見事に結果を出してみせた。

この度は、服部一忠とともに三河へ焼討ちへと向かわせたが、どうやら藤吉郎は、この奇妙な和歌を見て、何かに気づいたらしい。

「はい。藤吉郎が云うには、それは松平の何者かから、上様へ送られたものに、間違いないと」

「理由は聞いたか？」

「もちろんです」

一忠はうなずいた。

「まず、この男が松平の血族ということは、ありえません。ならば、この兜は何なのか？」

「松平家の者が、こいつに与えたということか」

「そうです。藤吉郎も、そのように云っていました。つまり、この貧相な首を、見事な兜首に仕立て上げるためのものだと」

「ああ、なるほど」

少しずつ、信長にも理解できてきた。

「兜首ならば、必ずや実検されることとなる。そのとき、耳に指が入れられることにもなるわけだ」

「はい。ただそうなると、この男は、自分から討死して、わざわざ首を獲られたということになるのですが――」

「密書を確実に届けるためなら、そういうことも、するかもしれないな」

信長は、改めて首桶の中の首を見た。

ただの下男にしか思えない男だが、おそらくは、相当な覚悟で戦場に挑んだのだろう。そして、目論見どおりに首は清洲へ届き、信長の眼前にある。

どこの誰とも分からないが、まったく見事なものだと、信長は小さなため息をついた。

「ですが、問題は密書の内容です。上様、そいつの意味が分かりますか？」

「いや」

信長は、首をひねりながら云う。

「後鳥羽帝にも、宇治の橋姫にも、心当たりはない。正直、まったく分からぬ」

「ですよね」

一忠も、渋い表情となった。

「それでも、藤吉郎の奴が、しつこく云うんですよ。――上様ならば、意味が分かると」

「俺ならば？」

「ええ。どれだけ意味不明に思えても、見る人が見れば、絶対に分かるはずだと、藤吉郎は云ってました。そうでなければ、ここまで用意周到な方法で、わざわざ渡す理由がないと」

「ふむ」

藤吉郎が云うことも、もっともであった。

この密書は、たとえ誰に見つかろうと問題ないように、様々な工夫がされている。ならば、この広く知られた和歌にも、何らかの意味が隠されているのだろう。手がかりは少ないが、何としてでも、謎を解くしかない。

まず、信長が気になったのは、この密書を書いた人物についてであった。

「当然、紙に名前はないな」

「はい。ただし、松平の兜を被っていたのだから、いずれかの松平からだとは思います。とはいえ、松平なんて名の家は、十か二十はありますし――」

「いや」

信長には、ひとつ、心当たりがあった。

「俺にだけ、密書の意味が分かるとするならば、かなり数は絞られる。過去に織田家と関わりがある松平家のものとなれば、およそ十数人であろうし、中でも親しかったのは、たったひとりだ」

「では、その御方が？」

「おそらくは、そうだろう」

――松平竹千代。

今は岡崎松平の当主であり、松平次郎三郎元康と名乗る男であった。

「そうか、竹千代か」

だんだんと、信長は思い出してきた。

今から十年以上前、竹千代は岡崎からの人質として、那古野へと来た。そのとき、信長は父に反発し、竹千代をさらって、家を出ようとまで考えていた。

いったい、どのような成長を遂げたのかは知らないが、今川義元に気に入られ、ずっと駿府に据え置かれているという話は、聞きおよんでいる。

「その竹千代様が、差し出したものだと？」

「おそらく、そうだ。松平次郎三郎が、俺に何かを知らせるために、したためたのだろう」

「大変じゃないですか、そいつは」

このまま大戦となれば、岡崎衆を指揮する元康は、必ずや戦場に出てくるだろう。そんな男が内通してきたのだから、当然、一忠は興奮する。

「それで、内容の方は？」

「少し待て」

密書の内容が、自分にしか解けないのであれば、それは、自分と竹千代との過去に、密接に関係しているからだ。つまり、十年以上前の記憶を掘り起こしながら、考える必要がある。

〈あのとき、竹千代は何を云っていた？〉

十一年前の冬を、信長は回想する。

人質交換で竹千代が三河へと戻るとき、自分は、その身柄をさらいに行った。それは、堕落した父への反抗であったが、まったく無茶をしたものだ。十六歳の自分は、あまりに未熟であった。

しかし、馬で竹千代をさらってはみたものの、結局は、来た道を引き返した。

なぜ、熱田へ行かなかったのか？　その理由を、信長は必死に思い出す。

〈あの時、竹千代は、「父上に褒めてもらっていない」と云っていた〉

とっくに死んだ父親に対し、何を考えているのかとも思ったが、その痛切な声に、信長は心を打たれ、竹千代を三河へ返そうと決めたのだった。

その後、信長は――、

「竹千代を奪われるのは、どうにも困る。手放したくはない」

と云ったはずで、竹千代も――、

「私も、離れたくありません」

と答えたはずだ。

背中の竹千代が、腕に強く力を込め、顔を押し付けてきたのを、信長はしっかりと覚えている。

その後、竹千代は耳元で、何かをそっと囁いた。

「あっ」

信長は、明確に思い出した。

それは、どうということのないひと言であったが、こちらの心をくすぐる、奇妙な響きがあったのだ。

「ああ、あれだ」

信長は確信し、改めて密書に書かれた和歌を読んだ。

――橋姫の片しき衣さむしろに待つ夜むなしき宇治の曙

確かに、この和歌は、あの日に云われたひと言と符合している。

――いつまでもお待ちしております。


つまり、竹千代は「待っている」と云いたいのだ。

〈ならば、この和歌を選んだことにも、さらなる意味があるはずだ〉

女が男を待つ歌など、数多くある。その中で、後鳥羽帝の歌を選んだのなら、何かしらの理由があるはずであった。

おそらくは、この和歌が「本歌取り」であることが重要なのであろう。ほかの和歌にない特色は、その一点くらいであった。

信長は、本歌を思い出しながら、書かれた和歌との差異を見出そうとする。

〈宇治の橋姫が、筵の片方を空けながら、男を待っている部分は同じだ。ならば、違うのは？〉

本歌には「こよひ」とあった。

一方の後鳥羽帝の歌は、「曙」と書かれている。

夜から朝方へ、時が進んでいるのだ。

「そういうことか」

信長は、ようやく元康が云いたいことを、理解しかけてきた。

「おそらく、朝だ」

「朝？」

「大勢が動く朝、竹千代は、我らが来るのを待ち望んでいる。間違いない」

この和歌に、何らかの意味を見出すならば、それしかない。本歌から変わった部分こそが、待ち続ける元康には重要なのだ。

「いや、ですが上様。その竹千代様がどこにいるかなど、すぐに分かりますか？」

「たぶんな」

そうでなければ、この密書の意味がない。ならば、どこかの城へと入る予定があるのだろう。

考えられるのは、沓掛城か鳴海城、あるいは大高城などだ。いずれかの城で、元康は織田方の兵を待っている。

「なあ、小平太」

「はい」

「この一件、すべてお前に任せたいと思う」

信長は一忠の肩へ手をかけ、云った。

「密書の内容を知る者は、できるだけ少ない方がいい。お前と藤吉郎だけで、ことを進めてくれ。ほかの馬廻りに問われても、絶対に何も云うな」

「かしこまりました」

一忠は頭を下げると、にやりと、歯を見せて笑ってみせた。

六

「ごくつぶし」

と、妻に云われた。

何かを云い返そうと前田利家は思ったが、その言葉は正鵠《せいこく》を射ており、結局は、口をつぐむしかなかった。

なにしろ、彼女の腕の中では、幼子が寝ている。

十四歳の妻・松《まつ》と、二歳の娘、そして二十四歳でありながら浪人の自分。それが利家のすべてであった。

清洲の武家町には、足軽のために多くの長屋が建てられている。利家たちが住むのは、その中のひとつであり、いつも屋根から雨漏りするボロ屋であった。

「あのねえ、又左さん。あたしは別に、貧乏でもいいよ。前の暮らしに戻りたいとか思わないし。でも、やっぱり又左さんには、そんなに槍ばかり磨いてないで、働いて欲しいんだけど」

「これは、支度だ。よく働くためのな」

「槍で畑は耕せないじゃない」

「合戦のためだ」

利家は、語気を強めた。

「もう、ずいぶんと噂になっているだろう。間もなく、今川との大戦が始まると。こっそりと大勢に紛れて、首を獲ってくれれば、必ずや上様も許してくれる」

「そうかな?」

「そうさ」

「でもね、又左さん」

お松は、腕の中の娘を、軽く揺すりながら問いかけてくる。

「又左さんは、上様のお気に入りの人を、つい、殺《や》っちゃったわけでしょう? そんな簡単に許してもらえるの?」

「そいつは、働き次第だろうな。たとえば、今川の御大将の御首とか持ってくれれば、何があっても許してくれる」

「無理じゃん」

「無理ではない」

狭い長屋で、利家は朱槍の柄を扱《こ》いた。

「合戦なんて、所詮は勢いだ。ここを自分の死に場所だと定めたら、強引に正面から薙ぎ払えばいい」

「そう簡単に死なれたら、あたしが困るんだけど」

「十四で子供が産めるなら、別に困ることはないだろう。嫁ぎ先は、いくらでもある」

すると、お松は腕の中の幼子を床に置き、すっと立ち上がると、利家の脛《すね》を蹴り始めたのだった。

「なんで、そういうことを、云うの」

的確に急所を蹴られ、たまらず利家は逃げる。

「いや、死ぬ気で頑張ろうというだけの話ではないか」

「そんなの、嘘じゃん。又左さん、上様のために死のうって、いつも云ってるじゃん。そんなことばかり考えているから、こんなことになったんじゃん」

お松が繰り出してきた雑言に、利家は二の句が継げなかった。

織田信長の馬廻りとして、順風満帆な人生を歩んできた利家であったが、昨年、同朋衆の拾阿弥《じゅうあみ》という男を惨殺することで、その運命は大きく変わった。

発端は、拾阿弥という同朋衆が、利家の佩刀《はいとう》につけていた笄《こうがい》を盗んだことであった。それは小姓のころに、信長から貰った逸品であり、利家は怒り心頭に発した。

利家は拾阿弥を問い詰め、ようやく己の罪を認めさせた。利家は信長に拾阿弥成敗の許可を求めたが、これは許されず、誠意のない土下座のみで耐え忍ぶしかなかった。

だが、その後も拾阿弥は、まったく態度を改めず、「上様の寵愛を失った莫迦は、まったく見苦しい」と、利家を挑発し続けたのだった。

そこで利家は、拾阿弥の殺害へと踏み切った。信長の目の前で、矢倉の下に立つ拾阿弥を一閃、袈裟《けさ》斬りとしたのだった。

もちろん、信長は怒り、利家に対して死罪を申しつけようとしたが、宿老からの諫言《かんげん》を受け入れ、出仕停止に処分を留めた。

だが――、

〈出仕するなと云うくらいなら、いっそ、すっぱりと殺してくれればよかったのだ〉

と、利家は強く思っている。

あの御方の役に立てるなら、こんな命、まったく惜しいものではない。ひとりでも多く上様の敵を排除することさえできれば、それだけで、利家は満足であった。それゆえ、織田家の役に立つことを封じられた処置は、あまりに堪えた。

ならば、いっそ自ら腹を切るかとも思ったが、利家はすでに従妹の松を正室として迎えており、ましてや長女まで生まれていた。

簡単に切腹するわけにもいかず、利家は浪人という身分を受け入れたのであった。


「あのね、又左さん」

云いながら、お松は利家へ詰め寄った。

「なんだ?」

「上様から暇を出されたなら、そんなに無理して敵の首を獲らなくてもいいんじゃないの? 畑を耕さなければ、すぐに御飯が食べられなくなるよ」

「今川が来たら、織田が滅ぼされるかもしれないのだぞ?」

「だから、もう関係ないじゃない。織田なんか」

「念兄の危機に、男が黙っていられるはずがないだろうが」

利家も詰めより、お松を見下ろしながら怒鳴ったが――、

「あたしは、そういう理屈、ちっとも分からないから」

と、怒鳴り返された。

「畑に種を撒くか、何かを売るかしないと、本当に飢えて死ぬんだよ。あたしも、又左さんも、生まれてきた子供も」

「そんなこと、分かっている」

「嘘だ。分かってない」

見下ろしてくる利家に対し、お松はつま先立ちして、睨みつけた。

「分かっていたら、すぐにでも畑を耕さなければ、絶対におかしいもの」

「しょうがないだろう」

利家は、口を尖らせながら云った。

「畑など、俺は一度も、耕したことがないのだ」

「はあ?」

思わぬ言葉に、松は呆れ声となっていた。

「そんな人って、本当にいるの? どんな家でも、畑くらいは庭にあるじゃない」

「ああ、あるだろうさ」

「なら、なんで?」

「織田家の馬廻りは、合戦のことだけ考えていれば、それで良かったのだ。槍さえ振るっていれば、褒美も貰えるし、加増もされる。少なくとも、俺はこういう生き方しかしてこなかったのだ」

「なにそれ?」

松は、深いため息をついていた。

「じゃあ、なにを云っても、無駄なの？」

「分かってくれ、お松よ。とにかく、功名首さえ獲ってくれれば、どうとでもなる。上様の勘気は解かれるし、尾張も守ることができるのだ」

するとと松は、ぷいと後ろを向き、幼子を抱きかかえると、そのまま手近な荷物をまとめ始めた。

「おい、お松。どうするつもりだ？」

「しばらく、荒子《あらこ》へ戻ります」

「いや、少し待て」

「待ちません」

水と乾飯《ほしいい》を持ち、着替えをまとめ、懐に短刀をしまい込むと、本当に幼子とともに外へ出ていってしまった。

利家は慌てて止めようとしたが、もはや何を云っても通じない。そのままお松は、前田家の城がある荒子へ向かってしまった。


その日の夕刻、どこかで前田家の騒動を知った藤吉郎が、酒を持って長屋へとやってきた。

だが、利家の口から話を聞くと――、

「いくらなんでも、そいつは又左殿が悪い」

と、呆れた顔を見せた。

たまらず、利家は肩をすくめる。

「もちろん、武功は大事でしょうが、家を預かる女にとっては、明日食う五穀の方が大切です。お松さんは何も間違っていない」

「ああ、そうだろうな」

利家は盃に注がれた濁酒をすすった。

「それでも、俺はただ、上様のために槍を振るいたいのだ。ひたすら無心でな」

「それも、一応は分かります」

藤吉郎も、手酌で呑む。

「初めて会ったときも、又左殿は、上様のために死にたいと、しつこく云っておりました。そのときは、ずいぶんと変なことを云うと思いましたが、どうも、上様の若衆となった者は、皆がそのような心持ちとなるらしい」

「ああ、そうだ」

それこそが、若衆道というものであろう。情を通じた念兄のために、命を懸けるからこそ、男色は尊いのだ。このあたりが、女との色恋とは、少し違う。

「兄弟分の契には、大きな苦痛を伴うが、それに耐え忍んでこそ、兄分は弟分を労《いたわ》り、二人の情が交わる。これこそが、武士の華というものだ」

「はい、そうです」

藤吉郎は、小さくうなずいていた。

「それでも、もう又左殿は父親です。それならば、御内儀とも、もっと情を通わせねばならないでしょう」

「ぬう」

痛いところを突かれた利家は、盃に残っていた酒を、一気にあおった。

「これでは、お松さんが可哀想ですよ。男色では、若衆が前髪を落とせば、もう情交はないと聞きました」

「まあ、そうだな」

よほど深く通じていない限り、主従和合は元服とともに解消される。利家自身も、前髪を落とすのと同時に、褥には呼ばれなくなった。

「ならば、今度は又左殿が念兄となり、若衆などに恋情を傾けるのが筋ですが、それができないならば、せめて御内儀と情を交わすべきでしょう。少なくとも、上様への思慕は断ち切るべきです」

「そうは云うが、兄弟分の契なのだぞ?」

「兄弟分だからこそ、又左殿は出仕停止で済んだのです。普通、主君の近侍を斬れば、斬首です。情けを掛けられたからこそ、今、又左殿は生きておられるのです」

「ああ」

藤吉郎に云われ、利家は胸の奥が苦しくなった。

確かに、この度の助命は、大罪を犯した若衆に対しての、最後の温情であった。

〈まったく惨めだ〉

と、利家は思う。人ひとりを斬り伏せたうえに、恩義を図られ、挙げ句に縁を切られるとは。さらには妻とつまらぬ喧嘩をし、逃げられているのだから、本当に情けない。

〈ならば、そろそろ覚悟を決めるべきではないのか〉

それでも、自分は槍を振るうことしかできない。

この生き方を変えることは、もはや不可能であった。お松には悪いが、鍬を握ることは、やはりできそうにない。

〈だが、上様のためには、もう戦わぬ〉

そのように、利家は誓った。

これからは自分のため、そして妻のために槍を振るうのだ。

もう、拙者は、ひとりで立たねばならぬ。

「藤吉郎よ」

「はい」

「お前、今川の連中について、何か知っていることはないか?」

「知っている、とは？」

「近ごろ、お前らが三河の方まで出張っていることは、俺の耳にも伝わっている。そこで、何か見たり聞いたりしたことはないのか？」

「そんなことを聞いて、どうするつもりですか？」

「もちろん、手柄を立てるのだ」

云いながら、利家は瓶子を取り、藤吉郎の前へと差し出した。

藤吉郎は、盃を手にとり、こちらの酌を受ける。

なみなみと注いだ濁酒を、すべて呑み干すと、ようやく藤吉郎は話しだした。

「実は、いくつか面白い話はありますが、これは、浪人である又左殿には云えません」

「どういうことだ？」

「申し訳ありませんが、上様から口止めされているのです。けっして、外には漏らすなと」

致し方なく、利家はうなずいた。どうやら今川の大勢に対し、織田方も無策ではないらしい。

「ですので、俺から云えるのは、たったひとつです。――戦場で鉄砲の音を聞いたら、そちらへ突っ込んでください」

「鉄砲だと？」

「はい」

利家の目を見ながら、藤吉郎は小さくうなずいた。

「運が良ければ、釣瓶《つるべ》撃ちの音を聞く機会があるはずです。そのとき、音が鳴る方へ駆けて欲しいのです」

「ほう」

鉄砲の方向へ走るとは、あまりに奇妙な話であったが、冗談を云っているようには聞こえなかった。おそらくは、何らかの策の一部なのだろう。

「つまりは、今日はそれを伝えに来たのか？　藤吉郎よ」

「まさか」

藤吉郎は、はにかんでいた。

「上様に口止めされていることを、わざわざ報せになど来ませんよ。これは、すべてお松さんのためです」

「そうか」

「ですので、今の話は、どうか御内密に願います。一切、他言無用で」

「ああ、よく分かった」

利家は、藤吉郎に頭を下げた。

織田方の秘策がどのようなものか、利家には、まるで想像がつかない。それでも、藤吉郎の言葉に従えば、何らかの功名が、見事に得られそうな気配はあった。

〈ならば、あの槍を、存分に振るうしかあるまい〉

壁に立てかけてある朱槍を見ながら、利家は、盃に残った酒をすすった。

今川義元が、大勢を率いて駿府を出立したのは、その夜から数日後の、五月十二日であった。

第六章

謡曲『桶狭間《おけはざま》』

"OKEHAZAMA"

今度、家康《いへやす》は朱武者《あかむしや》にて先駆けをさせられ、大高《おほだか》へ兵糧《ひやうらう》入れ、鷲津《わしづ》・丸根《まるね》にて手を砕き、御辛労なされたるに依つて、人馬の休息、大高に居陣なり。

『信長公記《しんちようこうき》』

［現代語訳］

この戦いにおいて、徳川家康《とくがわいえやす》は朱い具足で先駆けとして働いた。大高城《おおだか》へ兵糧《ひょうろう》を入れ、鷲津砦や丸根砦を攻めたのだった。疲れ果てた岡崎松平《おかざきまつだいら》勢は、人馬を休めるため、大高城へ入った。

一

五月十二日、夜明けすぎ。
今川家の誇る重臣たちが、続々と駿府から西へ向かい始めた。
その数、およそ九千。

解説

【今川方の兵数】 今川方の兵数について、『信長公記』には四万五千、旧参謀本部編の『桶狭間・姉川《あねがわ》の役』には、石高から換算した二万五千と記されているが、戦国大名が一万以上の兵力を動員できるようになったのは、元亀《げんき》年間以降と考えられており、桶狭間の戦いでも九千を超えることはなかったと思われる。《参考：太田牛一著 かぎや散人訳『現代語訳 信長公記 天理本 首巻』（デイズ 二〇一八年）》

大勢は、馬標を掲げながら街道を進む。傍から眺めれば、雲霞《うんか》にも見えるほどの、長大な軍勢であった。

義元も輿に乗り、屈強なかつぎ手によって、宙へと浮いた。

豪壮極まる行列に、おびただしい数の見物人たちも、揃って感嘆しているのが、よく分かる。

〈やはり、積み上げてきた美は、雄渾《ゆうこん》だな〉

義元は、集まる民草の顔を見て、おおむね満足を覚えた。

一万に達しようかという大勢を率い、駿府を出立した義元は、そのまま西上し、四日後、岡崎城へと達した。

翌日、義元は刈谷水野への監視のため、庵原元景《いはらもとかげ》などの諸将を、岡崎に配置した。これで松平元康がとれる手段は、ほぼ潰したこととなる。

十八日には、ついに沓掛城へと到着する。

この日に備え、あらかじめ縄張りを広げていた城は、引き連れて来た兵のすべてを、見事に呑み込んだ。

間もなく軍評定《いくさひょうじょう》が開かれ、広間に諸将が集まった。

駿河からは朝比奈、三浦、松井《まつい》、また、遠江からは井伊など、今川家における最強の布陣であったが、その末席には、前軍として出立していた松平元康の姿もあった。

上座の義元は、鎧《よろい》姿の元康を興味深く眺める。

元康の鎧は、見事な朱色であった。武勇を誇るため、兜などに派手な鍬形をつけることは多く、あの鎧も自分の活躍を誇示するためのものだろう。確かに、元康の美貌にはよく似合っていた。

すべての将が揃ったところで、これからの方針が確認された。

まず、先鋒は松平元康が受け持つ。

元康は、大高城までの道を確保し、今夜のうちに、陸路で城への兵糧入れを行う。

このとき、大高城を囲む二つの砦のうちのひとつを相手にすることとなるが、元康は東の丸根《まるね》砦を受け持ち、北の鷲津《わしづ》砦は二番手の朝比奈泰能《やすよし》が叩く。

翌朝には潮が満ち、大高城へ船が乗り入れしやすくなる。このときを見計らい、鯏浦《うぐいら》から来る服部党も、上陸させる。

その後、義元の率いる本軍は、この沓掛城から出立し、まずは大高城へと向かう。その途中、先遣として井伊直盛《なおもり》などに戦況を窺わせながら、鳴海城への移動も判断する。そこまで進めれば、まずは上出来であろう。

もっとも、織田方も黙って見ているはずがない。必ずや、途中で迎え撃ってくると、誰もが思っている。

なにしろ義元は、自身に大高城を手渡した山口親子を、裏切りの疑いをかけて殺していた。もはや連中は、恭順の道さえ選べないのだ。――ならば今川方も、万全を期さねばならない。そのために引き連れて来たのが、一万に迫る大勢であった。

義元は、この沓掛城から大高道を通り、大高城に向かうつもりだが、ほかにも、鳴海城へと続く道は二つある。沓掛城から、まっすぐに鳴海城へと到着する「鎌倉往還《かまくらおうかん》」と、少し南へ遠回りとなる「東海道」であった。

大高城へと続く「大高道」は、さらに南の道となる。そこを通過している途中で、織田の別働隊が奇襲をかけて来ることも、大いに考えられた。

ならば、こちらも別働隊を用意し、それぞれの道を守らせるのが良策であろう。諸将は慎重に議論を重ね、織田方の動きを検討していく。

――鎌倉往還は、沓掛城の守兵で見張れば、問題はない。

――東海道は、別働隊に当たらせる。合わせて、北西へ延びる鳴海道にも、兵を配置する。

――大高城を押さえておけば、海からの奇襲はありえない。刈谷水野にも見張りをつけたため、背後からの強襲も受けない。

ならば、決戦の地は、鳴海城の周辺だろうというのが、諸将の読みであった。

絵図面を検討しながら、いくつかの高台に印がつけられていく。明日、どの山に本陣を布くかは、戦況次第となるだろう。

だが、白熱する軍議を眺めながら、義元は、少し退屈していた。

合戦では、何が起こるか分からないということは、皆が理解している。それゆえに、誰もが万全な策を求めるのだろう。

しかし、そんなものはありえない。

流れ矢ひとつで、命が飛ぶ。それこそが、戦場の真実なのだ。

太原崇孚雪斎は、そのあたりのことを、よく理解したうえで、常に策を出していた。敵将の欲を煽《あお》り、見事に操る。万全の策とは、本来、そうあるべきなのだ。

今回、義元は自ら出陣することで、信長自身を戦場に引っ張り出すことにした。敵の大将を目の前にして、籠城するなど考えられない。必ずや、自ら大勢を率いてあらわれるだろう。

それを、いかに挑発し、正面から合戦をしかけさせるかが、今の義元にはもっとも重要であった。

義元の目は、再び広間の隅に座る元康を追う。

普段と変わらぬ澄んだ瞳で、軍議に加わっているが、その胸中には、いまだに自分への殺意があるはずだ。

〈ここで仕掛けてくるならば、やはり、大いに見込みがある〉

元康は、かつて情を交わした男の息子であったが、その才気は、父を遥かに上回っていた。

そこまで育て上げたのは自分だという自負が、義元にはある。――三河一国などにはとどまらない、とてつもない大器だという自信が。

その思いを、この合戦で確信へと変えたいと、義元は強く願っていたが、それを表情に出すような青年ではないことも、よく知っていた。

——余は、元康を操っているのか。

——それとも、操られているのか。

その答えは、もうすぐ出るだろう。早ければ明日の昼にも、決戦は始まるのだ。

やがて、軍議も片がつき、諸将は銘々に広間を出た。今夜、大高城へ兵糧を入れる元康も、上座に一礼した後に、表へと向かった。

その背中を、義元は見つめる。

元康の感情は、顔には出ない。その背中にあらわれるのだ。

〈やはり、殺気立っている〉

朱い鎧を着込んだ背に、炎のような気が立ち上るのを、義元は確かに見たのだった。

二

陽が西に落ち、間もなく夕闇が訪れようとするなか、松平元康は本丸を出た。

すでに外には、準備を整えた岡崎衆が揃っている。数多く用意された荷車には、すべて米俵が積まれており、その周りには、それぞれ数名の下男がついている。

そして、彼らを率いる将は、元康と同様に、朱色の鎧で統一されていた。

「殿様、どうでしたか？」

その中のひとり、いまだ幼い声の少年が、無邪気に声をかけてきた。

「予定どおり、これから出陣する。覚悟を決めておけ」

「はい」

少年の名を、本多平八郎忠勝《ほんだへいはちろうただかつ》という。

本多家は、松平の譜代として最古参のひとつであった。忠勝の祖父である忠豊《ただとよ》は、松平広忠に仕えていたが、織田信秀との戦いで敗走した主君を逃がすため、殿軍を務めて敗死した。

また、忠勝の父である忠高《ただたか》も、織田信広の立て籠もる安祥城を攻める途中で討死している。

このたび、忠勝は十三歳で元服し、本多家の当主として、この合戦に馳せ参じたのであった。

当然、初陣であったが――、

「本当に楽しみですね、殿様。いよいよこいつで、尾張衆をぶっ刺せる」

と、忠勝は、身の丈に合わぬ剛槍を肩に担ぎながら、嬉々として笑っていた。

「あまり気負うなよ、平八郎。御主に死なれたら、本多の血が絶えてしまう」

「そのときは、そのときでしょう」

「本多が絶えたら、私が悲しいのだ。頼むから、そのようなことを云わないでくれ」

「じゃあ、せいぜい死なないように、頑張ります」

すると、忠勝は自身の荷台に近づき、やはり笑いながら兵に指示を与えていた。

〈本当に、楽しくて仕方がないという感じだな〉

だが、あのような気性が、本多の男たちを早死させてきたのかと思うと、素直には喜べない。できれば、もっと慎重な性格に育って欲しいものであった。

全員が配置についたことを確認し、元康も騎乗した。左手で手綱をとりながら、右手には采配を握る。

「それでは、出立する」

采を振ると、岡崎衆は歓声を上げながら、進み始めた。

何台もの荷車が、沓掛城から南へ向かうのを見ながら、元康も馬の歩を進めた。


まずは、沓掛城からしばらく南下し、その後、西に延びる大高道へと入った。そのまま直進を続ければ、やがて大高城へと至ることとなる。

ただ、途中には難所が二つある。

ひとつは、俗に「桶狭間」と呼ばれる谷あいであり、もうひとつは、大高城の傍に建てられた「丸根砦」であった。

一行が大高道へ入ってしばらく進むと、間もなく件の「桶狭間」へと差し掛かった。

ここは、四方を山に囲まれた湿地であった。いたるところに沼があり、ぬかるんだ土に足をとられる。荷車の車輪も滑り、途端に兵の歩速が落ちた。

「はは、こいつは厄介ですね」

忠勝は、笑いながら荷台の後ろを押している。

「車輪が泥にとられた者は、すぐに申し出でよ。馬に縄を引かせ、ただちに出す」

車体の傾いた荷車の傍に寄ると、すぐに元康は馬を下り、鞍に縄を繋いだ。その端を荷車にもくくりつけて引っ張ると、間もなく車輪は泥から脱した。

皆が、力いっぱい荷車を進ませるなか、元康は改めて、周囲の地形を確認する。

桶狭間を囲む高台の数々は、軍議の絵図面どおりであった。

また、東西に延びる大高道に対し、南北へと横切る道が、この桶狭間で交差している。

その道を「鳴海道」と云う。

名前のとおり、この道を北に進むと、徐々に北西へと曲がっていき、やがて鳴海城へと到着する。織田方が進む道としても考えられており、明日の朝には、今川方の兵が配置されることとなっていた。

決戦の地は、鳴海城付近と考えられているが、織田方の動きによっては、このあたりの高台に本陣を布くこととなるだろう。状況次第では、この湿地に、どちらかの軍勢が嵌るかもしれない。

できれば、今川方に嵌って欲しいものだと思いながら、元康は自勢の指揮を続けた。

日が沈むと、周囲は完全な暗闇となった。兵は手に松明《たいまつ》を持ち、細い山道を進んでいく。

間もなく、道の先にも灯りが見えてきた。

〈あれか〉

二つ目の難所――丸根砦であった。

「皆の者、あれが見えるな？」

馬の上から、元康は声を張り上げた。

「砦の大きさは、それほどではない。隙間なく置き盾を並べれば、すべての矢弾を防ぎきることができる。この一戦は、すべてお前たちにかかっている」

夜の闇に、再び足軽たちの返事が響く。

「そして、砦から出てきた兵には、我ら朱塗りの武者があたる。各々、奮起せよ」

「はい」

もっとも大きな声を張り上げたのは、まだ前髪を落としたばかりの忠勝であった。

「この一戦においては、荷駄を守ることこそが、何より大切である。すべての兵糧を城へ運び切るまでは、自分の身体を盾にしてでも、守りきれ。――では、いくぞ」

元康も、負けじと吠える。

「突貫」

采配を振ると、置き盾を持った足軽が、一斉に駆け出した。

続けて、それを守るように朱武者も奔《はし》り出す。

合わせて、元康は鐙を踏み込んだ。

法螺貝の音が夜気を震わせ、鉦や太鼓も鳴らされる。手に松明を持った大勢が一気に山道を進む光景は、まるで百鬼夜行であった。

元康の目に見えてきた丸根砦は、小高い山の上に建てられており、その内では、多くの篝火《かがりび》が焚かれている。

だが、周囲を囲む柵は貧相で、けっして恐れるようなものではない。中に籠もる尾張衆も、たいした数ではなさそうだった。

「いいぞ。そのまま進め。朱武者も盾の後ろに隠れ、敵襲に備えよ」

すぐに、こちらの盾に矢が突き刺さる音が聞こえ始めたが、自勢の歩速は落ちず、そのまま前へと進み続けた。

間もなく大高道の道沿いに、次々と置き盾が並べられる。

「ようし、順次、荷駄を前へ進めよ。ここが勝負どころだ。とにかく奔れ」

元康の指示に従い、兵糧を積んだ荷車が、置き盾の背後を、必死に進んでいく。

敵は次々に矢を放ってくるが、そのすべては盾に防がれ、荷車を運ぶ下男に当たった様子はなかった。

だが、ここから先の一手が、今の元康には非常に難しい。

――如何にして、今、この場に松平元康が来ていることを、織田方へと伝えるか？

それこそが、青年にとっての大きな問題であった。

密書を送った元康は、自分が大高城に来ていることを、どうしても織田方へ伝える必要があった。そうしなければ、どこで自分が「待ち続けている」のか、信長は知りようがない。

そのためには、大高城への兵糧入れを成功させたうえで、この丸根砦を完膚なきまでに叩きのめす必要があった。

〈半端な勝利では、駄目だ。私の名が、この戦場に響き渡るくらいの圧勝でなければ〉

とにかく今夜は、何が何でも武功を立てねばならない。自勢がつける朱塗りの鎧も、こちらの活躍を広く知らせるための工夫であった。

元康は荷車の多くが通過したことを確認すると、馬を降り、自身も盾の裏に身を隠した。

このまま、黙って兵糧を見逃すはずがないと、元康は確信している。ならば、そろそろ痺《しび》れを切らし、砦から討って出る頃合いのはずであった。

〈できれば、奴らの出鼻を挫きたい〉

崖の上の篝火を、元康はじっと見続けた。間もなく、大勢が動き出したのか、砦の灯りが大きく揺らぐ。

「来るぞ。弓を持つ者は矢をつがえよ。朱武者は槍を構えよ」

元康の叫びにより、皆が砦右脇の門へと集中した。

ものの動く気配を察したのか、何人かの射手が、闇の中へ矢を放つと、そこから確かに、敵方の悲鳴が上がった。

〈やはり、灯りを持たずに、奇襲するつもりであったか〉

予感どおり、砦の兵は外に出ている。

「矢を放て。朱武者は機を見計らい、砦へ乗り込む。敵が引いたところを、押し込むぞ」

号令に従い、松平方の矢は、次々と闇の中へと放たれた。奇襲に失敗した織田方は、慌てて砦の中へ戻ろうとする。

「ようし、行くぞ」

叫びながら、元康は闇へと駆けた。ほかの者も、怒声を上げながら後に続く。

「音に聞け、丸根の者ども。この砦、我ら岡崎衆が貰い受ける」

砦の門は、坂の上であったが、元康は一気に駆け上がった。

「危ないですよ、殿様。少し下がってください」

そのような声をかけてきたのは、自分の背後についていた忠勝であった。

「ここが潮だ。止まることはできぬ」

「なら、俺が突っ込みます」

するると忠勝は、全力で駆ける元康より速く坂を登り切り、息つく間もなく、砦の中へと転がり込んでしまった。

これには、さすがに驚いた。なにしろ忠勝は、わずか十三歳であり、この合戦が初陣なのだ。かつての祖父や父にさえ勝るすさまじい将器であった。

絶対に死なせるわけにはいかない。

元康も雄叫《おたけ》びを上げながら、砦の内へと入ると、大きく槍を振りかぶり、目の前の敵へと突き立てた。

丸根砦での戦いは、夜を徹して行われた。

狭い砦の中、両軍が入り乱れての戦いとなったが、好機に乗った松平方により、夜明け前には、敵兵はすべて逃げ出していた。

おおむね元康が望んだとおりの結果となったが、薄闇の中、皆が体力を使い果たし、ぐったりと地に倒れている。

そのような中――、

「ちくしょう、真っ暗な中で戦っていたら、どれが自分の手柄だか、分からないじゃないか。いったい、どの首を落とせばいいんだ？」

と、たったひとり、忠勝のみが元気に喚いていた。

大将が突っ伏したら士気が下がると思い、どうにか元康は立っているが、忠勝の体力には、もはや呆れ返るしかなかった。

「平八《へいはち》が敵を倒すところは、大将の私が充分に見た。とりあえずは、それでよいだろう」

「しかし、こういうのは初首と云うのでしょう？　だったら、とても大切なことではないですか」

「そんなことはない」

苦笑いしながら、元康は答えた。

「これから、槍を振るう機会など、いくらでもある。平八は好きな戦場で、好きなように武功を上げればよい」

「まだまだ、戦えますか？」

「もちろんだ」

元康はうなずいた。

たとえ、義元を弑《しい》したところで、駿府には氏真が残っている。あの国を焼き尽くすまで、戦いは終わらない。

「だから、今日はもう、大高城へ入ろうと思う。平八は、皆を集めてきてくれ」

「はい」

快活に返事をすると、忠勝は、いまだ地に伏せている諸将に声をかけにいった。

東の空には、朝日が昇り始めている。

西を眺めると、丸根砦の影の先には、これから入る大高城の本殿が見えた。

また、そこから北に建つ鷲津砦の方向からも、幾筋かの煙が上がっている。どうやら、東海道から軍勢を進めた朝比奈泰能が、予定どおりに砦を陥落させたらしい。

今川方は、すこぶる順調であった。

大高城の兵糧入れに成功し、丸根砦も見事に落とした。この一報は、必ずや織田信長の耳にまで届くだろう。

もっとも半蔵に託した密書が、本当に信長に届いているかは分からない。また、その意味を信長が解しているかも、知りようがなかった。

今は、信長という男を信じるしかない。たったひとりで、尾張一国をまとめ上げた手腕を、あてにするしかないのだ。

〈そういえば、三郎殿とは、あのとき口づけを交わしたか〉

不意に、そんなことを思い出し、元康は自身の唇を、指でなぞってみた。

あれが恋情であったとは思わないが、案外信長も、あの日のことをしっかりと覚えているかもしれない。

〈ならば、充分に希望はある〉

そう思うと、気力も湧いてくる。

元康は槍を手から離し、大きく身体を伸ばしながら、存分に暁光を浴びた。

三

その日の早朝、丸根砦と鷲津砦が攻められているという一報を、木下藤吉郎らは津島で聞いた。

いまだ結果までは届いていないが、それよりも重要なのは、その先鋒《せんぽう》が誰かということであった。

――丸根砦は、松平次郎三郎の指揮する岡崎衆が、朱武者にて。

伝令からの答えに、藤吉郎は身震いする。

「ならば、今頃は砦も落としているでしょうか？」

「だろうな」

藤吉郎の言葉に、服部一忠が返事した。

「いよいよ、俺たちの出番ってわけだ」

藤吉郎らがいるのは、日光川《にっこうがわ》沿いの湊であった。

この地は、尾張と伊勢をつなぐ要衝として古くから発展し、織田家の領地としては、もっとも豊かな町であった。津島と熱田の流通こそが、織田家の財政を支えていると云っても過言ではない。

その湊の一角に、板で矢倉を組んだ一忠の小早船《こばやぶね》があった。左右それぞれに幾本もの櫂《かい》があり、より大型の関船《せきぶね》より速い。今日はぎゅうぎゅうに詰め込み、八十人ほどで出立する。

一忠は、さっそく服部党の旗印を、甲板に立てさせていた。

「本当に、そいつで鯏浦の連中の目を、誤魔化せるのですか?」

「俺だって服部党だ。少なくとも、嘘ではない」

「小平太殿は、津島の商人でしょう。連中は一向衆ではないですか」

「大丈夫だ。たいして変わりはしねえよ」

確かに、この日光川を下り、少し西に行けば鯏浦であり、距離はたいして離れていない。だが、見る人が見れば、すぐに気づかれるのではないかと、藤吉郎は訝しむ。

「おいおい、そんなに心配するな」

一忠は笑いながら、藤吉郎の肩を叩いてきた。

「連中より早く大高城に着けば、何も問題はないさ。河口あたりで見つかることも考えられるが、そのときは急いで逃げよう」

「まあ、それしかありませんね」

何しろ、今回の行動は、すべてが秘密裏であった。たとえ服部党に見つかろうとも、反撃することはできない。

〈ましてや、迂闊にこいつは使えないしな〉

藤吉郎は、手に持った鉄砲に目を落とした。

今回、この船には鉄砲を五十挺も積んでいるが、服部党の船も二十隻を超えると聞いている。軽々しく相手をするわけにはいかなかった。

そのほか、わずかな兵糧などを載せると、一忠が声を張り上げた。

「そろそろ出帆するぞ。全員、配置に着け」

号令とともに、まずは漕手が船の中に入り、ほかの者も甲板へと上がった。

服部党の旗が、西からの風になびく。

間もなく、縄が外されると、川の流れに沿って、船が進み始めた。

「ようし、叩け」

一忠の合図とともに、太鼓が叩かれると、一斉に櫂が漕がれ、船足が速まった。水押《みよし》が波を切り、景色が横へと流れていく。

朝焼けに輝く日光川を、藤吉郎たちは一気に下り始めた。

しばらく進むと、津島は後方に消え、左手には蟹江城が見えてきた。ここは五年前、服部党が今川方に助力を求め、強引に攻め込んで来た土地であった。

このあたりから、複数の川が入り組んだ流れとなり、舳先《へさき》に立つ一忠も、注意深くあたりを見渡している。

「ああ、やっぱりいるな」

一忠は、河口から広がる海の右手を指差していた。見ると、少し遠くの海岸で、大きな船の帆が、幾つも揺れている。

「服部党の関船だ」

「ずいぶん、大きいですね。数も多い」

ここから眺める限り、二十隻を超えるという噂は、けっして大げさなものではない様子であった。

「どうやら、手持ちの船をすべて出し、大高城に乗りつけるようだな」

「ならば、この船が、服部党を名乗って兵を下ろしても、けっして不自然ではありませんね」

「まあな」

一忠は、にやりと笑った。

「ともかく、これは松平の殿様からの話なのだろう？　行ってみれば、どうとでもなるさ」

「ずいぶんと、呑気ですね」

「肩肘を張っても、意味ねえからな」

川を出た船は、進路を東へと変え、そのまま海岸沿いを航行していく。

すぐに、左手に熱田湊が見えてきた。海岸には多くの見物人がおり、なにやら南東の方角を眺めている。

「ああ、あれか」

それは、これから向かう大高城の方角であった。

どうやら、二つの砦は陥落したらしく、すでに幾筋もの煙が上がっている。

「やはり、今川方は順調のようだな。藤吉郎よ」

「今川というよりは、松平次郎三郎が好調なのでしょう。ここまでは、あの若君の考えていたとおりなのだと思います」

おそらく元康は、軍議の席で大高城への兵糧入れを志願した後に、信長に向けて密書を送ったのだろう。その後も、しっかりと丸根砦を陥落させ、この船を迎え入れようとしている。

〈まるで、手のひらの上だな〉

ぶるりと、背筋が震えた。

なにしろ藤吉郎は、かつて元康に会ったことがある。

その頃、藤吉郎は駿河にいたが、何気なく印地打ちを見ていたときに、眉目秀麗な少年と知り合った。

少年は、松平竹千代と名乗った。

それが今や、岡崎松平の当主であり、今川方の先鋒を任せられるまでに、大きく成長していた。――その胸の内に、叛意まで抱えながら。

まったく、とんでもないことを考えてくれたと、藤吉郎は思う。

しかし、その叛意が尾張を救うというのならば、自分も覚悟を決めなければならない。船は西からの風を受け、そのまま大高城へと到着した。


大高城は、海岸沿いの高台に建てられた小城であったが、その本丸は二重の堀に囲まれており、防御は厚いように見えた。

馬出しや櫓台も見受けられ、城下には、士卒のための屋敷まで配されている。鳴海城よりは小さいが、義元の本軍が立ち寄るには充分な規模であろう。

だが、船をつけられる湊には、あまり人がいない。ただひとり、こちらを出迎えるように、朱色に塗られた具足の男が立っている。

「おい、藤吉郎。あれが松平の殿様かな?」

「そうでしょう」

藤吉郎は首肯した。

――松平次郎三郎元康。

安倍川の印地打ちから、すでに七年が経っており、かつての少年からは大きく成長しているが、見間違えるはずもなかった。

なにしろ、雰囲気が変わっていない。迂闊に関われば、泥土の底まで引きずり込まれそうなほどの剣呑《けんのん》な色香を、藤吉郎は強く感じた。

船が近づくと、幾人かの荷役がやってきたが、やはり、武士は元康ひとりのようであった。

「よくぞ、参られました。服部党の方々」

元康の通る声が、船へとかけられる。

「出迎えが少なくて申し訳ない。夜を徹しての合戦で、兵には休息をとらせています」

「丸根と鷲津の戦勝は、すでに二ノ江にまで届いていますぞ。貴殿が、松平の当主であらせられるか？」

調子を合わせるように、舳先の一忠が返事する。

「はい」

船が艀《はしけ》に横づけになると、さっそく板がかけられた。藤吉郎は雑兵《ぞうひょう》を動かし、荷物を陸へ上げていく。

「しかしながら、この曙にむなしく待つものかと思いましたが、さすが服部党の船足は早い」

「待ち望んだ大戦です。むざむざ、後れは取りませぬ」

兵糧などを運び込む間、一忠は元康と挨拶を交わしていたが、その言葉の中には、密書の一節が織り込まれていた。

――橋姫の片しき衣さむしろに待つ夜むなしき宇治の曙

この中から「待つ」「むなしき」「曙」を抜き取り、挨拶に取り込んだのだった。

そのことは、一忠も気がついた様子で、返事には若干の動揺が見て取れた。

その反応だけで充分だったのだろう。元康は軽く微笑みながら、談笑を続けている。

〈――尋常ではない〉

藤吉郎の背が、ふつふつと粟立つ。

〈こんな男を、敵には回せない〉

たったひとりで、これほどの大戦を弄ぶような男とは、絶対に相対したくなどなかった。

今後、自分がどのような出世をするかは分からないが、松平元康と争うような事態は、必ず避けるだろう。

「それにしても、ずいぶんと多くの鉄砲を持ってきたのですね」

「ええ」

突然、親しげに声をかけられ、藤吉郎は心の内で驚いた。

「少しでも、御屋形様のためにと思い、ほうぼうから掻き集めました」

「それは頼もしい」

「ありがとうございます」

「――ですが、御用心ください」

まるで耳打ちするように、元康は静かな声で囁いてきた。

「男時と女時は、よく入れ替わるもの。たった今、好調に思えても、目の前には陥穽があるかもしれません」

藤吉郎は、心臓を手で摑まれたような衝撃を受けた。

〈こいつ、あの日のことを覚えている？〉

――男時と女時。

七年前、確かに元康は、そのような話を自分にした。だがまさか、このような場で囁いてくるとは、まったく思わなかった。

「それは、何かの戒めでありましょうか？」

「ええ」

藤吉郎からの問いに、元康は首肯した。

「我々は、しくじれない。確実に仕留めなければ、次の機会など、もうないのです」

「なるほど」

「それでは、御武運を」

それだけ云うと元康は離れ、再び一忠と何かを話し始めた。

一方の藤吉郎は、首からの汗が止まらない。なにしろ、これは元康からの念入りな警告であった。

藤吉郎は、荷を落とさぬように気をつけながら、懸命に兵を指揮し続けた。

「御屋形様は、この大高城へ向かわれることにはなっていますが、途中で何事かあれば、すぐに高台へ陣を布くでしょう。まずは、この大高道を東へと進み、本軍と合流されるのがよろしいかと思います」

このような忠告を元康から受けた後、一忠は大高城を出立した。

船を津島に返すため、兵の数は五十人ほどとなったが、そのすべてが鉄砲を担ぐ精鋭であった。奇襲の戦力としては、申し分ないであろう。

「それにしても、凄まじい殿様だったな」

一忠は、しみじみとつぶやいていた。

「これほどの策を、たったひとりで考え、やり遂げようと云うのか、あの御仁は？」

「そうでありましょう」

一方の藤吉郎は、さきほどの元康との会話で、身が引き締まる思いであった。

確かに、あの若君は恐ろしいが、今川の大勢に勝つには、これしかない。元康の云うとおり、しくじることはできないのだ。

思えば元康は、かつての印地打ちで、寡兵の勝利を的中させてみせた。それは、軍勢の細かい動きを見逃さなかったゆえであったが、この合戦に必要なものも、そのような視点なのだろう。

大高城からしばらく進むと、陥落した丸根砦が見えてきた。

崖の上のため、詳しくは分からないが、およそすべては焼けてしまっているだろう。守将もすべて、倒されたに違いない。

叛意を悟られないためとはいえ、やはり元康は徹底している。自分が同じ立場であったならば、これほど苛烈なことをできただろうか？

〈――いや、するしかないのだ〉

この合戦に勝つためには、どれほど困難でも、やり抜くしかない。藤吉郎は肩の鉄砲を担ぎ直し、義元の大勢が来るだろう道を歩き続けた。

四

丸根砦と鷲津砦の陥落を、今川義元は沓掛城で聞いた。

これで、かねてから定めていたとおりに、大高城へ大勢を入れることが可能となった。義元は松平勢に、大高城で人馬休息するよう、早馬を飛ばした。

輿に乗った義元が、本軍の出立を指揮すると、およそ四千もの兵が、沓掛城から南下していった。

やがて、大高道の入り口へと全軍が差し掛かった。この道を西へ進めば、当初の目的地である大高城へ到着する。

このとき、義元のもとに注進が入った。

「ただいま、中島《なかしま》砦の南で、先遣が敵と遭遇し、一戦交えたとのこと」

「ほう」

しばらく待てば、もう少し詳しい内容が入ってくるだろう。義元は行軍の速度を緩めながら、大高道を入っていった。

大勢が桶狭間へと差し掛かったところで、続報が来た。中島砦の物見をしていた井伊次郎《じろう》直盛らが、その手に幾つかの首桶を持ってきたのだった。

義元は輿から降り、報告を聞いた。

「中島砦から出てきた守兵と戦いに及びましたが、いずれも撃退し、互いに引き上げて参りました」

「その首は?」

「確認したところ、砦の守将の千秋《せんしゅう》四郎季忠《しろうすえただ》、ならびに佐々《さ さ》隼人正政次《はやとのかみまさつぐ》であるとのこと」

「ふむ」

首桶に入った首を、義元は確認する。

しっかりと結われた髷などを見る限り、確かに雑兵ではなさそうであった。前哨戦の成果としては、充分といったところであろう。

だが、義元は思案する。

〈こいつらが、突如、砦から飛び出して来た理由は何か？〉

寡兵ならば、砦に籠もっているのが良策であり、迂闊に外へ飛び出せば、このように叩き潰されるに決まっている。それでも、こちらに向かってきたのならば、おそらくは、丹下《たんげ》砦か善照寺《ぜんしょうじ》砦にでも、主君・信長の姿が見えたのだろう。

自らの主君に対し、勇姿を見せようという欲求は、武士ならば当然であったが、彼らの武運は、どうやら、そこで尽きたようだ。

〈ならば、そろそろ弾正らは、中島砦に到着している頃か――〉

これは義元が思っていたより、かなり早い行軍であった。決戦の場所について、義元は鳴海城の近辺を考えていたが、どうやら、そうはいかないらしい。

とはいえ、想定外のことではなかった。対応は、昨日の軍議で整えられている。

「これより、本軍の進路を、大高城から鳴海城へと変更する。諸将は、織田方の軍勢に対処するため、北東の高台に本陣を構えよ」

この桶狭間は、周囲を山々に囲まれているが、北東に見える「桶狭間山」に本陣を構えるよう、義元は指示を出した。命令を受け、兵が一斉に動き始める。

まず、鳴海道を北上し、東海道を眺められる高台を、義元の本陣として定め、続けて、そこから北西へ向かい、軍勢を五段にも分けて配置した。

これで、東海道から来た織田方の勢を、正面から叩き潰すことが可能となる。

山頂から東海道を眺めると、見事な縦陣が、遥か彼方の山際まで広がっていた。道の向こうには、田んぼが広がり、その畷《なわて》の先には、ここからは見えないが、中島砦があるという。

「なあ、井伊次郎」

「はい」

義元は、先遣をつとめた井伊直盛に声をかけた。井伊家は、遠江の井伊谷《いいのや》の領主であり、義元の父・氏親の代から今川家に従っている外様である。

「戦った織田方の将兵は、如何《いかが》であった？」

「寡兵ながら、決して士気が低いようには思えませんでした」

緊張しているのか、直盛は言葉を選びながら、慎重に答えている。

「ただ、いずれかの兵が抜け駆けしたのか、統率はとれていませんでした。槍衾《やりぶすま》で対処すれば、恐れることはないと思います」

「そうか」

ならば、何も恐れることはない。

西の空をよく見れば、そこには暗雲が立ち込めており、間もなく、嵐となりそうな風も流れ始めている。

「よい気分だ」

不意に義元は、元康の謡が聞きたくなった。今、『屋島』の詞章が聞ければ、どれほど素晴らしいだろう。

「今日の修羅の敵《かたき》は誰《た》そ、なに能登守教経《のとのかみのりつね》とや。あらもののしや、手並みは知りぬ」

義元は自ら、屋島のキリを謡い始めた。

今日の敵は、大層な様子であるが、その手並みは、充分に知り尽くしているという意味である。

「海山《うみやま》一同に震動して。舟よりは鬨《とき》の声。陸《くが》には波の楯。月に白むは剣《つるぎ》の光。潮《うしほ》に映るは兜《かぶと》の星の影」

海も山も、すべてが振動している。

船からは鬨の声が上がり、陸には波のような盾が連なっている。月光に剣が輝き、潮には兜の星が映っている。

目の前の光景も、まさに『屋島』のようであった。

地には、甍《いらか》の波の如く軍勢が展開し、天には雲の波が広がっている。

合戦への期待が高まるなか、谷あいでは鬨の声が上がり、山々を震わせている。

間もなく、道の向こうからは、織田の本軍があらわれるであろう。

〈さあ、来い〉

このまま合戦となれば、大勝は間違いないだろう。

どれだけ織田方の士気が高くても、関係ない。鳴海城に詰める岡部元信《おかべもとのぶ》が、背後から織田方を襲う。遊軍として鎌倉往還を進む三浦義就《よしなり》も、すぐに駆けつける。潮が引けば、浜道を通り朝比奈泰能も到着する。

織田方は、一万になろうという大勢に囲まれ、全滅するしかないのだ。

義元の懸念は、ただひとつ。――松平元康だけであった。

もし、元康に叛意があるのならば、今、このときこそが好機であろう。もしかしたら、何かを仕掛けてくるかもしれない。

「井伊次郎よ」

いまだ、傍に控えていた井伊直盛に、義元は声をかけた。

「なんでありましょう？」

「先ほどまで懸命に働いてもらっていたが、もうひとつ、仕事を頼みたい」

南西から上がる幾筋かの煙を見ながら、義元は云った。

「今から、大高城に向かってもらいたい」

「大高城へ？」

「おそらくは、鯏浦の服部党が到着しているはずだ。連中を、本陣まで呼び寄せて欲しい」

義元は、畏まる井伊直盛の肩に、ぽんと手を載せる。

「途中、見知らぬ軍勢と行き交うことがあれば、かならず確認せよ。浜道から、織田方が回り込んでいるかもしれぬ」

「はい」

井伊直盛は、恐縮しながら頭を下げ、山を降りていった。

義元は、ほくそ笑む。

浜道を使うには、まだ早すぎる。

だが、大高城をはじめ、知多半島の湊は、すべて今川方が押さえている。つまり、やってくるならば、大高城の湊以外はありえない。

仕掛けるなら、今が好機であった。

〈ならば、こちらも迎え撃つのが、良策というものだろう〉

何事もなければ、それでよい。井伊直盛が大高城に到着するだけだ。

だが、何か異変があれば、直盛はすぐに対処する。

義元は、自勢が並ぶ東海道の彼方を、――織田方の本軍が迫る北東を、望み続けた。

五

早朝、清洲城を出立した織田信長は、熱田などで兵を集めながら進軍し、ついに中島砦を出立した。自勢の数は、陥落した丸根や鷲津から逃げてきた勢を含めて、およそ二千であった。

〈まずは、充分な数であろう〉

そのように、信長は考えている。

もちろん、兵力の差は大きい。義元の本軍は、おそらく倍以上であろう。ましてや、先ほど中島砦から千秋季忠と佐々政次が勝手に飛び出したうえ、討死している。まともに正面から戦えば、敗北は必至であった。

だが、こちらにも、背後に回り込みつつある伏兵がある。

現在、どのような状況となっているかは、確認のしようもないが、こればかりは、服部一忠たちを信じるしかない。

あとは、事前に決めた策のとおりに、事を進めるだけでよい。必ずや、かの今川義元に、一矢報いることができるであろう。

義元自身の出陣が、自分を釣り出すための罠であることは、百も承知している。おそらく今ごろ、手のひらの上で織田方を弄んでいる気になっているはずだ。

だが、それは違う。

この合戦を支配しているのは、義元でも、信長でもない。

――竹千代だ。

この戦場に存在する、一万を超える兵のすべてが、松平元康の手で、操られているのだ。

〈さながら、申楽を興行する大夫のようではないか〉

たまらず、笑いがこみ上げてくる。

舞台は、この東尾張。

シテは、織田信長。

ワキに、今川義元。

一万もの兵、そのすべてが役者であり、近づいてくる嵐を囃子方として、皆が舞うのだ。

大夫である松平元康は、ひとり、鏡の間から舞台を窺うのみなのであろう。

今、義元が本陣を布いているだろう土地から考えれば、謡曲『桶狭間』というところだろうか。

ならば、シテとして、しっかりと舞わねばなるまい。澱みつつある西の空を眺めながら、信長は二千の兵とともに、南へと進んでいった。

ようやく、山際へと近づいた信長は、東海道の先にある南西の山を見る。すでに陣形を整え、幾段にも連なる今川方の、その向こうに、白い幔幕が見えた。

「あれが、今川方の本陣でしょうか？」

「そのようだな」

古参の馬廻り・毛利良勝《もうりよしかつ》の問いに、信長は口の端を上げて答える。

「本日、敵は斬り捨てとするが、皆の活躍は、俺自身が、軍監としてしっかりと見る。だから、その腕を、存分に奮って欲しい」

「分かりました」

良勝は、頭を下げた。

「かの治部大輔の首、早いもの勝ちというならば、まずは、この槍をつけましょう」

「ずいぶんと、頼もしいな」

この大勢を前に、それほどの口を叩ける者が配下にいるなら、なんとも心強い。

今の東海道は、まさに人海であった。

十重二十重《とえはたえ》。

幾段にも連ねられた軍勢が、すべてこちらを睨んでいる。

西からの風を受け、色とりどりの旗指し物が強く靡《なび》き、その威を誇る。

ここまで来れば、もう、指揮など不要であった。自分が先頭に立ち、この大勢へと突っ込むのみであろう。

隣の良勝も、莞爾《かんじ》と笑っている。

そのまま、背後を見ると、自分の引き連れてきた二千の兵が、合戦の時を待っている。

〈さあ、急げよ。小平太〉

おそらくは、大高道を急いでいる一忠たちに、信長は心の内で呼びかけた。

六

松平元康は、大高城の湊から、海を望んでいた。西の空には暗雲が垂れこめ、ぽつぽつと小雨が降り始めている。

そこにようやく、服部党の大船団が到着した。

軍議で聞いていたとおり、二十隻もの関船であった。それぞれが、服部党の旗を高々と掲げ、兵も意気軒昂に見える。

一番はじめに艀《はしけ》へ船をつけたのは、首魁・服部左京亮友貞《ともさだ》であった。

「お待ちしておりました、左京亮殿」

湊まで出迎えに来た松平元康は、丁寧に頭を下げた。

その背後には、本多平八郎忠勝も控えている。「もう、充分に休みましたゆえ、どうかお傍に」と云って聞かないため、元康は随伴を許可したのだった。

「おお、次郎三郎殿」

船から降りてきた服部友貞は、親しげに話しかけてくる。

「蟹江城攻めの軍議以来でありますな。お久しぶりです」

「こちらこそ」

「お約束どおり、半分は兵糧、もう半分は兵です」

「兵の数は？」

「掻き集めて、二百ほどとなりました」

「なるほど」

大勢とは呼べないが、けっして無視できる数ではなかった。ましてや、織田方の別働隊が、大高道を東に進んでいる。その後を追わせるわけにはいかなかった。

ここは、かねてより用意していた嘘を、友貞の耳に吹き込むしかない。

「ですが、左京亮殿。実は、状況が少し変わりました」

「なにか、ありましたか？」

「はい」

できるだけ、忠勝の耳に入らないよう、友貞の耳元で静かに囁く。

「さきほど、御屋形様から報が入り、どうやら本軍は、大高城から鳴海城へと進路を変えたとのこと」

「なんと」

「今、本軍へ合流しようとしても、合戦には間に合いません」

もちろん、元康のもとに、義元からの報など届いていない。――すべて、でまかせであった。

もっとも、織田方の動きを考えれば、そのような事態になっていることは充分に考えられる。後々で辻褄は合うだろう。

「ああ、あれか」

友貞は、何かを思い出した様子であった。

「熱田あたりに織田方の兵が集まっているのは、船から見えました。今ごろは、鳴海あたりに両軍とも移動しているかもしれません」

「それでしょう」

都合よく、元康は話を合わせる。

「ですので、もし、左京亮殿が武功を望まれるなら、むしろ、別の道から進むべきではないかと思います」

「別の道とは？」

「今、話に出た熱田です」

「おお、なるほど」

友貞は、納得したような顔となった。

「守兵がいない湊など、我らだけでも、どうとでもなる」

「そうです」

元康は、小さくうなずく。

「おそらくは、織田方の本軍より、相手にもしやすいでしょう。町も思うがままです。その後は、勝利した今川本軍を、そのまま熱田で待てばよいかと」

「確かに」

友貞は、いやらしい笑みを浮かべていた。

合戦前に定めた軍法で、義元は民草への乱暴狼藉を禁じている。今川本軍に合流してしまっては、乱取りは不可能であった。

「御忠告、感謝いたします」

友貞は、剃り上げた頭を丁寧に下げた。

「ならば、兵糧は御約束のとおり、この城にすべて入れましょう。拙僧は、これから兵を引き連れ、熱田へ向かってみようかと思います」

「それがよろしい」

「では」

友貞は、自身の乗ってきた船へと戻り、ほかの将と相談を始め、やがて、熱田侵攻へと出帆した。

これで元康は、すべきことを、すべて成した。

この湊から引き入れた織田方の勢が、奇襲に成功すれば、勝算はある。

だが、失敗したときは、おとなしく覚悟を決めるしかない。

「あの、殿様」

背後に立つ忠勝が、申し訳なさそうに声をかけてきた。

「どうした、平八郎」

「今の話、少し、聞こえてしまいました」

「そうか」

こちらが顔を見ると、平八郎は、すっと視線をそらした。どうやら何かを云いたいが、上手く言葉にならないらしい。

「これから襲われる熱田の民草が、可哀想に思うか？」

「いえ」

忠勝は、強く首を横に振った。

「これは合戦です。奪えるならば、すべて奪うのが常道。服部党は、何ひとつ間違ってはおりません」

「では、何だ？」

「御屋形様からの一報という話です」

本当に、すべての話が聞こえていたらしい。どうやら忠勝は、耳もよいようであった。

「本軍からは、休息を許可する早馬しか来ていません」

「そうだな」

「ならば、さきほどの話は？」

「数手、先を読んだだけだ」

元康は優しく説明してみせた。

「おそらく昼過ぎ頃に、今川と織田の本軍はぶつかる。ならば服部党には、先に熱田へ向かってもらった方が、今後なにかと都合がよい」

「御屋形様の指示を違《たが》えることとなりますが、よろしいのでしょうか」

「ああ、構わぬ」

元康が云いきると、ようやく忠勝は納得し、首を縦に振った。

西からの風は徐々に強くなり、雨粒も大きなものになりつつあった。今朝から姿をみせていた暗雲が、ついに戦場を襲い始めた。

「殿様、はやく城へ急ぎましょう」

「ああ」

元康と忠勝は湊から駆け出し、急いで坂を登った。二ノ丸の御殿に着いたときには、全身が濡れ鼠になっていた。

外では、さらに風が強まり、木々が大きく揺れている。

〈嵐か〉

この、急激な天候の変化が、果たして、吉と出るか、凶と出るか。大雨で烟《けぶ》る大高道を眺めながら、元康は戦場へと思いを馳せた。

第七章

神軍《かみいくさ》

the
crusade

山際まで御人数寄せられ候ところ、俄に急雨《むらさめ》
(中略)
余の事に、「熱田《あつた》大明神の神軍《かみいくさ》か」と申し候なり。
空が晴るゝを御覧じ、信長《のぶなが》、槍をおつ取つて大音声《だいおんじゃう》
を上げて
「すは、かゝれかゝれ」
と仰せられ、黒煙立て懸かるを見て、水をまくるが
如く後ろへくはつと崩れたり。

『信長公記《しんちょうこうき》』

[現代語訳]

信長が山際まで本軍を進めたところ、突然の嵐となった。
(中略)
あまりの事に、「これは熱田大明神の神軍か」と皆が云った。
空が晴れるのを見て、信長は槍を手に、大音声《だいおんじょう》で、
「さあ、掛かれ」
と吼えた。黒煙が立つのを見て、今川方は水を撒いたように後ろへ崩れた。

一

嵐の中、前田利家は、来るべき決戦を待ちきれず、槍を前方へ構え続けていた。

織田本軍の先頭である。

目の前には、幾段もの大勢が布陣しており、大将の今川義元は、その背後にそびえる桶狭間山にいる様子であった。

雨の向こうに、白い幔幕が霞んで見える。

〈ならば、この嵐が去った後が、勝負か〉

利家は、そのように考える。

何をきっかけにして、戦端が開かれるかは分からないが、少なくとも、このような雨の中では戦えない。前哨戦で完敗している以上、嵐に乗じての奇襲など、ありえないからだ。

実は、利家は合戦が始まる前から、あらかじめ中島砦に乗り込んでおり、千秋季忠や佐々政次とともに、今川方の先遣隊と戦っていた。このとき、二人の将は討死したものの、利家自身はいくつかの首を獲り、生き残ったものとともに成果を報告した。

だが、信長は「この合戦は分捕り無用、敵はすべて斬り捨てとする」とだけ云い、軍を進めた。

利家がここにいることに気づいた様子は、まるでない。

かつての槍の又左は完全に忘れ去られていたのだった。

〈こうなれば、何が何でも、義元の首を獲らねばならぬ〉

ほかの首には、鐚《びた》一文の価値もない。必ずや数千の敵を薙ぎ払い、かの大将首を手に入れねばならぬと、利家は心に誓った。

やがて、嵐は西へと移り、雨足も弱まってきた。雲の隙間から陽の光が漏れ、濡れた木々が輝く。

それでも、いまだ両軍は動かなかった。

この地に立つ将のすべてが、合戦の行方を見極めるため、神経を研ぎ澄ませている。

利家も、じっと潮を待った。

もっとも、流れ弾がひとつでも飛んでくれば、このような均衡があっさり崩れることも、利家はよく知っている。ゆえに、目を見張りながらも、耳を澄まし、五感のすべてを戦場に集中させた。

そのとき――、なにか、遠雷のような音が、利家の耳に届いた。

南東の方角からであった。

東海道を埋め尽くす人波の向こう、義元の本陣が布かれた高台の、さらに向こうのようだ。

嵐は今しがた去ったばかりであり、雷とは思われない。

〈これか？〉

利家は、直感した。

これこそが、藤吉郎が云っていた「釣瓶撃ち」なのであろう。どうやら何者かが、あの山の向こうで、鉄砲を撃ち出したらしい。

そう思うや否や、利家の足は、勝手に動き出していた。

たったひとり。

四千もの兵へ向かい、槍の又左が奔り出した。

先ほどの雨で、足場はぬかるむが、利家は泥を跳ね上げながら、敵陣へとひっ飛んだ。当然、目前の敵は矢を放ってきたが、それらはすべて肩で受ける。

「おおっ」

着地と同時に、利家は咆哮し、朱槍を横に薙ぎ払った。

刃の光が、真一文字にきらめく。

悲鳴とともに、敵の先陣がくの字に曲がり、五人が吹き飛んだ。

そのまま、利家は身を翻し、槍を真上に振りかぶる。

一閃。

朱槍の穂先は、敵兵の頭を兜ごと砕き、揺《ゆ》るがごとく地を叩いた。利家は、ひねりながら槍を持ち上げ、血を払う。

「邪魔だ、どけ」

叫びながら槍を突くと、敵陣が大きく下がった。

〈いける〉

利家は確信した。

この戦は、勝てる。

敵兵の数がどれだけだろうと、関係ない。

五千でも一万でも、すべて、この槍で崩すことができる。

「又左よ」

背後から、叫び声が聞こえた。

「御主ひとりに、手柄はやれんぞ」

同時に、幾多もの矢が放たれ、目の前の敵を穿《うが》つ。直後、倒れた兵を踏み越えながら、馬廻りの毛利良勝が前へと突っ込んだ。

「ここは、我らの戦場だ。けっして、御主ひとりのものではない」

ほかの馬廻りも、槍や刀を手にぶち当たり、敵兵は水を撒いたように後ろへ倒れた。

「あれに続け。掛かれ、掛かれ」

信長の大音声が、背後から聞こえる。皆が怒声を上げながら、敵陣へと向かっていく。

利家の目の前は、たちまち乱戦の様相となった。

〈ようし〉

この場は、良勝たちに任せ、利家は前から迫ってきた新手へ飛びかかった。

なにしろ、利家が欲しいものは、はるか先にある義元の首であった。少しでも前に出なければ、たどり着かない。

こちらに向けて突かれた槍を、穂先を廻して絡め取り、地に叩きつける。そのまま、石突《いしづき》で頭を打ち、続けざまに足を払う。倒れた敵の腹を刺し、素早く抜く。

その間にも、敵の穂先はこちらに向けられるが――、

「次に死にたい奴、来い」

と利家が吼《ほ》えると、目の前の全員が引いた。やはり、数を頼みにした軍勢は、士気が落ちるらしい。

さらに前へ出ねばならぬと、利家が駆け出そうとすると、再び、

「又左」

という声が、上からかけられた。

見れば、馬を走らす信長が、槍を手にこちらへと叫んでいた。

「上様」

「さきほど、なぜ俺の号令の前に、駆け出した？」

「そのように、教えられたからです。鉄砲の音がしたら、敵へ突っかけろと」

奔りながら、利家は答える。

「それは、小平太からか？」

「いえ、藤吉郎から」

「そうか」

信長は笑いながら、槍を大きく振りかぶった。

合わせて、利家も槍を引く。

「あとで説教だな。あいつは」

二人は、同時に槍を突き出した。穿ち抜かれた敵兵は、血飛沫《ちしぶき》を上げながら倒れた。

今、云われて気づいたが、確かに小平太こと服部一忠の姿が、この戦場にはなかった。

「小平太の奴、まさか、あの山の向こうですか？　藤吉郎と一緒に？」

「ああ、そうだ」

信長は、大きくうなずいた。

どのような策を講じたかは分からないが、どうやら信長は、一忠に敵の背後を銃撃させたらしい。よく聞けば、いまだ戦場の喧騒の向こうに、鉄砲の音が鳴り響いている。

〈こいつは、早く行ってやらねばならん〉

一忠の兵が、どれほどの数かは分からないが、ひとりの将が指揮できる兵など、そう多くはない。早く駆けつけねば、全滅も考えられる。

「それでは、上様。お叱りは後で」

ひと言だけ云い残すと、利家は槍を肩に担ぎ、一気に前へ駆け出した。

二

今川義元の目の前で、次々に旗本たちが、銃声とともに倒れていく。

「盾を並べよ」

義元の指示により、急いで南東に置き盾が並べられたが、その間にも多くの兵が死んでいった。

合戦とは、常に予想外のことが起こるものと、今川方の諸将も心得ていたが、受けた衝撃は、あまりに大きい様子であった。

北西からは、織田方の本軍も動き出していた。どうやら、鉄砲の音を合図としていたらしい。

織田本軍の兵数は、二千ほどと思われるが、この高台から見る限り、四千の今川本軍に対し、互角以上に戦っている。

「やるな、弾正」

周囲を旗本に守られながら、義元は顔を歪ませた。狙い撃たれているわけではないだろうが、このままでは、すぐにでも流れ弾に当たるかもしれない。

だが、迂闊に高台を降りれば、士気が下がる。大将が逃亡したと思われれば、そのまま軍勢が崩壊しかねない。

〈どうする？〉

周囲を固める旗本は、次々と身体に弾を受け倒れていく。まずは、あの鉄砲隊を排除しなければ話にならない。

「前備えを動かす。この高台を廻り、背後の敵軍を鏖殺せよ」

本陣の前備えは、松井宗信《まついむねのぶ》など、歴戦の勇士が率いる七百もの精兵であった。義元の命を受けた彼らは、すぐさま駆け出し、鉄砲隊へと向かっていく。

だが、敵が並ぶ上ノ山の中腹までには、桶狭間の湿地が広がっている。すべてを倒すには、しばらくかかるだろう。

そうしている間にも、織田の本軍は、徐々に近づいてくる。

すでに先陣は、敵兵の内に呑まれ、混戦へと持ち込まれていた。このままでは、すぐに二陣へと達するであろう。こちらの半分以下である織田方を、囲んで潰すことができないのが、あまりに歯がゆい。

「鳴海城は、いまだ動かないか？」

織田方を大勢で包囲する当初の策は、いまだ生きている。もっとも近い鳴海城の兵が動けば、戦況は大きく変わるはずであった。

しかし、道の向こうから援軍が来る気配はない。傍の者も、首を横に振るばかりだ。

〈致し方なし〉

義元は、鳴海、沓掛、大高の三城に、後詰めを指示する命を出し、早馬を遣わした。

もっとも、それが届いたところで、もう間に合わないだろう。後詰めが到着するころには、どちらかの大将が倒れているに違いない。

鉄砲隊の攻撃は、変わらず続き、旗本たちの悲鳴も、途切れることがない。轟雷のような銃声とともに人が倒れると、周囲には「次は俺か？」という恐怖が伝播する。

〈いかんな〉

このままでは、旗本の結束が崩壊する。前備えが鉄砲隊を倒すまで、とても持たない。

だが、たったひとつ、すべての問題を解決する方法はある。銃弾を避け、士気を回復し、この場を確実な勝利に導く策だ。

——この高台を降り、自ら討って出る。

義元自身が、前方の敵に当たるのだ。

そうすれば、もう銃弾は届かない。大将が戦場にあらわれれば、士気も大きく上がる。

「ははっ」

思わず、義元は笑ってしまった。

心が滾《たぎ》る。

胸の内が熱く燃え、握る拳が震えるのだ。

このような事態に陥らぬよう、慎重に軍議は進められたが、義元自身はむしろ、この瞬間こそを望んでいた。

〈次郎三よ。あまりに見事だ〉

背後の鉄砲隊は、おそらく元康が引き込んだものだろう。大高道を進ませていた井伊直盛は、どうやら、先ほどの嵐で行き違いになったらしい。かの青年の殺意が、今、明確な形となって目の前にあらわれたのだ。

〈これほどのことを、成し遂げる者が、どれほどいる?〉

あれを育て上げたのは自分だと、この場で叫びたいくらいであった。

〈ましてや、この瞬間に浮かべている笑みは、どれほど美しい?〉

大高城の二ノ丸に座る元康の笑顔を想像するだけで、義元は興奮した。自分が求めてきた美の結晶が、そこにはあるのだ。

〈ならば、絶対に負けられぬ〉

義元は、腰に佩いていた名刀・左文字を抜き払い、命じた。

「これより、我ら修羅に入る」

周囲は大きくざわめいたが、義元は構わず切っ先を前へと突き出した。

「進め」

周囲を固める三百もの旗本とともに、義元は戦場に向かって前進し始めた。

三

両軍、泥に塗《まみ》れての混戦の中、自身も槍を握り戦っていた織田信長であったが、下山し始めた今川方の本陣を目にし、歓喜した。

まさに、望外。

砲撃を背から受けた義元が、どのように動くかは、いろいろと考えられたが、その中でも、もっとも好都合な展開であった。

もし、逃げられれば、追いつけなかっただろう。居座られても、たどり着けなかった。それが、こうして戦場へと降りてきたのだ。

たまらず、武者震いする。

こうなれば、もう逃しはしない。必ず、ここで決着をつける。

「さあ、掛かれい」

信長の絶叫に、その場の全員が唸り声で答えた。

ついに織田の本軍は、敵の二陣を抜き、三陣までも乱戦へと持ち込む。

先ほど、前備えは高台の裏へと廻ってしまった。もう、目の前には義元の率いる旗本しかいない。

数こそ負けているものの、勢いはこちらに分がある。誰かひとりでも、義元の首に刃が届けば、それで勝ちなのだ。

思えば、義元の指揮はちぐはぐであった。自ら討って出るならば、前備えを高台の裏へと廻す必要はない。鉄砲など、無視すればよいのだ。

また、旗本の陣形も、義元を中心とした円陣であった。攻めに転じるつもりなら、兵は前に厚く置くべきだろう。あの布陣では、時間稼ぎにしかならない。あまりに行動が場当たりすぎる。

鳴海城から後詰めが来るまで、粘る腹づもりなのかもしれないが、そうはいかない。

「上様。御所望の首が、勝手に近寄ってきましたな」

目の前では、毛利良勝が弓を引き絞り、矢を放っていた。

矢は、幾人もの隙間をすり抜け、義元を守る旗本へと命中する。

「ああ。あれを獲れるか、新介《しんすけ》？」

「もちろんです」

小さくうなずくと、新介は弓を捨て、刀を抜き放った。

そのまま、一気に駆け出す。

信長の背後から来ていた馬廻りも、まるで海嘯《かいしょう》のように敵陣へとぶち当たった。

敵と味方が、いっぺんに混ざり合う。

〈たまらぬな〉

信長の顔には、自然と笑みが浮かび上がった。

ここを突破すれば、義元がいる。

駿河・遠江・三河の三ヶ国を治めるほどの男が、この刃の届くところにいるのだ。

「押せ、押しつぶせ」

信長は絶叫した。

乱れかかった雑兵《ぞうひょう》たちが、刀を合わせ、鎬《しのぎ》を削る。両軍、ともに死傷者は数え切れないが、もはや引くことはできない。少しでも後ろに下がった方が、必ず負ける。これは、そういう戦いなのだ。

土砂と血飛沫が舞い散る戦場は、いよいよ終局の刻を迎えようとしていた。

四

そのとき、今川本陣の裏から、鉄砲を撃ち放していた木下藤吉郎は、今川の前備えに襲われていた。

すでに、服部一忠の姿はない。

一忠は、今川方の本陣が、高台の向こうへと消えたとき、「すまぬ、藤吉郎。ここは任せた」と云い残し、たったひとりで奔り出してしまった。おそらくは、義元の首を狙いに行ったのだろう。

その心情は、大いに理解できるが、多くの敵が迫るなか、わずかな数の鉄砲隊を率いることになった藤吉郎は、たまったものではなかった。

「なんなのだ、あの方は？」

文句を云いながら、沼地に嵌る敵へ、引き金を引く。

もともと、無責任な人ではあったが、まさか、敵陣の奥で自勢を放り出すとは、あまりに酷《ひど》すぎる。敵の本陣を高台の向こうへと追いやることで、鉄砲隊はひとつの役割を果たしたが、まだ仕事は残っているのだ。

〈とにかく、あの連中を、この場に引きつけねば〉

ここで逃げ出せば、奴らは自陣へと戻ってしまうだろう。そうなれば、織田方の本軍が苦戦することとなる。

「勝負どころだ。とにかく撃ち続けろ」

藤吉郎は配下に声をかけながら、自身も鉄砲を撃ち続けた。

だが、黒煙の向こうの敵に、自分の弾が当たった気配はなく、藤吉郎は舌打ちする。

〈ここまでやったのだ。何が何でも生き残ってやる〉

織田方が勝利すれば、信長は自分の力量を大きく評価するだろう。もしかしたら、出世の足掛かりになるかもしれない。ただの足軽が、真の武家になれるかもしれないのだ。絶対に、死ぬわけにはいかなかった。

だが、現実は非情であり、湿地を抜けた敵勢は、次々に坂を駆け上がってくる。

そろそろ限界であった。

「よし。込めている弾を撃った者から、背後へ逃げろ。できるだけ、ばらばらに散れ」

藤吉郎は、弾を撃った直後に、自勢へ向かって叫んだ。

今ごろ、あの高台の向こうでは、義元の旗本に対し、信長が自ら当たっているだろう。

ならば、間もなく決着はつく。もう、この場を離れてもいいはずだ。

藤吉郎は、最後の一発を銃口へと込めた。ほかの者も鉄砲を放り投げ、後ろへ逃げ始めている。

「ようし」

ここまで頑張ってくれた仲間に感謝しながら、藤吉郎は引き金を引いた。

だが、放った弾丸は、目前にまで迫っていた敵の横を抜けていく。

〈外した〉

もう一発を込める余裕はない。しかしながら、ここで背を向ければ、すぐに追いつかれ、殺《や》られてしまう。

泥まみれの敵兵が、ぎらぎらと光る穂先をこちらに向けた。

「うおおっ」

藤吉郎は覚悟を決め、鉄砲の先端を握ると、そのまま坂を駆け下りた。

間一髪で槍をかわし、床尾《しょうび》で敵の頭を殴りつける。

鉄砲の絡繰《からく》りが、衝撃で砕けた。

だが、兜は固く、まるで傷を負わせられない。敵は叫びながら、槍の柄で藤吉郎を押してくる。

ぬかるみに足をとられた藤吉郎は、激しく転倒した。斜面に倒れた藤吉郎の上に、槍が振り上げられる。

「うわあっ？」

口から上がった悲鳴は、あまりに情けなかった。こんなものが、自分の末期かと思うと、あまりに口惜しい。

死を覚悟した、その刹那――、

「ぎゃあっ」

上がった断末魔は、自分のものではなかった。

見れば、目の前の敵には、どこから飛んできたのか、槍が刺さっている。その柄は、自分のよく知る朱色であった。

「藤吉郎、大丈夫か？」

やはり、背後から駆けつけてきたのは、前田利家であった。

もっとも、その姿は尋常なものではなく、鎧のあらゆる場所には針山のように矢が刺さり、顔も血まみれであった。

「い、いや」

そっちこそ大丈夫かと、藤吉郎は問いただしたかったが、上手く言葉が出ない。

「火薬の黒煙が上がっている方にいるかと思って来てみれば、やはり正解だったな」

「いったい、どうして？」

「お前を見殺しにして、拙者だけ手柄を上げるわけにはいくまい」

云うと、利家は藤吉郎の手を摑み、無理やり立たせた。

「とにかく、今はこの場を脱するのが先だ。さあ、奔るぞ」

手を引きながら、利家が奔り出す。

藤吉郎も、先ほどの一撃で壊れてしまった鉄砲を捨て、駆け出した。背後からは、今川方の兵が追いかけてくるが、構ってはいられなかった。

「それにしても、又左殿。いったい、どうやってここまで？」

「道沿いに、無理やり奔って来ただけだ」

「そんな無茶な」

あの高台から北西に向かっては、今川本軍である四、五千もの兵が居並んでいたはずだ。そう簡単に抜けられるはずがない。

だが、そんな無理を、利家は強引に通したのだ。

——自分ひとりを助けるために。

こみ上げてくる涙を、藤吉郎は泥だらけの手で拭った。そのまま、二人は斜面沿いを北へと進んでいく。

途中で、幾人かの敵と遭遇したが、そのすべてを利家は槍でさばき、倒していった。まるで疲れを感じさせぬ働きに、藤吉郎は感服するしかない。

「まったく、勿体ないですな。又左殿」

「何がだ？」

「俺なんか放っておいて、大将の首を掻き獲りに行けば良かったものを」

「いいや」

利家は首を横に振る。

「そんなことはないさ、藤吉郎。武功を上げる機会など、これからもあるが、お前の命はひとつきりだ」

「ありがたい話ですが、三ヶ国を治める大名の首など、そうそう獲れるものではないでしょう」

「そうだな。――ならば、これから獲りに行くか？」

「今からですか？」

「そうだ」

しばらく進むと、ついに二人は東海道へと出た。西の方では、織田と今川の本陣が激しくぶつかり、怒声や鬨の声が飛び交っている。

まさに、決着がつく寸前であった。

「さあ、行こうぜ」

「はい」

最後の力を振り絞り、藤吉郎は駆け出した。

五

その戦場の中央では、今川義元が必死の応戦をしていた。

周りを囲む旗本は次々と倒れ、その数を減らしていく。

もちろん織田方の馬廻りも、数多く討死しているが、連中の勢いは衰えることなく、幾度も突撃を繰り返してくる。

いまだ円陣に乱れはなく、士気もけっして低くはない。それにも拘らず、自軍はかつてない苦戦を強いられている。

「くくっ」

義元は、喉を鳴らして笑った。

確かに、丹念に築き上げていた自勢が壊滅していく様は、あまりに美しい。まさに、破調の美の極致とも云うべき光景であろう。

それでも、死ぬわけにはいかない。

なにしろ、大高城には、この策を成し遂げた松平元康がいる。その姿を見るまでは、死んでも死にきれない。

〈次郎三め〉

義元は、自ら刀を振るいながら、はるか彼方で、静かに笑う青年を想う。

それは、義元が求め続けた、究極の美であった。その尊顔を拝するために、これまでの生があったと云っても、けっして大げさではない。

「進むのだ。このまま大高城へ」

義元は、声を張り上げる。

もう、潮は引き始めているだろう。浜道を南下すれば、大高城へはすぐに到着する。

おそらく元康は、義元のために本丸を空けて、二ノ丸で控えている。

その顔に湛《たた》えられた微笑を、早く見たい。

「進め、進め」

叫びながら、義元は必死に足を前へ出そうとする。

だが、円陣は少しずつ後退しており、徐々に谷あいの湿地へと押されつつある。このままでは、沼へと嵌りそうな勢いであった。

「おのれ」

思いどおりの戦況にならず、義元は苛つく。

周囲からは、「どうか、お逃げを」などという声も聞こえてきたが、義元は――、

「引けぬ」

と一喝した。

「たかだか二千を相手に、戯《たわ》けたことを云うな」

この程度の敵を相手に、何を恐れることがあろうか。正面に立つ旗本を押しのけ、義元は自ら前へと進み出た。飛んできた矢が、兜の横の吹返しに当たったが、どこにも怪我はない。

〈やはり、当たらぬ〉

いまだ、武運が尽きたようには、とても感じられなかった。義元は、愛刀・左文字とともに、さらに前へ出た。

響き渡る剣戟《けんげき》の音や、濃厚な血の薫りにより、気が昂《たか》ぶる。

「このまま引いたところで、泥に塗れて死ぬだけだ。進む以外の道など、我らにはない。さあ、押せ。押すのだ」

義元の号令により、全軍が強引に動かされた。

しかし、一丸となっていた前線は、大きく崩れ、円陣の中に敵兵が紛れ込む。

泥に塗れた戦場は、さらなる混戦へと陥り、義元の鎧にも、敵の穂先が掠《かす》り始めた。両軍とも、獣のように吠えながら、互いの身体に刃を突き立て合う。

喧騒とともに、周囲から凄まじい殺意を向けられ、義元も咆哮した。

「かしましい。邪魔をするな」

飛びかかってくる敵に対し、刀を横へ薙ぐと、鮮血が弧を描くように飛び散る。左文字の切っ先は、正確に喉を切り裂いていた。

どれほどの敵が来ようと、義元はすべて迎え撃つつもりでいる。大高城へ着くまでは、けっして邪魔などさせない。

今、義元が求めるものは、ただひとつ。

——松平次郎三郎元康。

その美貌が、もっとも輝く瞬間のみであった。

多くの兵が入り乱れて戦うなか、義元は確実に足を前に出し、立ちはだかる者を、容赦なく斬り伏せていく。

迫る矢は、すべて刀で払い、突っかけてくる敵は、その喉を裂いた。また、足を払おうとする槍は、その穂先を、思い切り蹴り上げる。

〈まるで、相手にならぬ〉

などと義元が考えていたとき——、

「あれだ。あれを倒せ」

と、敵陣の中で、何者かの騒ぐ声が聞こえた。

〈今のは、織田弾正か？〉

あの声が敵の大将ならば、互いの距離は相当に近い。このまま進めば、この手で首を落とすことさえできそうだった。

「弾正っ」

義元は刀を振りかぶりながら、ぬかるんだ土を蹴った。

だが――、

「覚悟っ」

背後から怒声を浴びせられ、義元は慌てて身をひねった。

見れば、多くの旗本を押しのけながら、敵将が槍を振り上げている。

「くっ」

とっさに身を屈《かが》め、義元は迫る一撃を危うくかわした。

そのまま、刀で足を薙ぎ、敵の膝頭を斬った。

「うわっ」

足を斬られた敵は、義元へ覆いかぶさるように、前へ倒れる。

「ぐっ」

互いの身体がもつれ、義元も泥の上へと転んだ。

そこへ、別の敵将の刀が振り下ろされる。

素早く身を起こした義元は、敵の懐へ潜り込もうと、跳躍した。

義元の腕は、敵の腰を抱え、そのまま後ろへと倒す。

「お、おおっ」

敵の手が、義元の顔を押してきた。

義元は、その指を嚙む。

今川の大将が、そのようなことをするとは思わなかったのか、敵将は慌てた声を上げた。

義元は、咥《くわ》えた指をそのまま嚙み千切《ちぎ》った。汚い指を吐き捨て、このまま、首を掻っ切ってやろうとした刹那――、

「うぐっ」

脇腹に凄まじい痛みを覚え、義元は呻いた。

よく見れば、敵の腕に握られた短刀が、深々と腹に突き立てられている。

義元は刀を振ろうとするが、身体に力が入らず、そのまま横へ倒れた。

地に伏せた義元の目に映るものは、泥に塗れた敵兵の足ばかりであった。必死に土を掻き、義元は前へ進もうとするが、まるで身体は動かない。

〈じ、次郎三――〉

元康の微笑を、義元は夢想する。

〈なんて、美しい――〉

義元の意識は、そこで永遠に途切れた。


――同時刻、大高城。

元康は扇を広げ、そっと口元を隠した。

そのまま、しばらく沈黙する。

「どうなされた？　次郎三郎殿」

井伊直盛は、怪訝な顔で元康に問う。

「いえ」

元康は、うつむきながら答える。

「なんでも、ありません」

井伊直盛から「服部党の連中は、どこへ行ったのか？」と問われ、云い淀んでいた元康であったが、とある予感に、思わず口元が緩んでしまった。

〈おそらく、我が策は成ったのだ〉

この井伊直盛は、義元からの使者として大高道を進んで来たようだが、途中で織田方の兵とすれ違っていないのならば、それこそが義元の武運というものだろう。

——奴の命運は、確実に尽きた。

ゆえに元康は、とっさに扇で笑みを隠したのだった。

もっとも、直盛が到着したことで、自分の武運も尽きたのだ。この男は、必ずや自分の正体を見抜くだろう。

その思いが、元康の笑みを、さらに歪ませた。

この凄惨な微笑みを見たのは、この世でただひとり。元康の隣に立つ本多忠勝のみであった。

六

扇に隠された松平元康の顔を見て、本多忠勝はぞっとした。

いったい何を思えば、あのような笑みになるのか？　いまだ十三歳の忠勝には、想像もつかない。

ただ――、

〈あまりに、美しい〉

背筋を震わせながら、少年は息を呑む。

もともと、見目麗しい殿様だが、先ほどの微笑については、もはや形容のしようもなかった。

何の意味もなく、このような顔をするとは思えない。忠勝は黙し、事態の推移を見守るしかなかった。

忠勝たちが立つのは、大高城に隣接する小さな湊であった。目の前には伊勢湾が広がり、北西には熱田湊も小さく見える。

すでに、正午を過ぎていた。潮は徐々に引き始めていた。そろそろ、北へ抜ける浜道も使えるだろう。

井伊直盛が、三名の家臣を連れ、この大高城へあらわれたのは、つい先ほどのことであった。

元康は自ら城門へと赴き、彼らを出迎えたが、そこで、鯏浦の服部党について問われた。どうやら直盛は、「服部党を、本軍へ合流させよ」と、義元の命を受け、この城まで、やってきたらしい。

だが、船でやってきた服部党は、すでに熱田へと向かっている。そのことを元康が説明すると、直盛は「ならば、確認したい」と云い、この湊までやってきたのであった。

元康の傍に立つ忠勝は、気が気ではない。

なにしろ忠勝は、元康の虚偽について知っている。義元の命令だと偽り、服部党を熱田へと向かわせたのは、ほかならぬ松平元康なのだ。

主君の真意が分からず、忠勝は大きく困惑したが、元康が扇で笑みを隠したのは、まさに、そのときであった。

「次郎三郎殿。もう一度、確認したい」

険しい表情を湛えながら、直盛が問い質《ただ》してくる。

「服部左京亮は、間違いなく、この大高城まで来たのだな？」

「もちろんです」

口元の扇を下ろし、元康は答えた。

その顔からは、すでに先ほどの笑みは消えていた。かの妖しい微笑は、本当に一瞬のことであった。

「そこの倉には、服部党が運び入れた兵糧が積まれています。確認なされますか？」

「いや、それにはおよばぬ」

直盛は首を横に振った。

「服部党が、この大高城まで来たのは確かなのだろう。だが、連中が大高城へ留まらなかったのは、いったい何故《なにゆえ》か？」

「分かりませぬ。おそらくは、戦局などを考慮しての判断かと思います」

「そんなはずはない」

直盛は、元康へ詰め寄った。

「この大高城から、如何にして桶狭間近くの戦況を窺うと云うのだ？　そんなこと、できるはずがない」

「服部党は、海から尾張を窺うことができます。熱田に集まる織田方の情勢から、何事かを判断したのかもしれませぬ」

「否」

きっぱりと、直盛は否定した。

「御屋形様は、この大高城で服部党を本軍へ組み込む予定であった。それは、服部左京亮も充分に承知していたはずだ。どのようなことがあろうが、勝手に命令を違えるなど、あるはずがない」

「ですが、連中が熱田へと向かったのは、紛れもない事実です」

「ああ、そうだ。ゆえに分からぬ」

「いったい何が？」

「貴殿だ」

元康の目を、直盛が睨《ね》めつける。

「次郎三郎殿。貴殿の言葉は、まるで筋が通らぬ」

「いったい、どこが？」

「服部党に関するすべてだ」

「ほう」

元康は顎を引き、直盛を睨み返した。

「穏やかではありませぬな」

「こちらとて、子供の使いではない。御屋形様の命を受け、この大高城にいる」

「それは分かりますが、あらぬ疑いをかけられては、こちらも困ります」

「ならば、拙者を納得させてみよ。——何故に、服部党を熱田へ向かわせた？」

直盛の言葉に、忠勝は肝を潰した。

〈全部、分かっている？〉

義元からの命令を偽り、元康が服部左京亮を熱田へと向かわせたことを、忠勝はよく知っている。

「大高城での本軍合流は、御屋形様からの御命令だ。いくら服部左京亮が莫迦であっても、それに自ら逆らうなどありえぬ」

「ですが、服部党は今川の家臣ではありませぬ。さらに云えば、武家でもない。武功のためならば、抜け駆け程度のことはするのではありませぬか？」

「そのような理屈をつけなくとも、もっと簡単なことであろう。——熱田へ行けと、貴様が御屋形様の御命令と偽り、左京亮の耳へと吹き込むだけでいい」

井伊直盛は、ことの真相を、見事に云い当てた。忠勝は大いに驚かされたが、一方の元康は——、

「そんなことをする理由が、私にはない」

と、あくまでしらを切る。

「服部党を熱田へ向かわせたところで、どのような得があるというのですか？」

「分からぬが、ないはずがない」

直盛は強く云い切った。

「そもそも、服部党などのために、遠江衆である我らが遣わされることこそが、あまりに奇妙ではないか。御屋形様には、何か心当たりがあるとしか、考えられぬ」

「なるほど」

元康は、軽くうなずきながら、直盛を睨みつけた。

「ですが、その心当たりとは、いったい何ですか？」

「ぬう——」

元康の問いに、直盛は押し黙った。どうやら、そこまでの答えは持ち合わせていないらしい。

〈いったい、何がどうなっている？〉

忠勝は思考する。——これは、どういう事態なのか？

まず、元康は服部左京亮に嘘をつき、服部党を熱田へと向かわせた。これは、間違いないことだが、その理由となると、やはり分かりそうにない。

ならば、なぜ義元は大高城へと、井伊直盛を派遣したのか？　その理由は、本当に服部党のためだけだったのだろうか？

〈——まさか、ほかに何かあったのか？〉

これまでの軍勢の動きを、忠勝は必死に思い出す。

大勢である今川方は、本軍への奇襲を警戒し、すべての道に兵を配していた。そういう意味においては、この大高城も、大高道に対しての見張りであろう。

〈しかし、わざわざ御屋形様は、この井伊次郎殿を、大高城へと寄越した〉

――つまり、疑っていたのだ。

義元は元康のことを、心の底からは信用していなかったことになる。

〈どういうことだ？　まさか御屋形様は、若君が裏切るとでも考えたのか？〉

確かに、元康は裏切ることもできる。やろうと思えば、この大高城から織田方の兵を引き入れ、大高道を進ませることも、充分に可能であった。

〈いや、そんな莫迦な？〉

忠勝の心臓が、痛いほど跳ね上がる。

〈だが、まさか――〉

この考えのとおりならば、様々なことに説明がつく。

――今朝、元康が家臣を城で休ませたのは、織田方の兵を海から引き入れるのを、見られないようにするため。

――偽りの命令により、服部党を熱田へと行かせたのは、織田の兵との接触を、可能な限り避けるため。

め。

——義元が井伊直盛を遣わしたのも、そんな元康の動きを見切り、織田の兵を見つけるた

おおよそすべて、辻褄が合う。

〈——しかし、そんなことがありえるのか？〉

忠勝は、改めて元康を見た。

そこにあるのは、常と変わらぬ、端正な横顔であった。

〈この御方が、本当に？〉

今以て、忠勝は信じることができない。

そのとき——、

「急報であります」

という声が湊に響き渡り、小姓のひとりが慌ててこちらへ駆け寄ってきた。

「どうした？」

「はい。本軍から伝達です。現在、本軍は織田方により背後から急襲され、危機に陥ってい

るとのこと。至急、兵を桶狭間へと向かわせよと——」

忠勝は、大いに驚かされた。

井伊直盛も目を見開き、驚愕の表情となっている。

ひとり、元康のみが冷静であった。

「それは、間違いないのか?」

元康は、小姓に問い返す。

「本軍からの早馬です。けっして間違いはありません」

「ならば、諸将を二ノ丸へ集めよ。急いで議し、対応を定める。すぐに私も向かう」

「はい」

ほかの将を集めるため、小姓は走り去っていった。

忠勝も二ノ丸へ向かおうとしたが——、

「待て、次郎三郎殿」

と、直盛が呼び止める。

「これは、貴様が仕掛けたのか?」

どうやら直盛も、忠勝と同じ考えに辿り着いていたらしい。その顔は険しく、怒りに燃えている。

対して、元康は何も答えない。

ただ、わずかに口角を上げ、薄く笑ったのみであった。

その雄弁な微笑みで、考えの正しさを確信したのだろう。直盛の手が、腰の刀にかかった。

素早く鯉口が切られる。

一方の元康は、なぜか、静かに目を閉じていた。——まるで、すべてをやり遂げたかのように。

〈いけない〉

死ぬ気なのだと、忠勝は直感した。

この場に井伊直盛がいたことを、天運のように感じているのだろう。目を閉じた元康の顔には、諦観の相が浮かんでいた。

だが、そんなことはさせない。

直盛が柄を握るより速く、忠勝は抜刀する。

斬り上げた切っ先は、直盛の首筋に、深く入った。

鮮血が虚空に噴出する。

大きく目を見開いたまま、直盛は崩れ落ちた。

血飛沫を浴びながら、さらに忠勝は踏み込み、直盛の背後に立っていた三人の家臣を斬りつけた。

その場にいた井伊家の者は、瞬く間に命を落とすこととなった。

「――なんてことを」

ようやく目を開いた元康は、呆然とした様子であった。

「致し方ありませんでした」

忠勝は血振るいし、倒した敵の袖で刀を拭った。

「先に刀へ手をかけたのは、井伊次郎様です。手加減はできませんでした」

元康は、目を手で覆いながら、ため息をついていた。

「こんなことは、望んでいなかった」

「ならば、何を望んだというのですか？」

「治部大輔だ」

小さくつぶやきながら、元康はその場に膝をついた。

「あの男さえ殺せれば、それで良かった。すべては、そのためであったのだ」

「まだ、織田方が急襲したというだけではないですか。御屋形様が討死したかは、分かりません」

「いや」

元康は、首を横に振った。

「治部大輔の天運は、次郎殿が大高城へ着いたことで、すでに尽きた」

倒れた井伊直盛を、元康は見ていた。いまだ死体からは血が流れ続け、元康の膝を赤く染めている。

「もっとも、同時に私の運も尽きたと思っていたのだが――」

「まだです」

元康を見下ろしながら、忠勝は云う。

「俺は、これが初陣なのです。まだ、始まってもいない。だから、そんなこと、云わないでください」

「ああ、そうだな」

ひどく乾いた声で、元康は笑った。

忠勝はたまらなくなり、元康の前で膝をつき、そのまま抱きしめた。

互いの具足が、ぎしぎしと軋《きし》む。

「殿様」

「なんだ？」

「これからは、ずっと一緒です」

忠勝の目からは、静かに涙が溢れ出していた。

「もう、ひとりで戦う必要など、ありません。岡崎の兵も、民も、すべて殿様の味方です。俺だって、何があろうと」

「ああ」

元康も、忠勝の身体を抱きしめてくる。

「だから、もう――」

その後は、もはや言葉にならなかった。

忠勝は、主君の身体を抱きしめたまま、延々と泣き続けた。

「分かった。平八」

元康は、忠勝の頭を撫でながら云う。

「これからは、ともに歩もう」

「はい」

「まずは、岡崎の城を取り戻す。手伝ってくれるな？」

「はい」

「その後は、三河を治め、遠江を獲り、最後に駿河を焼く」

——駿河を焼く。

その言葉を口にしたとき、元康の腕に、ぐっと力が入った。

〈念願なのだ〉

そう理解した忠勝も、腕に強く力を入れた。

なぜ、これほどまでに元康が今川を憎むのか、忠勝は分からなかった。

だが、それで構わないのだろう。駿河で何があったかなど、自分が知る必要はない。ずっと、この方の傍に立ち、戦い続けるだけでいい。

〈俺は、一本の槍でいいのだ〉

忠勝は、強く思った。

やがて互いに言葉はなくなり、抱き合う二人の耳には、湊に響く潮騒の音しか届かなくなった。

七

織田方の本軍は、見事に大将・今川義元を討ち果たした。

義元の首を落としたのは、信長の馬廻りである毛利良勝であった。良勝は手の指を食い千切られながらも、義元の腹を脇差で貫き、倒れたところにトドメを刺した。

大将を獲られた今川方は、算を乱して逃げ出した。槍も弓も捨て、義元の乗ってきた塗輿《ぬりごし》も置き去りであった。

もっとも、このあたりは沼が広がる難所であり、多くの兵が泥に足をとられた。追い首を求める織田方は、そこへ一気に襲いかかった。

このとき、信長の懸念は、鳴海城の動静であったが、彼らは城から出てくることなく、事態を静観する構えのようであった。大将の討死という凶事に対し、城主だけでは判断ができないのだろう。沓掛城や大高城も、同様の判断をするに違いない。

これは、信長にはありがたかった。

なにしろ手勢の数が足りない。戦死した者の数は、今川方と大きく変わらなかった。信長の背後の東海道は、まさに死屍累々であり、生き残った者も、何かしらの怪我を皆が負っている。信長自身にも、大きな刀傷が幾つかあった。

まったく危ういとは思うが、今回ばかりは自ら前に出ねば、勝ちは拾えなかったろう。せいぜい、今後は気をつけるしかない。

もっとも、この程度で済んだのなら、運がいい方であった。信長は、この合戦でもっとも運のなかった男に声をかけた。

「まだ痛むか、小平太？」

「そりゃ、痛みますよ。足を一本、なくしたんですから」

云いながら、木陰に横たわる服部一忠は、からからと笑った。

義元の背後を襲った一忠は、逆に右膝を斬り落とされ、足を失った。太腿を縄で縛りながら傷口を焼き、どうにか出血は止まったが、今後の生活は苦労することとなるだろう。

ましてや、義元の首は良勝に獲られてしまったのだから、忸怩たる思いであろうことは、想像に難くない。

それでも一忠は――、

「ああ、惜しかった」

と、楽しげに笑っていた。

この強さが、今後の馬廻りから失われることを、信長は心から惜しむ。

「やはり、強かったか？　あの御方は？」

「そりゃあ、もう」

しゃがみ込んで尋ねる信長に対し、一忠はしみじみと答えた。

「舞うが如くとも云うべき、凄まじい剣さばきでした。まさか今川の大将が、あんなに強いとは思わなかった」

「まったくだ」

信長も、ため息をつく。

「むしろ、あれほどの腕前であったからこそ、引き際を間違えたのかもしれんな。あの場では、逃げられた方が厄介であった」

「とはいえ、あの大将を逃さないために、俺たちに鉄砲で背を撃たせたのでしょう？　伏兵を警戒すれば、退却はできなかったと思います」

「そうかな」

勝利した後ならば、そうは云えるが、やはり信長には、逃走が不可能であったとは思われなかった。早馬が一頭でもいれば、義元だけならば沓掛へ帰城していただろう。

〈むしろ、あれは進軍しているかのような動きであった〉

西へ、西へ。

さながら、何かを求めるように。

しかしながら、もはや義元の真意を確かめることはできそうになかった。

「ああ、そうだ」

何かを思い出したのか、一忠が切り出した。

「上様、藤吉郎は見かけませんでしたか？」

「いや、見ていない」

「そうですか」

一忠は、バツが悪そうに髪を掻いた。

「大将の首を獲るために、高台の裏へ置いてきちまったんです。もし死んでたら、寝覚めが悪い」

「ああ、見かけたら知らせる」

「お願いします」

無理に頭を下げようとする一忠を、信長は押し留め、周囲を見渡した。

合戦の途中、前田利家は藤吉郎を助けるために、前へと駆け出していた。生きていれば、ともにいるかとも思ったが、目に届くところに利家の朱色の槍は見えなかった。

そのとき――、

「上様」

と、豪華な太刀を持った毛利良勝が、こちらへと向かってきた。

「どうした、新介。指はいいのか？」

「そこで寝ている男に比べれば、どうということはありません」

それを聞き、一忠は不機嫌に眉根を寄せたが、とくに反論はないようであった。

「それより、これを」

太刀の鞘《さや》を両手に持ち替えた良勝は、それを信長へと差し出した。

「これは、上様がお持ちください。拙者には扱えませせぬ」

「だが、お前が捕ったものであろう？」

戦場において、死んだ敵の武具を分捕るのは、当然のことであった。良勝が太刀を貰うことに、誰も異存などないだろう。

「しかしながら、この太刀は手に余ります。とても、拙者が扱っていいものとは思えませせぬ。どうか、お確かめを」

信長は太刀を受け取り、ゆっくりと鞘から抜いた。

長さは、おおよそ二尺六寸ほどであり、信長には、やや長く感じられた。

刃紋は広直刃《ひろすぐは》調、互《ぐ》の目足《めあし》入り。沸《にえ》の強い相州《そうしゅう》伝のような作刀は、南北朝のころのものに思えた。

「まさか、左文字か」

「銘は確認していませんが、おそらくは」

左文字とは、南北朝のころに活躍した筑前《ちくぜん》の刀工であった。幾振りもの名刀を残しているが、そのほとんどが短刀であり、このような太刀は珍しい。

「すげえ」

一忠も、感嘆の声を上げていた。

「そいつに斬られたのならば、俺の足にも箔がつく」

たまらず、信長は笑ってしまった。

「確かに、値のつけようがない逸品だな。斬れ味についても、小平太の足が証明してくれる」

信長は、太刀を鞘へと収めた。

「よく分かった。こいつは俺が預かることとする。代わりの褒美は、何か考えよう」

「ならば、ひとつ所望したいものがございます」

云うと、良勝は再び頭を下げた。

「どうか、これからも上様の馬廻りとして、末永くお仕えしたいのです」

「そんなことは、云うまでもない」

信長は、やや呆れながら答えた。

「しかし、この指です。もはや、以前のように槍を振るうことは、できないかもしれません」

良勝は、布を巻いた左手を、信長に見せてきた。どうやら、本気で云っているらしい。

「構わんさ」

信長は、きっぱりと云い切った。

「指だろうが、足だろうが、その程度を失ったくらいで、心配するな」

「ありがとうございます」

良勝は、何度も頭を下げる。

一方——、

「別に俺は、何も心配なんかしていませんけどね」

と、一忠はにやにや笑っていた。

うへの山より服部小平太《はつとりこへいた》つきかゝり候へ共、ひさの口をわられ、其後毛利新助《もうりしんすけ》切て入御首取申候。其時何といたし候やらん、口の内へ人さしゆひはいり申候を、くいきり被取申候。

『水野勝成《みずのかつなり》覚書』

［現代語訳］

上《うえ》ノ山《やま》から服部小平太が突きかかったらしい。だが、膝を斬られ、その後、どうにか毛利新助が義元《よしもと》の首をとったが、何としたことか、その時、義元の口に人差し指が入り、食い千切られたという。

八

木下藤吉郎と前田利家は、信長から隠れるように、近くの草むらで寝そべっていた。

二人とも、決戦には間に合わなかった。

利家が今川方の本軍へ、槍をつけようとした直後、義元が討たれ、織田方からは歓声が上がったのだった。

気力も体力も使い果たした藤吉郎は、その場から動くことができず、利家も、本軍へ戻れなくなった。

二人は鎧を脱ぎ捨て、そのまま草むらの中へ転がったのだった。

「ああ、悔しいな」

空を見ながら、利家がしみじみとつぶやいている。

「あれは、獲れたな。拙者なら、絶対に獲れたと思う」

「だったら、行けばよかったじゃないですか？　俺なんか放っておいて」

「そんなこと、できるわけがないだろう」

利家は、語気を強めて云った。

「お前を助けたことを、後悔しているわけではないんだ。だが、ほら、分かるだろう？　目の前の大魚を逸した、この感じ」

「だから、放っておけば良かったのですよ」

「そうじゃない。絶対に後悔はしていないんだ。ただただ、惜しいというだけなんだが、ちくしょう、上手く云えん」

「はいはい、分かりました」

利家の言葉に嘘がないことは、藤吉郎にも分かっていた。ただ、自分が原因で武功を逃したのならば、やはり勿体ないと、藤吉郎も思う。

〈もっとも、それができるほど、器用な方ではあるまい〉

心に棚を作るという簡単なことが、利家にはできない。ゆえに、笄《こうがい》斬りなどという莫迦げた事態を引き起こす。

だからこそ、この御仁は信用できるのだ。

同郷や同族であっても、絶え間なく裏切りが続く世相にあって、このような男は貴重であろう。これからも、末永くともにありたいと、藤吉郎は思った。

「上様と話す機会があれば、又左殿のことは云ってみます。早く帰参させねば、織田家の損失であると」

「武功も上げていないのに、そんなことを云われても、上様が困るだろう。今はおとなしく、次の機会を待つさ」

確かに、織田家の敵は今川家ばかりではない。美濃の斎藤家との関係は険悪であり、すぐにでも合戦となる気配がある。利家の次の活躍も、そう遠くはないはずだ。

「まあいい。今日はここまでだ」

利家は元気よく跳ね起きると、地に置いていた朱槍を握った。

「どちらへ行かれるのですか?」

「お松へ謝りに行かねばならぬから、まずは荒子かな」

「そうですか」

藤吉郎も、どうにか頭を起こし、立ち上がった。

「ならば、清洲でお待ちしています。酒でも用意しておきますよ」

「ああ」

利家は、いい笑顔で笑っていた。

「まったく、惜しい合戦であったが、楽しかったな」

「ええ」

藤吉郎もうなずいた。

「死ぬほど大変でしたが、楽しかった」

「じゃあ、清洲でな」

「はい」

こうして、利家はひとり、北西へと歩き始めた。藤吉郎は、去りゆく友の背中を、しばらく眺めていた。

間もなく、「首実検などは清洲で行う」旨が全軍に知らされ、織田方の本軍も、清洲へ戻ることとなった。藤吉郎も重たい身体を引きずりながら、前を進む者たちについていく。

ただ、その道は東海道ではなく、南へ向かう鳴海道であった。

〈どういうことだ？〉

これでは、まるで逆方向であった。藤吉郎は、事情を知っていそうな者に声をかけてみた。話を聞くと、どうやら本軍は、大高城へと向かっているらしい。その後、潮の引いた浜道を北上し、清洲へ帰る予定だと云う。

それを聞き、藤吉郎は信長の真意を理解した。

〈次郎三郎殿を、その目で見ておきたいのか〉

なにしろ、これほどのことを成し得た男であった。いったいどのような姿なのか、興味はあるだろう。

ただ、二人が最後に会ったのは、元康が尾張の人質であった十一年も前のことであった。互いの見目は、大きく変わっているに違いない。いまだ、敵同士という立場である以上、近くで会うこともできない。

〈果たして、遠目で見て、それぞれが何者か分かるかどうか?〉

藤吉郎は、わずかに懸念した。

しばらくすると、本軍は大高道へ行き当たり、進路を西へ変えると、藤吉郎たちが嵐にあった処まで出た。

ここで今川方の将と鉢合わせていたら、戦いの結果は大きく変わっていただろう。不意の大雨に感謝するしかない。

ぬかるむ土を踏みしめながら、本軍は西へと進んでいく。

やがて、丸根砦の跡を通過すると、その向こうに、大高城が見えてきた。

城内では、こちらの動きを、かなり警戒しているらしい。物見櫓の上に、多くの兵の姿が見える。

騎乗する信長は、その方向をじっと見ていた。

藤吉郎も、目を凝らす。

「あっ」

城門近くの櫓《やぐら》に、朱い鎧を身につけた若武者がいるのを、藤吉郎は確かに見た。

間違いなく、湊で会った元康であった。

その表情を窺うことはできないが、騒がしい周囲の兵に対し、泰然とした態度で、こちらを見つめている。

その胸中は、果たして如何様か？　藤吉郎は遠大な計画を実行し、見事に成功させた青年の心情を慮った。

すると、騎乗していた信長は、小姓から何かを受け取った。

それは、太刀であった。

豪華な拵《こしら》えから見て、今川の大将が身につけていたものだろう。その名刀を、信長はすらりと抜き放ったのだった。

切っ先を、天に掲げる。

これは、言葉のない会話であると、藤吉郎は理解した。互いに、顔を突き合わさずとも、充分に真意は伝わる。

——迎えに来たぞ、竹千代。

信長は、無言で元康へと語っているのだった。

間もなく、織田方の本軍は、浜道へと進みだした。大高城からの追撃は、もちろんなかった。

この合戦の真実については、やはり、永遠に知られることはないだろうと、藤吉郎は確信する。

信長も、元康も、そして自分も、誰かに漏らすことはあるまい。

西の空は、すでに陽が傾きかけている。

〈さあ、帰ろう〉

彼方の清洲へ向け、藤吉郎は浜道を歩み始めた。

附祝言《つけしゅうげん》

epilogue

——千秋楽は民を撫で、万歳楽《まんざい》には命を延ぶ。相生《あひおひ》の松風、颯々《さつさつ》の声ぞ楽しむ。颯々の声ぞ楽しむ。

『高砂《たかさご》』

一

桶狭間での戦いは、織田方の勝利に終わった。大将の義元をはじめ、今川方は多くの将が討死した。水軍を率いてきた服部友貞も、熱田へ上陸したものの、一斉に迎え撃った町人により、敗走させられた。

そのような中、鳴海城の守将であった岡部元信は、唯一、城に踏みとどまり、織田方への抵抗を続けた。

戦い続けること、およそ十日。

元信は信長と交渉し、義元の首級を駿河へ送ることを条件に、ようやく開城した。

また、元信は、駿河へと戻る途中、刈谷城へと攻め込み、水野信近《のぶちか》を討ち取っている。どうやら、今川本軍への急襲を、刈谷水野によるものと考えたらしい。

岡崎松平勢は、ほぼ唯一、桶狭間の戦いに巻き込まれなかった軍勢であった。大高城の守将であった松平元康は、義元討死の報を聞くや、夜のうちに城を離れた。明け方、岡崎に到着すると、城の駿河衆は織田勢をおそれ退却を始めていた。元康は空城となった岡崎城に入り、ついに今川家からの自立を果たしたのだった。

もっとも、その動きを今川氏真は、裏切りとは考えず、しばらく放置していた。かつての念友が逆心を抱いているとは、夢にも思わなかったのだろう。

だが、桶狭間の戦いから一年を待たず、元康は駿河に向けて牙を剥いた。駿府には元康の妻子も残されていたが、元康は頓着しなかった。

ようやく元康の真意に気づいた氏真は、吉田城城代をつとめていた小原鎮実に命じ、松平家の人質十三名を、龍拈寺で処刑した。

桶狭間の戦いから二年後、元康は織田信長と講和し、同盟を結んだ。

その翌年には、義元からの偏諱である「元」の字を返上し、「家康《いえやす》」と名を改めている。

家康は、東三河の国衆を抱き込みながら、軍勢を東へ進めていった。

途中、一向一揆などに苦しめられながらも、ついには今川の拠点であった吉田城を陥落させ、駿河衆を三河から完全に駆逐した。

朝廷からは、従五位下三河守《みかわのかみ》に叙任された。このときに、姓を「松平」から「徳川《とくがわ》」へと改めている。

一方、今川家の当主が討死したことで、雪斎のまとめた甲相駿の三国同盟は、大きく揺らいだ。とくに武田家は、今川家に対して大きな不信感を持った。

武田家は織田家との外交を開始し、信長の養女が、武田家当主の世子へと嫁ぐこととなった。以後、織田家と武田家は、事実上の同盟関係となる。

また、武田家は徳川家とも盟約を結び、ともに今川を攻める体制を構築した。

武田は駿河へ。

徳川は遠江へ。

かつての今川領は、いまや両家の草刈場となったのだった。

桶狭間での敗北や、徳川家康の自立により、駿府は大いに混乱したが、今川氏真は、何ら有効な手を打てなかった。

やがて、井伊家の新当主・井伊直親《なおちか》が、家康に通じ謀叛を企てたとして、氏真に粛清された。また、遠江においては引馬《ひくま》飯尾《いのお》家、二俣《ふたまた》松井《まつい》家、犬居《いぬい》天野《あまの》家などが挙兵し、今川から離叛し始めた。

後に「遠州《えんしゅう》錯乱」と呼ばれる動きである。

さらには、武田に嫁していた氏真の妹が今川へ還《かえ》され、甲駿関係までもが一気に冷えこんだ。

氏真は越後《えちご》国の上杉《うえすぎ》家と和睦し、甲斐への塩留めを行ったが、これも大きな効果はでなかった。

しだいに、氏真は遊興に耽《ふけ》るようになった。

家臣の中では、小原鎮実の子・三浦義鎮《みうらよしざね》を寵愛し、やがては、政務のすべてを任せるに至った。駿河では風流踊《ふりゅうおどり》が流行し、氏真も自ら太鼓を叩いて興じたという。

間もなく、武田家は駿河への侵攻を開始した。家康も武田家との同盟により、遠江へ軍を進めた。

氏真は武田勢を迎撃しようとしたが、多くの重臣が武田方に寝返ったため、退却を余儀なくされた。氏真は駿府を捨て去り、遠江・掛川《かけがわ》へ敗走することとなった。

永く繁栄を極めた駿府は、武田信玄《しんげん》の手により、灰燼《かいじん》に帰した。

一方、遠江には徳川家康が攻め込んで来ており、氏真の立て籠もる掛川城も、間もなく包囲されることとなった。

ついに氏真は家康に降伏し、戦国大名としての今川家は、完全に潰《つい》えた。

しかしながら、かつての念兄を、家康は助命した。今川は徳川の家臣として、その命脈を保つこととなった。

二

――桶狭間での戦いから十五年後。

春のはじめ、徳川家康は鷹狩のため、浜松城から北へと向かった。近隣の村々を眺めながら進んでいくと、三方ヶ原《みかたがはら》と呼ばれる広い野へ出る。

一昨年のこと、この地で家康は、武田の大勢と戦った。

ともに今川領を切り取るため、一時は同盟を結んでいた武田家であったが、当主である武田信玄は、将軍・足利義昭《あしかがよしあき》の信長討伐令に応える形で西上し、家康と敵対した。

解説

【元康の裏切り】　永禄《えいろく》十年八月五日付の今川氏真判物に、「去酉年（永禄四年）、四月十二日岡崎逆心之刻」という文言があり、桶狭間の戦いから一年を待たず、元康が主家である今川氏を裏切ったことが分かる。《参考：平野明夫『徳川権力の形成と発展』（岩田書院　二〇〇六年）》

その結果、家康は野戦へと持ち込まれ、この三方ヶ原で、手痛い敗北を喫したのであった。

もっとも、直後に信玄は病死し、武田は西上を切り上げた。

すぐさま家康は、武田に獲られた城を攻め落とし、自領の回復に向けて動き出した。今は国境付近の長篠《ながしの》城を巡り、緊張が高まりつつある。

再度の決戦は、そう遠くないだろう。家康は、これからの戦いを思いながら、腕に鷹を乗せた。

合わせて、遠くの林に向け、犬が放たれる。すぐに、幾つかの木々が揺らぎ、枝に止まっていた鳥が飛び立った。

その瞬間を狙い、家康は空へ鷹を放つ。

蒼穹《そうきゆう》に舞い上がった猛禽《もうきん》は、獲物を見つけるや、一気に急降下し、獲物を捉えた。

「おおっ」

背後に控えていた遠江衆が、称賛の声を上げる。

褒美の餌をやるため、鷹匠《たかじよう》が走り出した。これは、爪に挟んだ獲物を取るためであり、ほかの者たちも確認へ向かう。

ふと、遠くを眺めると、野の端に、近郷の者たちが見えた。ただ、その中のひとりは、よく見知った少年であった。

「今日も、来ておりますな」

遠江衆のひとりが、面倒くさい様子でつぶやく。

――井伊虎松《とらまつ》。

かつて、このあたりを治めていた井伊家の末裔であった。

井伊家は代々、遠州井伊谷《いいのや》を治めてきたが、井伊直盛が桶狭間で戦死した後に、状況が一変した。家督は直盛の従弟である直親が継いだが、彼は讒言《ざんげん》により、主君・今川氏真に惨殺された。

そのとき、虎松は二歳であった。

直盛の娘・直虎《なおとら》が新当主となったものの、彼女は力およばず、ついには所領を他家に奪われてしまう。城なし子となった虎松は、この近くの龍潭寺《りょうたんじ》に預けられていた。

当然ながら、家康は井伊家の行方について、気にかけていた。

なにしろ、かの家の衰退については、家康自身に原因の一端がある。あの時、大高城でおとなしく斬られていれば、このようなことには、なっていなかったはずだ。

もっとも、ほかの遠江衆からすれば、井伊家など、すでに滅んだ一族であった。こちらをじっと見つめる虎松のことなど、歯牙にも掛けていない。

馬を下りた家康へ、鷹匠が獲物を差し出した。

それは、小さなウズラであった。

「実に御見事ですな」

そのような代物に対しても、遠江衆の称賛は変わらない。

家康は、わずかな不快を感じながら、再び虎松の方を見た。姿勢がいいため、ほかの者と混じっていても、よく分かる。

表情こそうかがえないものの、その気配には、わずかな殺気さえ感じられた。

〈ほう〉

家康は、興味をそそられる。

人から殺意を向けられたことは多いが、あのような少年からは、さすがに初めてのことであった。まるで、かつての自分を思わせる気配である。

小さな獲物を鷹匠へ預けると、家康は再び愛馬に飛び乗った。

背後からの声に構わず、鞭を入れる。

家康が近づくにつれ、見物人の多くは逃げ出していき、ただひとり、虎松のみが、その場に残っていた。

少年は膝を地につけ、深々と頭を下げる。

「面を上げよ」

命じると、虎松は上目で、こちらを睨んできた。

意思の強そうな瞳であった。引き結ばれた口元や、赤い頬は、家康の好みでもある。

「鷹が好きか、小僧？」

「いいえ」

凜乎とした態度で、虎松は答えた。

「私が見ていたものは、鳥ではありませぬ。ときおり、今のように野へやってくる上様の御姿です」

「なるほど」

家康は馬を下りた。

「それは、何故《なにゆえ》だ？　この三河守に仕えたいと申すか？」

「いいえ」

虎松は、再び否定した。

「家中においては、そのような声もありますが、私の考えではありませぬ。井伊谷の民が井伊家を望まぬならば、それまでのことでありましょう。ただ私は、上様にひとつ、御尋ねしたいことがあるだけなのです」

「それは、何だ？」

「なぜ、今川家を滅ぼさなかったのですか？」

虎松の眉が、大きく釣り上がった。

その声には、凄まじいまでの怒気がある。

「この遠江でしたことを思えば、氏真など断罪されて当然です。それにも拘らず、上様は奴の命を助けた。いったい、なぜなのですか？」

「そうだな」

少し考え、家康は云った。

「限りない代々の憎悪を、ここで断ち切りたかったからだな」

これは、家康の本心であった。

家康は今川を深く憎み、ついには義元を謀殺した。その後は、駿府の町も焼き尽くされ、かねてからの宿願は、おおよそ叶えられたと云っていい。

だが、その後の家康を待っていたものは、さらなる戦乱の嵐であった。

――十二年前の一向一揆。

――五年前の姉川《あねがわ》の戦い。

――一昨年の三方ヶ原の戦い。

合戦の規模も徐々に拡大し、今では両軍一万を超える大戦が、当たり前のようになってきている。次の武田との戦いも、凄まじいものとなるだろう。

ひとつの合戦が、万を超える憎悪を生み出し、かつての自分のような人間を、数多く作る。

――そのような因業を、家康は断ち切りたかった。

かつての念兄に情をかけたのではない。せめて、自分の治める国の中だけでも、家康は平穏を保ちたかったのだった。

だが――、

「私には、分かりかねます」

そういう気性なのだろう。虎松から憤怒の形相が消えることはなかった。

「私は、親の仇である氏真を、断罪して欲しかった。それができたのは、上様だけです」

「ああ」

「それなのに――」

そこまで云うと、虎松の目からは涙がこぼれだし、あとは言葉にならなかった。

顔を拭おうともせず、地に涙の粒を落とす虎松を見て、家康は――、

〈本当に、自分自身を見ているようだな〉

と、強く思った。

家康は、虎松の前で片膝をつき、

「悪かった」

と、頭を下げた。

虎松は歯を食いしばりながら、目元を腕でこすり始める。

「そのように、謝られても困ります」

真っ赤に腫れ上がった目をしながら、虎松は喉を絞るような声で云った。

「親の仇を討てないならば、子は、いったい何のために生きればよいのですか？」

「それは、自分のためでよかろう」

家康の答えが意外だったのだろう。虎松はきょとんと黙り込んだ。

だが、家康は思う。

武家は自分自身の価値を、祖先の存在からしか証明できない。そのために家系図は作られ、多くの伝書が残される。

しかし、今は織田や徳川のように、たとえ家格が低くとも、大義を成せる時代なのだ。

かつては「淫蕩坊主の血」と虐められ、自分でも信じかけたときがあった。

三河守叙任に際して、松平家は「世良田氏系統の清和源氏」を自称していたが、「清和源氏の世良田氏が、三河守を任官した前例はない」という物言いがつき、姓を「徳川」に変えざるを得なかった。

祖先の血は、自身の証明ではあるが、同時に自分を縛る縄でもある。

ならば、「自分のために生きる」という人生も、けっして悪いものではない。そのように家康は考えていたのだった。

「自分のため――」

いまだ溢れる涙を拭いながら、虎松はつぶやく。

「そのような生き方が、果たして天道に叶いましょうか？」

「筋論が好きだな、小僧は」

「正直なだけです」

「いいことだ」

家康は笑ってうなずいたが、虎松は納得がいっていないらしい。

「皆からは、面倒に思われることも多いです。よく、うるさいと云われます」

「とはいえ、信無くば立たずだ。大将に倫理がなければ、国は大いに乱れる。公明正大であることは、それだけで貴重な才だ」

「そうでしょうか？」

虎松は云いながら、涙目のまま、はにかんだ。

その笑みが、家康にはたまらないほど、眩しいものに見えた。

「なあ、小僧」

「なんでありましょう？」

「ならば、うちに仕えてみないか？」

家康が云うと、虎松は目を見開いて驚いていた。

「徳川に？」

「そうだ」

「さきほど、井伊谷の民が望まぬならば、それまでのことと申したはずです」

「これは、徳川当主の望みだ」

家康は虎松の手をとった。

「いや、あの」

虎松は困惑している。

様々に表情が変わり、なかなか面白いと家康は思った。

「駄目か、虎松？」

「いや、駄目ではありません。家中の者は――、とくに養母の直虎は、泣いて喜ぶでしょうが、ただ、まるで理由が分かりませぬ」

「徳川に欲しいと思ったからだ」

「私をですか？」

「ああ」

「同情なら、いりません」

「そんなものではない」

リンゴのような頬を、さらに赤くする虎松の目を見ながら、家康は云う。

「そなたのような才が、私には必要だ」

「まさか」

「いや。主君の誤りに対し、しっかりと諫言《かんげん》してくれる臣がいなければ、家は滅びる」

「確かに、目の前に不正があれば、私は黙ってはいられないでしょうが――」

少し恥ずかしげに、虎松はつぶやいた。

「おそらく、面倒くさいですよ？」

どうやら常日頃、ずいぶんと周囲に疎まれているらしい。その態度が、むしろ家康には好ましく思えた。

「それでいい」

家康が笑いかけると、つられて、虎松も笑顔を見せた。


騎乗した家康は、虎松の手をとり、馬の後ろへ跨《また》がらせた。

そのまま鐙を入れ、かつて一敗地に塗れた荒野を走らせる。

愛馬は、乾いた大気を切り裂くように駆けていく。

この少年を手元に置き留めようと、家康は心に決めた。

若さゆえの衝動が、ときに国を揺るがす力さえあることを、家康は身をもって知っている。

この虎松という少年の激情も、必ずや何かの力を持っているだろう。

〈できるならば、その力を、何か良きことのために、振るわせてやりたい〉

家康は、心から願う。

ただ、この少年の抱える怒りは、元を辿れば桶狭間での家康が原因であった。

その事実が知られたとき、虎松は、いったいどのような行動をとるだろうか？

家康が思い出したのは、かつての今川義元であった。

殺意を秘めた自分に対し、どのような感情を義元が抱いていたのか、長く家康には疑問であった。

それが、たった今、分かった気がした。

体内に毒を秘めた心地というものは、思ったほど悪くない。むしろ、腹の底から覇気が湧いてくる気さえしてくるが——、

〈いや〉

と、家康は小さく首を振り、内省する。

手綱を引き、馬首を南へと向けた。

その先には居城たる浜松城が建つ。

少年に教授したい数々を、頭に思い浮かべながら、家康は強く鐙を踏み入れた。

鷹狩の途中、徳川家康に拾われた井伊虎松は、そのまま小姓として仕えることとなった。

井伊谷の領有を認められた虎松は、名を「万千代《まんちよ》」と改め、誠心誠意、家康に仕えた。

ただ、家康の寵愛が深かったのか、その元服はかなり遅く、実に二十二歳のときであった。

家康が江戸に幕府を開き、真の意味で憎悪の連鎖を断ち切るのは、慶長《けいちょう》八年二月。この二人の出会いから、二十八年後のことである。

付記

少年期の徳川家康に『花伝第七　別紙口伝』を伝授した観世十郎大夫の史料は少なく、生没年も不詳である。

ただ、今川家に仕えた後の行方については、元亀《げんき》三年、家康が治める浜松での演能が、二回ほど確認できる。また、その弟である観世宗節《そうせつ》も、兄の縁故を頼り家康に伺候したようで、浜松で兄と共演している。

今も残る『花伝第七　別紙口伝』の伝書には、天正《てんしょう》六年に宗節が本文を書き写したことを示す奥書がある。そこには、「十郎かたの書は家康に御所持也」と記されており、どうやら十郎は、所有していた多数の伝書を、すべて家康に譲り渡したらしい。

後に、観世流は徳川幕府に抱えられ、四座《しざ》一流《いちりゅう》の筆頭とされた。結果として、「自分の舞を世に認めさせたい」という十郎の願いは、見事に叶えられたことになる。

主な参考文献

中村孝也『徳川家康公伝』（東照宮社務所　一九六五年）
村岡幹生「織田信秀岡崎攻落考証」（『中京大学文学会論叢』第一号　二〇一五年）
平野明夫『徳川権力の形成と発展』（岩田書院　二〇〇六年）
小和田哲男「人質時代の家康の居所」（『戦国史研究』第五五号　二〇〇八年）
小和田哲男『今川義元　自分の力量を以て国の法度を申付く』（ミネルヴァ書房　二〇〇四年）
小和田哲男『戦国城下町の研究』（清文堂出版　二〇〇二年）
小和田哲男『今川義元のすべて』（新人物往来社　一九九四年）
小和田哲男『戦国今川氏　その文化と謎を探る』（静岡新聞社　一九九二年）
有光友學著　日本歴史学会編『今川義元』（吉川弘文館　二〇〇八年）
花ケ前盛明編『前田利家のすべて』（新人物往来社　一九九九年）
橋場日月『服部半蔵と影の一族』（学習研究社　二〇〇六年）
橋場日月『新説　桶狭間合戦　知られざる織田・今川　七〇年戦争の実相』（学習研究社　二〇〇八年）

日本史史料研究会監修　平野明夫編『家康研究の最前線　ここまでわかった「東照神君」の実像』（洋泉社　二〇一六年）
日本史史料研究会監修　大石泰史編『今川氏研究の最前線　ここまでわかった「東海の大大名」の実像』（洋泉社　二〇一七年）
野村四郎『仕舞入門講座』（檜書店　二〇一〇年）
梅原猛・観世清和監修『能を読む①　翁と観阿弥　能の誕生』（角川学芸出版　二〇一三年）
梅原猛・観世清和監修『能を読む②　世阿弥　神と修羅と恋』（角川学芸出版　二〇一三年）
梅原猛・観世清和監修『能を読む③　元雅と禅竹　夢と死とエロス』（角川学芸出版　二〇一三年）
梅原猛・観世清和監修『能を読む④　信光と世阿弥以後　異類とスペクタクル』（角川学芸出版　二〇一三年）
能勢朝次『能楽源流考』（岩波書店　一九三八年）
天野文雄「弘治三年の駿府の「観世大夫」は宗節か　戦国期における観世座の地方下向望見」（能楽学会『能と狂言』第十五号　二〇一七年）
米原正義『戦国武士と文芸の研究』（桜楓社　一九七六年）
米原正義『戦国武将と茶の湯』（淡交社　一九八六年）
ゲイリー・P・リュープ著　藤田真利子訳『男色の日本史　なぜ世界有数の同性愛文化が栄

えたのか』(作品社　二〇一四年)
蕣露庵主人『江戸の色道（上）性愛文化を繙く禁断の絵図と古川柳　男色篇』(葉文館出版　一九九六年)
旧参謀本部編『日本の戦史1　桶狭間・姉川の役』(徳間書店　一九九五年)
【史料】
世阿弥著　野上豊一郎・西尾実校訂『風姿花伝』(岩波書店　一九五八年)
表章校註『世阿弥　申楽談儀』(岩波書店　一九四九年)
山科言継『言継卿記　第3』(国書刊行会　一九一五年)
太田牛一「信長公記」(近藤瓶城編『改定 史籍集覧　第十九冊』臨川書店　一九八四年)
太田牛一著　かぎや散人訳『現代語訳　信長公記　天理本　首巻』(デイズ　二〇一八年)
水野勝成『水野勝成覚書』(福山城博物館友の会編　一九七八年)
新井白石「藩翰譜」(『新井白石全集　第2巻　藩翰譜　続編』国書刊行会　一九〇五年)
島田勇雄・樋口元巳校訂『大諸礼集1　小笠原流礼法伝書』(平凡社　一九九三年)
「今川仮名目録」(『中世政治社会思想　上』岩波書店　一九七二年)
「亞相公御夜話」(『御夜話集　上編』石川県図書館協会　一九三三年)
「徳川実紀」(『新訂増補版　国史大系　第38巻』吉川弘文館　一九六四年)
【自治体史】

『静岡県史　通史編2　中世』（静岡県　一九九七年）
『静岡市史　第1巻』（静岡市　一九三一年）
『新編岡崎市史2（中世）』（新編岡崎市史編集委員会　一九八九年）
『新修名古屋市史　第2巻』（新修名古屋市史編集委員会　一九九八年）
『豊橋市史　第1巻（原始・古代・中世編）』（豊橋市史編集委員会　一九七三年）
『蟹江町史』（蟹江町史編さん委員会　一九七三年）
『西尾市史2（古代・中世・近世　上）』（西尾市史編纂委員会　一九七四年）
外山清治『史跡　村木砦』（愛知県郷土資料刊行会　一九八三年）

二〇一九年五月　光文社刊

光文社文庫

傾城《けいせい》 徳《とく》川《がわ》家《いえ》康《やす》

著 者 大《おお》 塚《つか》 卓《たく》 嗣《じ》

2023年6月20日 初版1刷発行

発行者 三 宅 貴 久
印 刷 新 藤 慶 昌 堂
製 本 フォーネット社

発行所 株式会社 光 文 社
〒112-8011 東京都文京区音羽1-16-6
電話 (03)5395-8147 編 集 部
8116 書籍販売部
8125 業 務 部

© Takuji Ōtsuka 2023

落丁本・乱丁本は業務部にご連絡くだされば、お取替えいたします。
ISBN978-4-334-79547-4 Printed in Japan

R <日本複製権センター委託出版物>
本書の無断複写複製（コピー）は著作権法上での例外を除き禁じられています。本書をコピーされる場合は、そのつど事前に、日本複製権センター（☎03-6809-1281、e-mail : jrrc_info@jrrc.or.jp）の許諾を得てください。

組版 萩原印刷

本書の電子化は私的使用に限り、著作権法上認められています。ただし代行業者等の第三者による電子データ化及び電子書籍化は、いかなる場合も認められておりません。

光文社文庫最新刊

竈《へっつい》稲荷の猫	魔界京都放浪記	白い兎が逃げる　新装版	侵略者《アグレッサー》	平家谷殺人事件　浅見光彦シリーズ番外	はい、総務部クリニック課です。　この凸凹な日常で	木枯らしの　決定版　吉原裏同心(29)
佐伯泰英	西村京太郎	有栖川有栖	福田和代	和久井清水	藤山素心《もとみ》	佐伯泰英

光文社文庫最新刊

夢を釣る　決定版　吉原裏同心(30)	佐伯泰英
山よ奔《はし》れ	矢野　隆
傾城《けいせい》　徳川家康	大塚卓嗣
光る猫　はたご雪月花(五)	有馬美季子
江戸のいぶき　藤原緋沙子傑作選(二)	藤原緋沙子　菊池仁・編
殺しは人助け　新・木戸番影始末(六)	喜安幸夫

ココロ・ファインダ　相沢沙呼
二人の推理は夢見がち　青柳碧人
未来を、11秒だけ　青柳碧人
三毛猫ホームズの推理　赤川次郎
三毛猫ホームズの追跡　赤川次郎
三毛猫ホームズの狂死曲　新装版　赤川次郎
三毛猫ホームズの怪談　新装版　赤川次郎
三毛猫ホームズの騎士道　新装版　赤川次郎
三毛猫ホームズの運動会　赤川次郎
三毛猫ホームズのクリスマス　赤川次郎
三毛猫ホームズの感傷旅行　赤川次郎
三毛猫ホームズの歌劇場　赤川次郎
三毛猫ホームズの幽霊クラブ　赤川次郎
三毛猫ホームズの登山列車　新装版　赤川次郎
三毛猫ホームズの騒霊騒動　赤川次郎
三毛猫ホームズのプリマドンナ　赤川次郎
三毛猫ホームズの四季　赤川次郎
三毛猫ホームズの黄昏ホテル　新装版　赤川次郎
三毛猫ホームズの犯罪学講座　赤川次郎
三毛猫ホームズのフーガ　赤川次郎
三毛猫ホームズの傾向と対策　新装版　赤川次郎
三毛猫ホームズの家出　赤川次郎
三毛猫ホームズの心中海岸　新装版　赤川次郎
三毛猫ホームズの〈卒業〉　赤川次郎
三毛猫ホームズの安息日　新装版　赤川次郎
三毛猫ホームズの正誤表　新装版　赤川次郎
三毛猫ホームズの無人島　赤川次郎
三毛猫ホームズの四捨五入　新装版　赤川次郎
三毛猫ホームズの大改装　赤川次郎
三毛猫ホームズの恋占い　赤川次郎
三毛猫ホームズの最後の審判　赤川次郎
三毛猫ホームズの花嫁人形　新装版　赤川次郎
三毛猫ホームズの仮面劇場　新装版　赤川次郎
三毛猫ホームズの危険な火遊び　赤川次郎

光文社文庫　好評既刊

三毛猫ホームズの暗黒迷路　赤川次郎
三毛猫ホームズの茶話会　赤川次郎
三毛猫ホームズの用心棒　赤川次郎
三毛猫ホームズは階段を上る　赤川次郎
三毛猫ホームズの夢紀行　赤川次郎
三毛猫ホームズの闇将軍　赤川次郎
三毛猫ホームズの回り舞台　赤川次郎
三毛猫ホームズの証言台　赤川次郎
三毛猫ホームズの復活祭　赤川次郎
三毛猫ホームズの裁きの日　赤川次郎
三毛猫ホームズの夏　赤川次郎
三毛猫ホームズの秋　赤川次郎
三毛猫ホームズの冬　赤川次郎
三毛猫ホームズの春　赤川次郎
若草色のポシェット　赤川次郎
群青色のカンバス　赤川次郎
亜麻色のジャケット　赤川次郎

薄紫のウィークエンド　赤川次郎
琥珀色のダイアリー　赤川次郎
緋色のペンダント　赤川次郎
象牙色のクローゼット　赤川次郎
瑠璃色のステンドグラス　赤川次郎
暗黒のスタートライン　赤川次郎
小豆色のテーブル　赤川次郎
銀色のキーホルダー　赤川次郎
藤色のカクテルドレス　赤川次郎
うぐいす色の旅行鞄　赤川次郎
利休鼠のララバイ　赤川次郎
濡羽色のマスク　赤川次郎
茜色のプロムナード　赤川次郎
虹色のヴァイオリン　赤川次郎
枯葉色のノートブック　赤川次郎
真珠色のコーヒーカップ　赤川次郎
桜色のハーフコート　赤川次郎

光文社文庫　好評既刊

萌黄色のハンカチーフ　赤川次郎
柿色のベビーベッド　赤川次郎
コバルトブルーのパンフレット　赤川次郎
菫色のハンドバッグ　赤川次郎
オレンジ色のステッキ　赤川次郎
新緑色のスクールバス　赤川次郎
肌色のポートレート　赤川次郎
えんじ色のカーテン　赤川次郎
栗色のスカーフ　赤川次郎
牡丹色のウエストポーチ　赤川次郎
灰色のパラダイス　赤川次郎
黄緑のネームプレート　赤川次郎
焦茶色のナイトガウン　赤川次郎
狐色のマフラー　赤川次郎
セピア色の回想録　赤川次郎
改訂版　夢色のガイドブック　赤川次郎
ひまつぶしの殺人　新装版　赤川次郎

やり過ごした殺人　新装版　赤川次郎
とりあえずの殺人　新装版　赤川次郎
馬疫　茜灯里
女童　赤松利市
黒衣聖母　芥川龍之介
女神　新装版　明野照葉
田村はまだか　朝倉かすみ
満潮　朝倉かすみ
平場の月　朝倉かすみ
スカートのアンソロジー　朝倉かすみ リクエスト！
実験小説ぬ　浅暮三文
三人の悪党　浅田次郎
血まみれのマリア　浅田次郎
真夜中の喝采　浅田次郎
見知らぬ妻へ　浅田次郎
月下の恋人　浅田次郎
13歳のシーズン　あさのあつこ

光文社文庫　好評既刊

一年四組の窓から　あさのあつこ
明日になったら　あさのあつこ
不自由な絆　朝比奈あすか
奇譚を売る店　芦辺　拓
楽譜と旅する男　芦辺　拓
おじさんのトランク　芦辺　拓
松本・梓川殺人事件　梓　林太郎
信州・善光寺殺人事件　梓　林太郎
小倉・関門海峡殺人事件　梓　林太郎
悪漢記者　安達　瑶
鄙の聖域　安達　瑶
天国と地獄　安達　瑶
名探偵は嘘をつかない　阿津川辰海
星詠師の記憶　阿津川辰海
透明人間は密室に潜む　阿津川辰海
太閤下水　姉小路　祐
もう一人のガイシャ　姉小路　祐

凜の弦音　我孫子武丸
境内ではお静かに　縁結び神社の事件帖　天祢　涼
境内ではお静かに　七夕祭りの事件帖　天祢　涼
おくりびとは名探偵　天野頌子
四十九夜のキセキ　天野頌子
怪を編む　アミの会(仮)
みどり町の怪人　彩坂美月
神様のケーキを頬ばるまで　彩瀬まる
黒いトランク　鮎川哲也
憎悪の化石　鮎川哲也
風の証言　増補版　鮎川哲也
死のある風景　増補版　鮎川哲也
翳ある墓標　鮎川哲也
白の恐怖　鮎川哲也
死者を笞打て　鮎川哲也
りら荘事件　増補版　鮎川哲也
黒い蹉跌　鮎川哲也